ro
ro
ro

Doris Knecht, geboren in Vorarlberg, ist Kolumnistin («Standard», «Falter») und Schriftstellerin. Ihr erster Roman, «Gruber geht» (2011), war für den Deutschen Buchpreis nominiert und wurde fürs Kino verfilmt. Zuletzt erschienen die vielgelobten Romane «Wald» (2015) und «Alles über Beziehungen» (2017); letzterer wurde für den Österreichischen Buchpreis nominiert. Doris Knecht lebt in Wien und im Waldviertel.

«So gut und locker schreibt, worüber man nicht spricht, nur die Knecht.» (Daniel Glattauer)

«Böse ist das, witzig und kaum zu toppen, wenn man den entlarvenden Blick erträgt. Denn die eigentliche Frage ist nicht: Kennen Sie Frau Knecht? Sondern: Woher, zum Teufel, kennt Frau Knecht uns?» (Brigitte)

«Schnell und scharf umrissen und ganz zeitgenössisch exemplarisch.» (Süddeutsche Zeitung)

«Eine schonungslose Erzählgöttin ... Doris Knecht durchleuchtet ihre Figuren mit einem antiromantischen Röntgenblick, um letzten Endes doch einen Rest Romantik zu retten.»
(Der Tagesspiegel)

«Es sind schöne Sätze, die Knecht für ihre Figuren findet, es sind schmerzende, entlarvende Sätze.» (Spiegel Online)

«Kurzweilig, spannend und auch romantisch.» (Zeit für mich)

weg

WIE MAN AUF EINEM MOPED fahren kann: allein. Zu zweit. Zwei Männer. Zwei Frauen. Ein Mann und eine Frau, der Mann vorne, die Frau hinten; die Frau vorne, der Mann hinten. Ein Mann, eine Frau, dazwischen ein Säugling auf dem Arm der Frau. Ein Mann, eine Frau, zwischen ihnen ein kleines Kind sitzend oder stehend, das Kind hält sich an den Schultern des Mannes fest, die Frau hält das Kind an den Hüften. Ein Kleinkind vorne, zwischen den Beinen des lenkenden Mannes, ein kleines Polster am Lenker schützt das Kind, hinter dem Mann eine Frau. Ein Kind vorne, zwischen den Beinen des Mannes stehend, dann eine Frau mit einem Säugling im Arm, wach oder schlafend. Ein Kleinkind vorne zwischen den Beinen des Mannes stehend, ein Kind dahinter, dahinter eine Frau, vielleicht mit einem Säugling im Arm. Ein Mann, dahinter ein Teenager, der während der Fahrt sein Smartphone studiert. Eine Frau, dahinter zwei Kinder, vorne hat die Frau einen Säugling an die Brust gebunden, den sie stillt, während sie fährt. Zu viert, zwei Männer, eine Frau, ein Mann, der raucht. Zu dritt. Zu zweit. Allein. Wie man auf einem Moped fährt: Kommt darauf an, wo man geboren wurde, wie man lebt und wer man ist.

HEIDI HAT ANGERUFEN. Lotte ist irgendwie verschwunden. Georg war grad draußen, hinter dem Gasthaus, kurz eine rauchen, mal schnell raus aus der Küche, hinten durch die Tür, wo es zum Hühnerstall geht. Er rauchte und sah den Hühnern zu, die in der kargen, winterlichen Wiese herumpickten. Da hat sie angerufen. Das war komisch, ihren Namen auf dem Handy zu sehen, weil sie sonst eigentlich kaum mehr miteinander zu tun haben. Also, seit Lotte allein lebt. Heidi hat versucht, cool zu tun, aber sie ist offensichtlich besorgt, Georg hat das sofort herausgehört. Als es klingelte, zog er erst noch mal hastig an seiner Zigarette, bevor er den Anruf annahm: Er erinnerte sich sofort wieder an diese früheren, stressigen Heiditelefonate, er hatte sie sofort wieder präsent, diese Heidi, mit der er so viele Jahre zu tun hatte, es triggert in ihm schlagartig die alte Reiz-Reaktions-Kette, und er nimmt sofort eine innere Verteidigungshaltung ein. So war das immer: Sie will was, er muss etwas tun, etwas bezahlen, etwas unternehmen, wegen irgendwas auf Lotte einwirken, muss dringend etwas regeln. Georg muss sich um Lotte kümmern, sich gefälligst auch mal um seine Tochter kümmern. Auch jetzt praktizierte Georg, was er sich über die Jahre angeeignet hat: Durchatmen, durchatmen, durchatmen, ruhig bleiben, nicht aufregen, um Heidi dann ganz freundlich und gelassen zur Kenntnis bringen zu können, dass es Lotte ja gut geht, dass Lotte so gut wie erwachsen ist, dass man – Heidi – sich jetzt nicht mehr so umfassend um Lotte zu kümmern braucht. Was meistens nichts half. Aber wenn Georg zurückkeifte, fühlte er sich danach noch schlechter, also ließ er sie jammern, ihm ein schlechtes Gewissen machen, ließ sie Martin als Idealvater vorführen, als viel besseren, viel authentischeren Vater als ihn; authentisch: Das Wort verwendet sie ständig, mit fetten, knallenden Piefke-Ts darin, Deutsche, immer. Durchatmen, atmen, atmen. So liefen Gespräche mit Heidi normalerweise.

Diesmal nicht, kein Gequengel, kein Appell an sein Gewissen, nur Besorgtheit. Und die Frage: Kann er's vielleicht auch mal bei Lotte probieren?, vielleicht antwortet sie ja bei ihm. Ja, wird er versuchen, es wird schon nichts sein, mach dir keine Sorgen, sie ist einfach ein junger Mensch in Berlin und treibt bestimmt bloß ein bisschen harmlosen Rambazamba.

Hinterm Hühnerzaun stellen zwei der Hähne sich gegeneinander auf, mit aufgeplusterten Hälsen, die Kämme steil nach vorn. Er drückt die Zigarette aus und verabschiedet sich: Ja, okay. Vielleicht. Ich meld mich, wenn ich was höre. Ich auch. Mach dir keine Sorgen. Okay, bis dann.

Er kann seinen Atem sehen, die Luft ist kalt, aus dem Bach steigt der Nebel auf und wirft einen Schleier über den Mischwald, der dahinter den Hang hochsteigt. Georg geht wieder hinein, legt sein Smartphone auf das Edelstahlregal. Rund um ihn herum dampft und zischt es, bald kommen die ersten Mittagesser in den Hirschen. Amelie und Steve hacken Gemüse und bereiten das Menü vor.

Heidis Anruf beschäftigt ihn: Offenbar geht Lotte nicht ans Telefon und antwortet auf keine Nachrichten. Seit Tagen schon. Sie macht sich Sorgen, nach allem, was war. Er macht sich auch Sorgen. So ein Scheiß. Er macht sich auch Sorgen.

Dabei sah es gerade seit einiger Zeit so aus, als sei alles gut, als braucht Lotte jetzt keine Kümmerer mehr, sie ist dreiundzwanzig, sie kriegt ihre Dinge selber geregelt. Ja, es war hart in den Jahren davor, für jeden, für sie selbst, für alle um sie herum. Es gab schwere Tage, schwierige Wochen, viel Sorge, blanke Angst. Die wilde Tochter, die nicht nur aufmüpfig, sondern ernsthaft krank ist. Das Kind, das man liebt, das einen so zornig gemacht hat, und dann erfährt man: Die konnte gar nichts dafür, für den Pallawatsch in all den Jahren. Das war nicht nur eine Extrempubertät, das war nicht nur normale juvenile Rebellion. Schwer zu begreifen, für sie, für alle: Was war da wirklich los? Was ist da passiert? Wieso hat das bisschen Kiffen bei Lotte etwas ausgelöst, das es bei so gut wie keinem anderen auslöst? Jetzt hört man immer öfter von drogeninduzierten Psychosen, von Veranlagungen, von vielleicht schlummernder genetischer Disposition, jetzt wird man davor gewarnt, als Vater, als Mutter, als Jugendliche, im Schulunterricht, das ist jetzt ein Ding, eine Tatsache, das gilt nun als reale Gefahr. Aber vor ein paar Jahren, als es bei seiner Tochter losging, war das noch nicht im Mainstream angekommen. Es war, wenn auch vielleicht keine Schande, so doch ein Schwächeln, ein Makel, etwas, wofür man sich ein bisschen schämte. Weniger auf Georgs Seite, aber bei Heidi spürte er das stark, zumindest am Anfang: dass sie sich schämte für die Krankheit im Kopf, das Familienerbe, das sich genau dieses Kind ausgesucht hatte und Lotte weh tat.

Es war schwer. Die Zeiten, in denen sein Telefon läutete, mitten in der Nacht, und er seine Tochter dran hatte, dreizehn-, vierzehn-, fünfzehnjährig, besorgniserregend depressiv oder völlig überdreht, zu euphorisch oder voller Hass und mit unerfüllbaren Wünschen: Hol mich hier raus!, hier versteht mich NIEMAND!, ich bin immer nur die Böse! Ich will zu dir!, weinend, brüllend, flüsternd, schluchzend: Ich will bei euch leben, bei dir und Lea, ich halte diese Arschmutter nicht mehr aus, dieses Kleinbürgerleben, dieses Haus, diese Biederkeit, zum Kotzen!, niemand vertraut mir hier, lasst mich zu euch, bitte, Papa, bitte, bitte, hol mich hier raus. – Sie wühlen in meinen Sachen, sie kontrollieren mich. Danach immer lange Telefonate mit Heidi, was ist da los, was habt ihr für Probleme, was unternehmen wir.

Zweimal stand Lotte tatsächlich vor der Tür beziehungsweise am Bahnhof, das erste Mal in St. Pölten, das zweite Mal in Wien. Beide Male blieb sie ein paar Tage, in denen er und Lea sie beruhigen konnten. Lea hat einen Draht zu ihr, vielleicht, weil sie selber oft genug an ihre Grenzen gegangen ist und manchmal darüber. Sie konnte sie überreden, zurück zu ihrer Mutter zu fahren, wieder in ihre Schule zu gehen, diese Landschule hier, du willst hierher nicht wechseln, ich schwör's dir. Da ahnten sie noch nicht, was es wirklich war. Später, nach der Diagnose, machte Lea sich Vorwürfe: Warum hab ich das nicht bemerkt, warum hab ich nicht genauer hingesehen? Das erste Mal fuhr Georg Lotte selber mit dem Auto nach Rebenborn und gab sie bei Heidi ab, die sich überraschend gut hielt.

Als Lotte sechzehn war, dann diese Nacht, der völlige Zusammenbruch, die totale Katastrophe, Einweisung, wochenlang Psychiatrie, schließlich der Befund: substanzinduzierte Psychose. Ausgelöst und angezündet vom Kiffen, bei den meisten Kids ein harmloses Hobby. Aber für Lotte wurde es lebensgefährlich. Etwas, das in ihr geschlummert hatte, war vom Marihuana aktiviert worden, war nun nicht mehr zu heilen, nur zu behandeln, mit Therapie und heftiger Medikation. Sie brauchte einen kompletten Neustart. Und sie braucht weiterhin Medikamente.

Es dauerte, dann sie ist wieder auf die Beine gekommen, mit viel Hilfe, Therapie und einigen Rückschlägen. Es gab Zusammenbrüche und Tränen und Widerstand und mühsame Gespräche. Aber jetzt ist sie stabil. Jetzt hat sie sich, ihre Probleme und die Krankheit im Griff, hält sich gut, hält sich an dem Geländer fest, das ihr gebaut wurde, von Ärztinnen, Therapeuten, Mutter, Vater, Stiefvater, Heidis Schwester und ihrem Freundeskreis, nimmt ihre Medikamente, passt auf sich auf, sieht die Zeichen, nimmt sie ernst, lässt sich helfen. Sie stürzt nicht mehr, keine größere Stolpergefahr, schon lange. Sie ist nicht glücklich über die Medikamente, die sie täglich nehmen muss: In der ersten Zeit nahm sie davon zu; so lange, bis sie anfing, Sport zu machen. Und jeden Morgen, wenn sie ihre Pille schluckt, wird sie daran erinnert, dass sie nicht gesund ist. Aber es geht Lotte jetzt doch gut, weil sie nun ja weiß und akzeptiert, was gesund für sie ist und was nicht. Sie geht regelmäßig ins Fitnessstudio und macht Yoga, das hat sie Georg jedenfalls irgendwann erzählt. Es ist doch alles soweit in Ordnung. Jedenfalls so einigermaßen. Jedenfalls, soweit Georg informiert ist. Jedenfalls bis eben.

Bis eben, und jetzt spürt Georg, wie die ganze fragile Alles-ist-gut-Architektur Risse bekommt. Wie sich ein Unbehagen in ihn schleicht.

Ja, er hat auch schon länger nichts von Lotte gehört, aber das ist eigentlich normal. Sie ruft jetzt nicht mehr mitten in der Nacht an, schon lange nicht mehr. Sie skypen zu vernünftigen Tageszeiten, und sie kommunizieren regelmäßig per

Whatsapp, alle paar Tage. Na ja, Wochen manchmal, es ist immer so viel los im Hirschen, bis spät, dann Lea und die Kinder ... Und Lotte ist ja selber immer so beschäftigt mit ihrem Studium, die hat Spaß in der großen Stadt, ist viel unterwegs, scheint es, nach dem, was sie so erzählt. Sie antwortet jedenfalls oft länger nicht, das ist normal. Es ist alles okay zwischen ihnen, alles im grünen Bereich. Ja, er ist der entfernte Vater, ja, er ist der immer ein bisschen fremde Vater, der ihr Heranwachsen nur aus der Ferne begleiten konnte, aber sie haben trotzdem eine liebevolle Beziehung zueinander, trotz der Distanz von Beginn an. Er hat sich bemüht, es war ihm wichtig, das in Deutschland aufwachsende Kind nicht zu kurz kommen zu lassen, immer seine Liebe zu zeigen. Er hat sich mal gefragt, ob die Dinge für Lotte anders gelaufen wären, wenn er ein anwesender Vater gewesen, wenn sie eine glückliche Vater-Mutter-Kind-Familie geworden wären, aber er hat es sich verboten und damit aufgehört. Bringt ja nichts. War nun mal nicht so, und er hat getan, was er konnte, im Rahmen der Möglichkeiten sein Bestes gegeben. Naturgemäß hat sie zu Martin ein engeres Verhältnis, schließlich hat sie die längste Zeit ihres Lebens mit ihm in einem Haus zusammengelebt, er hat sie aufwachsen sehen, er war ihr Papa, seit sie ein kleines Kind war. Georg der Vater, Martin der Papa. Martin war für Lotte zugegebenermaßen das, was einem Vater am nächsten kam, ein netter Kümmerer, ein lieber Umarmer, der halt da war, der tat und war, was und wie Heidi es wollte.

Georg ist der Meinung, dass er wenig dafür kann, dass es gekommen ist, wie es kam. Es war Heidi gewesen, die Georg und Wien verlassen hatte, als Lotte erst ein paar Monate alt war, sie hatte weggewollt, unbedingt. Sie wollte heim. Sie wollte zurück zu ihrer Mutter, zu ihren Freundinnen, zu ihrer Schwester und zu ihrem Zwillingsbruder, vielleicht, weil sie spürte, dass sie ihn nicht mehr lange haben würde, diesen Bruder. Denn es steckte vermutlich auch in Heidi. Vielleicht konnte sie es nur zähmen, wenn sie sich in äußerster Sicherheit fühlte, eingemauert in der Vertrautheit ihrer kleinen Welt, in ihrer eigenen Übersichtlichkeit. Vielleicht hatte sie Angst, die Stadt würde etwas aus ihr herausschälen, das sie nicht kontrollieren würde können.

Diese Frau, die Georg vielleicht lieben hätte können, war mit seinem Kind, das er liebte, in den Zug gestiegen und davongefahren, er hatte nächtelang geheult und fast jeden Tag angerufen, jedenfalls am Anfang. Er hatte sich ein gebrauchtes Auto gekauft und war sehr oft hingefahren, um seine Tochter in den Arm zu nehmen, sie spazieren zu fahren, mit ihr in den Zoo zu gehen, ihr Geschichten vorzulesen, sie in den Schlaf zu streicheln, was Ferienväter halt so machen, was ihnen halt so übrig bleibt. Heidi hatte ihn in diese Ferienvater-Rolle gedrängt. Das war nicht seine Idee gewesen, er hatte darunter gelitten. Und er hat doch auch tatsächlich und immer wieder überlegt, zu ihr in diese deutsche Kleinstadt zu ziehen, aus der sie stammt, in diesen Vorort, obwohl schon die Vorstellung ein kompletter Horror war. Aber sie wollte das auch nicht so richtig, gar nicht wollte sie es.

Georg hatte sich nicht gewünscht, dass sein Kind ohne ihn aufwächst, aber so war es nun. Er passte nicht in Heidis Herkunft, so viel war klar, und jedes Mal, wenn er kam, um Lotte zu sehen, wurde es wieder klar: Da passte er nicht rein, nicht mal in der Theorie, in dieses System, das Heidi umhüllte wie warmes Badewasser. Er war dort nur fremd, falsch, unpassend, ein Eckiger in etwas Rundem, ein Harter in etwas Weichem, ein merkwürdiger Exot, wie ein streunender Hund, der Heidi zugelaufen war und der nun im schönen, ordentlichen Eigenheim nur störte. Sie hatten von Anfang an nicht zusammengepasst, Heidi und Georg, sie waren nur so unendlich scharf aufeinander gewesen. Das wäre nichts geworden mit der Liebe, er ist sich schon lange sicher. Wäre das Kind nicht gewesen, würde er sich wohl kaum mehr an die Affäre mit ihr erinnern, ein paar geile Nächte, ein paar schöne Tage, länger hätte das nicht gedauert, das war nicht für die Ewigkeit bestimmt, da hätte alles Wollen nicht gereicht. Aber Lotte hatte sie zu lebenslänglich verurteilt, und da waren sie nun, zwei ganz Verschiedene, mit einem gemeinsamen Kind, für immer aneinandergeschraubt.

Georg ist ein entspannter, gutmütiger Mann, aber er ist ziemlich sauer geworden, als Heidi ihm einmal unterstellt hat, er sei gar kein Vater, er sei nur so ein Onkelvater. Das ist er nicht, er ist nur weit weg leider. Nicht seine Schuld. Er hätte es auch gern anders. Es ist aber so, wie es ist, eine Bilanz aus sehr vielen Faktoren, von denen die meisten auf Heidis Seite zu verbuchen sind, wirklich, und er meint das nicht böse. Dass er und Lotte sich nicht so oft sprechen, ist keine große Überraschung, aber auch nicht das, was er will. Früher war sie in den Ferien immer ein paar Wochen bei ihm, jetzt interessiert sie das halt auch nicht mehr so. Er zeigt Interesse, er ist aufmerksam. Sie weiß, dass er sie liebt, er lässt es sie spüren und wissen. Er erkundigt sich nach ihrem Studium, dem Leben in Berlin, ihren Freunden, wie es ihr so geht, und sie antwortet. Meistens. Und immer eher allgemein. Wann hat er ihr zuletzt geschrieben? Schon länger her, ja. Aber ist doch jetzt alles gut, schon lange, oder. War doch alles im grünen Bereich, alles unter Kontrolle. Oder? Jetzt offenbar nicht mehr.

Georg versucht, den Gedanken an Lotte wegzuschieben, die Sorgen mal kurz etwas abseits zu parken. Er muss sich jetzt um das Mittagessen fürs Restaurant kümmern. Er steht am großen Gasherd, er schwenkt eine Pfanne mit schäumender Butter. Sie sind zu dritt in der Küche, er und Steve und Amelie, sein Lehrling. In der Früh hat er im Wald Bärlauch gepflückt, es gibt da so eine Stelle weit hinten, wo der Bach in den Fluss mündet, da wächst der Bärlauch jedes Frühjahr wie Unkraut, ein richtiges Feld, den ganzen Abhang hoch. Die Blätter sind noch ganz klein, gerade eben gesprossen. Einen ganzen Korb hat er gesammelt, frisch, saftig, duftig, superscharf, im Supermarkt in der Stadt verkaufen sie dir das für fünfundzwanzig Euro das Kilo, am Naschmarkt für fünfunddreißig, und es schmeckt dann praktisch nach nichts mehr, kein Waldboden mehr, kein Morgentau. Der hier schon. Mag nicht jeder, aber er liebt diesen Duft. So riecht ein guter Morgen. So gesehen war es ein guter Tag, bis jetzt. Blödes Telefon. Hinter ihm schneidet Amelie unter einer grellen Neonröhre Karotten zu Julienne: Sie macht eine Kochausbildung im Hirschen, seit ein paar Monaten. Sie ist gut. Sie lernt schnell. Georg wirft einen Blick auf die winzigen Streifen, die sie gerade von ihrem Brett in eine große Metallbox streicht, wobei sie das Messer ganz automatisch umgedreht hat, der Messerrücken schabt die Karotten vom Brett, wie es sich gehört, aber manche Lehrlinge schnallen das nie. Oder erst, wenn man sie ein paarmal deswegen zur Schnecke gemacht hat, wobei das nicht Georgs Stil ist. Amelie musste er es nur einmal sagen, und sie konnte es. Gut.

Sie hat kurze schwarze Haare, ein Nasenpiercing, wie Lotte früher, und ein paar Tätowierungen, aber im Unterschied zu Lotte damals ist sie ein rundum gesundes, rotbackiges Landkind. Sie hat geschickte Hände und ein Gefühl für Gewürze, sie kümmert sich mit Hingabe um das Kräuterbeet hinter dem Haus, seit Georg es letztes Jahr gemeinsam mit ihr neu bepflanzt hat. Lea ist ja nicht so ein Gartenmensch, sie wühlt nicht gern in der Erde, Dreck unter den Nägeln, das ist nicht ihrs, da bleibt sie der Stadtmensch, der sie früher war. Aber Amelie geht selbst in ihrer Freizeit mit Georg in die Wiesen und in den Wald, um wilde Kräuter zu suchen. Lotte konnte er dazu nie überreden, dabei hätte ihr das so gutgetan: der Wald, die Luft, die Bewegung.

Georg nickt Amelie zu, ein ermunterndes Lächeln, während er an Lotte denkt. Lotte ist eine tolle Frau geworden, ein kluger, lustiger Mensch, er ist sehr stolz auf sie. Er wirft zwei Handvoll von dem Bärlauch in die Butter, ein wunderbarer Duft steigt auf, warm, erdig, melancholisch. Was, wenn jetzt doch was mit Lotte ist? Er hat wirklich schon lange nichts mehr von ihr gehört. Er schabt den Bärlauch aus der Pfanne auf drei Teller mit frischen, dampfenden, knallgelben Eiertagliatelle, lässt mit der Reibe ein bisschen harten Schafkäse drüberregnen, pfeffert mit der Mühle und legt an jeden Tellerrand ein essbares lila Stiefmütterchen. Geile Farben, simpel und perfekt. Die Leute mögen das. Er auch, es riecht so gut, er würde es gern selber essen; später dann.

«Tisch sieben!» Georg stellt die Teller auf das große Tablett in der Durchreiche. Im Augenwinkel sieht er, wie mehrere Gäste ihre Köpfe drehen und gierig auf das Tablett schauen. Die Bärlauchnudeln duften ihm noch ein letztes Mal entgegen, als Ella das Tablett packt. Georg liebt dieses Gericht, alles daran stimmt: die Wucht des Bärlauchs, der Biss der frischen Eiernudeln, die er am Vormittag mit Steve durch die Maschine gedreht hat. Das Mehl und die dunkelgelben Dotter von den Eiern seiner Sulmtaler: alles bio, alles saisonal und aus der Region, alles Handarbeit. Man begreift dieses Gericht unmittelbar. Er mag diese einfachen Bauernessen. Knödel mit Ei und frischen Kräutern: die alten Semmeln zu flaumigen Knödeln verarbeitet, die Knödel vom Vortag in Butter angebraten, die Kräuter aus dem Garten, die Eier von den Hühnern der Bauern aus dem Ort und den eigenen Sulmtalern, deren Freilaufgehege an den Gastgarten angrenzt, was die Gäste aus der Stadt lieben. Sie wollen immer die Tische am Rand, wo man die Hühner und ihr Gewusel, Gepicke und das Geplustere der Hähne beobachten kann, während man auf das Essen wartet. Und wie diese Knödel dann im Mund zergehen ... Auch die Bärlauchnudeln scheinen jedenfalls zu munden: Aus dem Gastraum hört er zufriedene Ahs und Gemurmel: Ja, das kommt direkt bei den Leuten an, und das ist nicht immer so.

Er wird nachher Lotte anrufen.

Die Tage davor hat es geregnet. Die Luft in der Früh ist noch winterlich kalt, noch nicht richtig frühlingshaft, trotzdem. Georg hatte sich schon am Abend davor auf den Marsch durch den Wald gefreut. Er hatte am Tisch gesessen, im warmen Licht der Küchenlampe, die Zeitung vor sich, die er immer erst abends las, nach zehn, wenn er die Gasthaus-Küche dem jeweiligen Putzverantwortlichen und die Gaststube Ella oder einer anderen Kellnerin und Hermann überließ und nach oben in die Wohnung ging.

«Morgen schau ich, ob der Bärlauch schon wächst.»

Lea hatte von ihrem Laptop aufgesehen. Sie trägt jetzt eine Brille mit braunem Rand, wenn sie liest.

«Ja?» Es klang ein wenig gelangweilt. Und genervt.

«Ja.»

«Ist es nicht noch zu früh für Bärlauch?»

«Ich werd mal nachsehen.»

«Okay. Gut.»

Lea heftete den Blick wieder auf den Laptop mit der Exceltabelle. Sie kann so was. Er nicht.

«Wieso bist du so genervt?»

«Hast es eh gesehen», sagte Lea. «Der Hermann wieder.»

Ja, er hat es gesehen: Der Hermann hat wieder mit der Thaler Uschi rumgeschmust. Es riecht nach Ärger.

«Ja. Er ist halt so.»

«Ich mag den Hermann, du weißt das. Aber das mit der Uschi ist deppert. Das ganze Dorf redet schon darüber. Es ist ein reines Wunder, dass es der Thaler noch nicht erfahren hat.»

«Ja.»

Lea nimmt die Lesebrille ab und schaut ihn an, ernst.

«Du musst mit ihm reden. Wenn der Thaler da draufkommt, haut er den Hermann zu Mus.»

«Ich weiß. Aber du weißt, dass es keinen Sinn hat, mit dem Hermann zu reden. Der ist halt so. Der und die Frauen ...»

«Ja, das weiß ich. Die anderen Frauen sind mir ja auch wurscht. Aber er soll die Finger von den Weibern aus dem Ort lassen. Vor allem von den verheirateten. Vor allem von der vom Thaler. Das ist ein brutaler Schläger. Der ist gnadenlos. Du müsstest das am besten wissen.»

Ja, weiß er. Der Thaler hat ihm einmal die Nase gebrochen, da war Georg vierzehn und der Thaler so siebzehn. Georg hatte es gewagt, sich auf die vor dem Gasthaus abgestellte Zündapp vom Thaler zu setzen, er hatte nur seinen Haxen darübergeschwungen, sich draufgesetzt und die Griffe festgehalten, sonst nichts. Aber mehr hat der Thaler nie gebraucht. Und er ist seither nicht entspannter geworden.

«Ich bin nicht Hermanns Mutter.»

«Aber du bist sein bester Freund. Und er wohnt hier.»

Der Hermann ist ein alter Freund aus Wiener Zeiten, er kam aus Niederbayern, besuchte irgendwen in Georgs Wohngemeinschaft und blieb dann einfach da. Das macht er offenbar immer so, denn irgendwann blieb er auch hier am Land einfach da, nach ein, zwei Wochenenden, an denen er Georg im Wirtshaus besucht hatte. Das war im zweiten Sommer, nachdem Georg und die mit Maya schwangere Lea von Wien nach Flur am Kamp gezogen waren, um das Gasthaus von Georgs Eltern weiterzuführen. Hermann kam zu Besuch, mal schauen, wie Georg jetzt so lebt, und wie sein Kind so ausschaut, und wie es da ist, auf dem Land, und dann noch einmal, und kurz darauf beschloss er, seine Wohnung in Wien aufzugeben und zwei der eh viel zu vielen Gästezimmer bei Lea und Georg konstant zu mieten. In einem wohnt er, im anderen malt er; ob er in Wien oder auf dem Land malt, ist eh egal, und hier ist es billiger, auf Dauer deutlich spürbar billiger. Und Hermann lebt nicht gern allein.

Lea hatte nichts dagegen, ein bisschen fixe Kohle jeden Monat, noch dazu ist Hermann gut mit den Händen. Er reist im Winter in der Welt herum und hilft im Sommer im Gasthaus mit, repariert Sachen im Haus und baut in der alten Werkstatt des Vaters Regale, Bänke, Rankgerüste und anderes Zeug nach Plänen, die er im Internet findet. So was wie das Sechs-Tage-Boot aus Sperrholz, an dem er im Schuppen jetzt schon drei Jahre herumbastelt. Die Gäste fragen immer danach. Manchmal säuft er zu viel und wird dann cholerisch, aber zum Glück nicht oft. Meistens ist er lustig und herzlich. Lea wollte ihn hin und wieder schon auch mal rausschmeißen, aber wenn er nicht zu viel trinkt, ist er ein irrsinniger Charmeur und letztlich zu praktisch und hilfsbereit, als dass sie auf ihn verzichten wollte. Er bringt eine gute Stimmung in das Restaurant, er spricht konsequent dieses breite, teigige Bayerisch und plaudert ungeniert mit den Gästen, ohne sich anzubiedern oder so zu tun, als wär er einer von ihnen.

Die Leute mögen ihn. Er hat so etwas Warmes an sich, Lea weiß nicht genau, was es ist, aber es wirkt auf die Leute. Vor allem auf die Frauen, dabei sieht er nicht mal gut aus, mit seinen schon etwas schütteren grauen Haaren, die ihm in den Nacken hängen und immer geschnitten gehören, mit seinen ausgewaschenen karierten Hemden über seinem imposanten Bauch. Ist den Frauen egal, sie sehen nur sein herzvolles Lächeln, werden eingelullt von seiner sonoren Stimme und dem bayerischen Dialekt. Er hat Humor und ist seinem Gegenüber immer zu hundert Prozent zugewandt: Sie fühlen sich von ihm wahrgenommen, verstanden, was auch immer. Auf Lea wirkt es nicht, aber auf die Thaler Uschi offenbar ziemlich stark.

Um die muss man sich auch Sorgen machen. Wenn das der Thaler herausfindet. So ein Scheiß.

Georg braucht den Hermann auch irgendwie, gerade weil sie, genau wie früher am Küchentisch der WG oder am Tresen vom «Milieu», die meiste Zeit nur über Musik und alte Schallplatten quatschen, die sie wieder auf Flohmärkten und auf irgendwelchen Liebhaberseiten im Netz gefunden haben, Glam Rock und Soul, ganz alter Blues, früher Punk, B-Seiten und Dylan-Bootlegs, solche Sachen. Sie fühlen sich dann wohl wieder jung oder zumindest nicht alt. Mit Lea zusammen macht der Hermann manchmal Musik, mit den E-Gitarren und dem Verstärker, der oben im Flur steht, in letzter Zeit weniger, es geht sich einfach nicht mehr aus. Lea mag ihn ja, auch wenn sie die Frauen nerven, die er oft von seinen Reisen mitbringt, meistens nicht mehr ganz junge Touristinnen, die er irgendwo aufgegabelt hat und die dann zu ihm in sein Zimmer ziehen. Große Liebe immer am Anfang, wildes Gevögel, großes Angehimmel, aber Lea und Georg wissen mittlerweile, dass diese Frauen nicht lange bleiben. Irgendwann merken sie, dass Hermann ein Abenteurer ist, ein Liebhaber auf Zeit, gut mit den Händen, aber nicht mit dem Herz. Kein Lebensgefährte und schon gar kein Heiratsmaterial, ein Kurzstreckenläufer, der sich bald mit ihnen langweilt, dann ziehen sie irgendwann mit verheulten Augen wieder ab.

«Für die gehört der Hermann zu uns», sagte Lea. «Und wenn der Scheiße baut, fällt das auf uns zurück.»

«Die kommen trotzdem.»

«Sei dir da nicht so sicher. Für die sind wir immer noch die gscheerten Wiener.»

«Du vielleicht. Ich nicht. Ich bin einer der Ihrigen. Ein Unsriger sozusagen.»

Jetzt lacht Lea endlich. Endlich.

«Bist du schon lang nicht mehr, Honey. Und bis du es wieder wirst, wird's noch dauern. Red mit dem Hermann. Bitte.»

«Ich red mit ihm, okay. Aber du weißt, dass es nichts nützen wird.»

«Erzähl ihm doch einfach von deiner gebrochenen Nase»,

hatte Lea gesagt, «und wer sie dir eingeschlagen hat. Und dass der Thaler bei seiner Frau sicher noch viel weniger Spaß versteht als bei seiner ... was war das?»

«Zündapp.»

«Bei seiner Zündapp. Mach ihm das klar.»

«Wird ihm egal sein.»

«Trotzdem», sagte Lea, «mach's bitte», und: «Kannst du mal nach Maya sehen, das Licht ausmachen? Sie liest sicher immer noch.» Sie hatte sich wieder ihren Exceltabellen zugewandt, ihren langen, dünnen Oberkörper in einem labbrigen Sweatshirt über den Tisch gebeugt, die Haare fielen ihr in die Stirn und über die Brille.

Er hatte ihr einen Kuss auf diese Stirn geschmatzt und war durch den Flur zu Maya gegangen. Sie las nicht mehr, sie war eingeschlafen, das Licht noch an, ein dickes Buch auf dem Bauch. An den Wänden ihres Zimmers hingen Harry-Potter-Plakate und Zeichnungen aus japanischen Zeichentrickfilmen. Nein, gab's ja nicht mehr. Wie hieß das jetzt? Animation? Anime? Er muss Maya fragen, nur damit sie ihn mit ihrem famosen Kinderlachen verspotten kann. Georg küsste seine Tochter vorsichtig auf die Wange, zog ihr die Decke unters Kinn, machte das Licht aus und schloss leise die Tür. Dann ging er zu den Buben im Flur vis-à-vis, versuchte, in dem dunklen Zimmer die Umrisse ihrer Betten zu finden. Alois schnarchte sanft, Linus hatte sich freigestrampelt. Georg ging leise zu seinem Bett und deckte ihn zu, strich ihm übers Haar. Er ließ das Glück in sich Platz greifen, das diese Kinder, diese Familie ihm verschaffen. Diese Kinder, deren Aufwachsen er jeden Tag miterleben darf. Er ist so gerne Vater. Er hat es nicht gewusst, früher, aber er ist gerne Vater.

Es kann so leicht sein. Er ist dankbar, und er sagt es sich in Gedanken vor: Ich bin dankbar. Ich bin dankbar für das alles. Ich bin dankbar für die Abwesenheit von Unglück, von Krankheit, von Krieg, von Armut. So viele Menschen haben dieses Glück nicht. Ich bin dankbar. Man muss die Dankbarkeit spüren, das Glück sehen können. So viele Leute sind von Glück umgeben eingebettet in Glück, und sie sehen es nicht, spüren es nicht. Georg macht sich sein Glück bewusst, seine Dankbarkeit. Manchmal, an finsteren, schlechten Tagen, summt in ihm ganz leise das Gefühl, dass das eine Lüge ist, dass er sich selbst beschwindelt, dass er sich sein eigenes Glücklichsein einredet, zusammenbaut aus den Glücksindizien um ihn herum, aber er lässt das Gefühl nicht wachsen. Er schneidet es ab, mit der Dankbarkeitsschere. Es geht ihm so gut. Er hat so viel Glück im Leben. Er ist so gerne Vater. Er ist dankbar für das alles. So will er leben, genau so.

Das Dorf, in dem Georg aufgewachsen ist und in dem er jetzt mit seiner Familie wieder lebt, heißt Flur. Flur am Kamp. Vielleicht war Flur früher einmal ein Flur, Freiland, leere Gegend. Sicher nicht das Straßendorf, das Flur jetzt ist, zusammengestückelt aus alten und neuen, dicht aneinandergebauten Häusern auf beiden Seiten einer Straße, auf der Lkws und mächtige Traktoren viel zu schnell durch das Dorf rasen. Die Häuser, in denen kleine Kinder wohnen, haben hohe Zäune und gut gesicherte Gartentüren. Die alten Häuser grenzen ihre Höfe mit hohen Mauern zur Straße hin ab, mit mächtigen, immer wieder neu und meist in einem Grünton gestrichenen doppelflügeligen Holztoren, mit riesigen eisernen Klinken daran. Fast alle Gärten und anderen Grundflächen liegen weiter hinter den Häusern, die meisten kann man von der Straße aus nicht sehen, nichts von den kleinen Pools darauf, den Klettergerüsten und Rutschen, den Carports im Hof, den Hornbach-Gartenmöbeln aus Kunststoffrattan oder Regenwald-Teakholz. Da ist aber auch Gerümpel, das längst auf einen Schrottplatz gehören würde, manche horten völlig verrostete Autowracks, kaputte Reifen, Haufen von alten, zum Teil zerbröselnden Ziegeln. An die meisten Gärten schließen weiter hinten Obstwiesen an, mit Apfel- und Birnbäumen vor allem, ein paar Kirschen dazwischen, für Zwetschgen ist es in dieser Gegend zu kalt. Es gibt immer ein paar Narren, die es versuchen mit den Zwetschgen, und ein paar Jahre später hauen sie die toten Gerippe ihrer Zwetschgenbäume mit der Motorsäge weg und hebeln die zähen Wurzeln aus dem Boden. Georg ist einer davon.

Es ist hier zu kalt für Zwetschgen, auch wenn es ein paar Bauern gibt, die etwas anderes behaupten, und dass sie kräftige, gut tragende Bäume hätten, irgendwo auf einem ihrer Felder. Hat keiner je gesehen, diese Bäume. Die Nussbäume, die über die Häuser ragen, sind in vielen Frühsommern kahl, nach späten Frösten, die ihre Blätter und zarten, jungen Früchte in braunen Matsch verwandeln. Der Hof der alten Pichler steht als einer der wenigen etwas vom Straßenrand entfernt. Ein riesiger Nussbaum kragt über die Straße, und wenn ihn der Frühlingsfrost wieder einmal kahl gefegt und in ein trauriges, kahles Gestrüpp verwandelt hat, liegen die Betrunkenen nachts fluchend auf der Straße im braunen Matsch, auf dem sie ausgerutscht sind.

Der Hirschen, das Gasthaus von Georgs Familie, liegt etwas abseits auf einer sanften, fast idyllischen Anhöhe, dahinter führt ein Treppelweg hinunter zum Fluss. Früher hat nur Georgs Vater diesen Weg benutzt, wenn er zum Fischen ging. Es gibt einen kleinen Schuppen unten am Wasser und einen Steg. Jetzt im Sommer sitzen auch die Gäste an der warmen Schuppenwand und auf dem Steg, an den wenigen heißen Abenden, die das Klima dieser Gegend gönnt, auch wenn es mehr werden, dem Klimawandel sei Dank. Im vergangenen Jahr saßen sie schon im Mai mehrere Abende lang ohne Jacke am Steg, bevor es noch mal kurz kalt wurde, aber der Sommer danach war lang, wie die Sommer überhaupt immer länger werden, nach vorn und hinten. Für die Bauern ist es schwer, es regnet zu wenig, es ist zu trocken, vor allem für den Wald. Für das bissl Tourismus in der Gegend ist es gut. Kurzfristig betrachtet. Die Hirschengäste sitzen auf den Holzplanken oder auf den weichen, grünen Sitzpolstern, die Lea im Schuppen genau dafür lagert, sie kühlen ihre weißen Stadtfüße im kalten, vom Eisen bräunlichen Wasser, mit einem Bier in der Hand oder einem Spritzer. Innen an der Schuppenwand hat Lea ein laminiertes Blatt aufgehängt, eine amtliche Untersuchung der phantastischen Wasserqualität, die Farbe hat keine Bedeutung. Sie erklären es den Gästen immer wieder gern: Das Wasser ist eisenhaltig, und dieses Eisen färbt den Kamp so rostig bräunlich. Die meisten Gäste verlieren ihre Skepsis, wenn sie frühmorgens und abends die Forellen im Wasser springen sehen, im Dutzend. Viele kaufen sich Fischerkarten für einzelne Tage, ein Wochenende oder eine Woche, und stehen früh auf, um die Angel ins Wasser zu halten. Meistens Männer, manchmal mit ihren Söhnen und Töchtern, Frauen eher selten.

In der Früh geht er so oft wie möglich hinaus in den Wald, mit dem Hund, über die Forstwege, die er als Jugendlicher mit dem Moped abschepperte, in die Seitenwege hinein und über die Felder. Bevor die Arbeit in der Küche beginnt, bevor das Tosen der Töpfe anhebt, bevor er wieder den ganzen Tag nicht rauskommt. So hat er es sich irgendwie nicht vorgestellt, als er Wien Servus sagte und nach mehr als zehn Jahren in der Stadt zurück ins Heimatdorf ging, um das Wirtshaus von den Eltern zu übernehmen, nach dem plötzlichen Tod seines Vaters. Jetzt sind diese frühen Märsche vielleicht das Beste am Tag, natürlich außer der Zeit, die er mit seinen Kindern verbringt. Er schleicht sich bei Tagesanbruch aus der Wohnung, bevor Lea aufsteht und die Kinder für die Schule weckt, lange bevor Hermann sein verschlafenes Gesicht in der Gaststube sehen lässt, und optimalerweise bevor die Mutter anfängt, durchs Haus zu geistern. Bevor Ella kommt und Frühstück richtet, für die paar Frühstücksgäste, die sie manchmal haben, meistens an Wochenenden, und die dann früh aufstehen, weil sie wandern gehen oder Rad fahren oder fischen im See oder eine Kajaktour machen, den Kamp runter. Der ganz frühe Morgen, das ist Georgs liebste Zeit: wenn es noch völlig still ist, wenn alle noch schlafen. Nur der Hund wartet meistens schon an der Tür und will raus. Oft, im Winter, ist es stockdunkel, wenn er losgeht, die Holzstiege hinunter in die Gasträume, der Hund flitzt an ihm vorbei, Georg geht durch den dunklen Flur und am Ende durch die Tür hinaus, wo der Hund dann auch schon wieder wartet.

Jetzt ist es nicht mehr so dunkel, man sieht das Licht des Frühlings. Es sind nur zwei Meter bis zum Schuppen, er hat ein paar flache Steine zwischen Haus und Schuppentor in die Erde gesetzt, damit er nicht jeden Morgen in den Gatsch steigen muss. Er öffnet das Holztor, drinnen hängen seine Körbe neben der Hundeleine an einem Eisenhaken, über einer alten Holzbank, unter der seine Wanderstiefel und seine Laufschuhe warten. Die Bank stand früher in der Gaststube. Sie ist schön, Lea liegt Hermann schon länger in den Ohren, er soll sie endlich herrichten, sie will die Bank zurück ins Haus stellen. Hermann, der Gemütliche, sagt, schau dir das an, die Rückenlehne und die Sitzfläche bilden einen rechten Winkel, das ist batzenunbequem. Das stimmt. Georg weiß es, weil er hier jeden Morgen sitzt und die Birkenstock gegen die Waldschuhe tauscht, heute die Wanderstiefel, im Wald wird es nass und schlammig sein.

Der Hund ist unruhig, er schnüffelt durch den Schuppen, die Nase am Boden, wahrscheinlich erschnuppert er eine Maus oder eine der Nachbarskatzen, die es sich manchmal in der Nacht hier gemütlich machen. Auf der einen Seite steht der Schrank mit den Gartengeräten, an der anderen Wand hängen die vier schmalen Plastikkajaks, die sich die Gäste ausborgen können, zwei blaue, ein rotes, ein grünes, dazwischen die Paddel. Hier gehört dringend aufgeräumt. Rasenmäher, Kindertraktoren, Fahrräder in allen Größen und Aggregatszuständen, alles steht unordentlich neben- und übereinander, in einer Ecke sind ein paar Sessel aus dem Gastgarten aufeinandergetürmt, die gehören repariert oder weggeworfen. Rechts hinten steht unter zwei riesigen Blechlampen die Werkbank, an der Hermann arbeitet, dahinter liegt auf drei in die Wand gehauenen Eisenstangen das halbfertige Sechs-Tage-Boot; das ist der einzige Teil des Schuppens, der halbwegs aufgeräumt ist. Hermanns Werkzeug – also, eigentlich das Werkzeug von Georgs Vater – hängt ordentlich an einer Lochplatte an der Seitenwand, noch genauso, wie der Vater es damals angeordnet hat. Neben der Werkbank steht Georgs altes Moped, seine blauweiße, verchromte Puch DS mit der weißen Doppelsitzbank, mit der er als Jugendlicher zur Schule gefahren war und abends durch die Gegend, in andere Orte, andere Gasthäuser, zu anderen Menschen.

Wie man mit einem Moped fahren kann: allein, im kalten Morgenwind, Richtung Gymnasium und zu Mittag wieder zurück, bei Regen und Schnee, in einer zu dünnen, deutschen Bundeswehrjacke, die Georg bei einem Wienausflug in einem Armyladen kaufte und in der er die Jahre darauf praktisch wohnte. An Frühlingsnachmittagen und Sommerabenden in lauer Luft, im T-Shirt, mit einem Mädchen aus der Gegend hinter sich oder einem Freund, dessen eigenes Moped gerade kaputt war. Zu dritt, mit zwei Freunden, um vier Uhr früh in der Sommermorgendämmerung, heim vom See, wo sie die ganze Nacht unter dem Mond am Feuer gesessen und Bier getrunken und sich ins Wasser geworfen und auf Charlies kleinem Ghettoblaster leiernde Rock- und Bluesmusikkassetten gehört hatten; sie machten einen Umweg, um nicht am Haus des Dorfgendarmen vorbeizurattern, der ein Arschloch war und schlaflos. In Wien, mit einer der mageren, stachelhaarigen Kellnerinnen aus dem «Milieu» auf dem Rücksitz, die er nach einer langen, erschöpfenden Arbeitsnacht nach der Sperrstunde nach Hause brachte. Mit Heidi, die sich mit beiden Armen verängstigt und zu fest an Georg klammerte; sie fuhren, kurz nachdem sie sich kennengelernt hatten und er sie noch beeindrucken wollte, in die Idylle der Weinberge auf den Hügeln um Wien, begeilten sich an der Aussicht und knutschten dort auf einer Decke bis in die Nacht hinein: Georg erinnert sich an einen unglaublichen Sternenhimmel, eine vermutlich trügerische

Erinnerung, denn der Sternenhimmel in der Stadt ist trüb und mit dem hier auf dem Land nicht zu vergleichen. Heidi behauptet vermutlich heute noch, sie hätten in dieser Nacht Lotte gemacht, und wahrscheinlich stimmt es auch. Als Lotte zur Welt kam, hat er die Puch irgendwann aufs Land zurückgebracht und in den Schuppen gestellt, braucht man nicht, wenn man ein kleines Kind hat; und in irgendeinem Sommer, in dem er damit eine Ausfahrt machte, hat sie auf der Straße zum See den Geist aufgegeben, starb ab, ließ sich nicht mehr starten, er weiß bis heute nicht, warum. Er hat sie schwitzend und keuchend heimgeschoben und hier in den Schuppen gestellt, wo sie seither wartet, unrepariert, staubig und mit Spinnweben überzogen, alt, verbeult und ein bisschen angerostet. Lea wollte das Ding schon lang verkaufen, mehr als ein Gast hatte sich dafür interessiert und war bereit, ordentlich was zu zahlen. Und Alexander, sein Bruder, geht ihm seit ein paar Wochen total auf die Nerven, es sei auch sein Moped, er will es für seinen Buben, der bald fünfzehn wird, er kann und würde es herrichten, bei Georg stehe es doch bloß ungenutzt herum und roste vor sich hin. Aber Georg kann das nicht: Das ist seine alte DS; sein Moped hergeben, das schafft er nicht.

In dieser Morgenstunde mit dem Hund ist er allein, nur für sich. In dieser Stunde hat er keine anderen Verpflichtungen. Der Hund bleibt immer in der Nähe, und wenn Georg ruft oder pfeift, kommt er sofort. Das war seine Bedingung für den Hund, den die Kinder so un-un-unbedingt wollten, Maya zuvorderst: dass er professionell abgerichtet wird.

«Ihr wisst ja, was mit dem Hund von der Pichler passiert ist?»

«Ja!»

«Ein Gasthaus verträgt sich nicht mit einem schlecht erzogenen Hund, der die Gäste ankläfft.»

«Ja!»

«Das geht nicht.»

«Ja, Papa! Wir haben es kapiert.» Maya wollte diesen Hund unter allen Umständen, zu jeder Bedingung.

Der Hund von der Pichler ist immer wieder in den Wald gerannt. Einmal hat er ein Reh gerissen, und ein paar Wochen danach hat der Jäger ihn angeschossen. Die Pichler musste ihn einschläfern lassen. Die Jäger kennen da keinen Pardon. Die ersten Monate hielt Georg den Hund deshalb konsequent immer an der Leine, auch auf der Straße, jetzt lässt er ihn allein laufen, er vertraut ihm, der Hund entfernt sich nie weit und lässt sich auch von Tiergeräuschen oder -gerüchen nicht verleiten. Er läuft ein bisschen voraus, aber nie so weit, dass Georg ihn nicht mehr sehen kann, und wenn er was hört, bleibt er stehen, bis Georg bei ihm ist. Braver Hund.

Pepi heißt er, die Kinder haben ihm den Namen gegeben, schon als sie ihn im Tierheim aussuchten. Der! Der ist so süß! Er war wirklich süß, ein kleiner, braunweiß gefleckter Mischlingswelpe mit spitzer Schnauze, langen Ohren und einem freundlichen Gesicht. Er schien zu lächeln. Er ist längst nicht mehr klein, er geht Georg bis über die Knie, aber er lächelt immer noch. Manchmal läuft Georg auch, mit Stöpseln in den Ohren, aus denen alter, schwarzer Blues klingt oder Soul, der Hund läuft mit. Aber lieber geht Georg. Er geht schnell, er schlendert nicht, und wenn er nicht läuft, hat er auch keine Kopfhörer dabei. Bevor sie den Hund hatten, hatte er beim

Gehen manchmal Hörbücher in den Ohren, Romane, denn zum Lesen ist er nachts zu müde. Aber das macht er schon lange nicht mehr. Die Geschichten lenkten ihn von der Natur um ihn herum ab, von den Veränderungen, die er täglich wahrnimmt, den Farben. Vom Duft des frisch geschnittenen Holzes, vom Harz, das aus geknickten Ästen tropft, von gequetschtem Tannengrün. Selbst den Geruch des Pferdemists auf dem Weg mag er. Er will die Natur hören, die Geräusche des Waldes, seine Schritte auf dem Weg, den Traktor, der ihm von weit entgegenrollt. Das ist einer der Bauern auf dem Weg in seinen Wald, es ist unglaublich, was die Bauern hier alles machen, sie haben Felder, Vieh und jede Menge Holz auch noch. Er will das Heulen der Motorsägen hören, wenn er mal später unterwegs ist, das Knacken der Äste, auf die er tritt, oder auf manchmal, versehentlich, eine Weinbergschnecke, den Suzukimotor des Jägers, der ihn nach dem Hund pfeifen und ihn an die Leine nehmen lässt. Sicherheitshalber. Er will die Vögel hören, wie sie andere Vögel imitieren. Und das Getrappel des Hundes.

Zudem hat er das Gefühl, er kann weniger gut riechen, weniger gut sehen, wenn er nicht zugleich in die Welt hineinhört. In der Küche ist es anders, vielleicht, weil dort die Düfte intensiver sind, isolierter und ganz nah. In der Küche hört er beim Mis en Place gerne Mozart und Beethoven, Smetana und Mahler, Tschaikowsky und Schubert aus einer Box über dem Ofen. Hat er als Junge nie, die Klassik kam mit dem Kochen. Und wer in seiner Küche arbeiten will, muss das aushalten. Nicht zu laut. Und nicht Bruckner und Wagner, obwohl das zu seinen Gerichten passen würde, zu ihren Düften, aber diese Musik ist zu intensiv und lenkt ihn von den Routinen ab, den Produkten, den Bratgeräuschen, lenkt ihn ab, genau wie die Musikstöpsel in den Ohren von den Wald- und Wiesengerüchen.

Auch deshalb zieht er das Gehen dem Laufen vor. Laufen ist ihm zu schnell. Er übersieht dabei Sachen, Jahreszeitensachen, Veränderungen, vor allem aber zischen all die Herrlichkeiten unbemerkt vorbei, die er für seine Küche braucht: wilde Kräuter, Waldbeeren, zarte Wipfel, hellgrünes Moos, Pilze, die nach Walderde riechen. Er liebt die Natur. Früher wusste er das nicht, da hat er sie wenig respektiert, großzügig ignoriert, gegen die Großstadt eingetauscht und lange nicht ein bisschen vermisst. Aber jetzt liebt er die Natur. Es gibt keinen Tag, an dem er sich nicht auf seinen Morgenmarsch freut, auf die frische Natur. Er geht trotzdem am liebsten auch mit einer Aufgabe in die Natur hinein, er stapft nicht gern einfach sinn- und ziellos über die Forststraßen und die Waldwege entlang. Er will die Herrlichkeiten, die die Welt einfach so umsonst hergibt, bemerken, sehen, erkennen, nutzen, er will daran riechen, seine Nase in ein zwischen seinen Fingern zerriebenes Kraut stecken, die Süße einer wilden Himbeere auf seiner Zunge schmecken, er will die Natur pflücken, verarbeiten, einkochen, auspressen, gelieren, was immer das Beste aus ihr herausholt, ihre Essenz, den stärksten Duft, den intensivsten Geschmack. Er hat stets ein kleines Klappmesser in der Hosentasche und einen dünnen Stoffbeutel dabei oder einen Korb, wenn die Jahreszeit fette Beute verspricht. Manchmal verarbeitet er die Schätze, die er im Wald und auf der Wiese gefunden hat, bis tief in die Nacht hinein, in der großen Privatküche, was Lea mitunter nervt: Komm doch endlich ins Bett, dieser Zwang, aus allem immer was machen zu müssen, bist du denn gar nicht müde? – Etwas, das er in die Menüs einbauen kann, das auf den Tellern toll aussieht und seinen eher schlicht-traditionell orientierten Gerichten einen extra Kick verschafft, eine ganz eigene Note, die man nur bei ihm bekommt. Er weiß schon, dass der Hirschen nicht das Noma vom Waldviertel ist und nie werden wird. Er war vor zwei Jahren dort, mit Lea, einmal im Jahr machen sie so was, zwei oder drei Tage Pause vom Gasthaus und den Kindern, dann essen sie in einem der gerade besten Restaurants in Europa, nur sie zwei.

Er weiß schon, dass er nicht so gut ist und nie so gut sein wird wie diese Spitzenköche. Aber er sieht und schmeckt bei ihnen immer ein paar Sachen, die zu ihm und zum Hirschen passen. Und er entwickelt allmählich eine Handschrift, seine, Georgs Koch-Handschrift. Und das hat Sinn, das ist seine Arbeit, und allmählich spricht es sich auch herum, dass der Hirschen mehr ist als ein normales Landgasthaus, es gibt gute Rezensionen und viele Fünf-Sterne-Kritiken auf den üblichen Seiten im Netz (ein paar andere auch, ein paar miese, ungerechte, die Georg schlaflos ärgern). Spricht sich rum, auch in der Gegend und bei den Kollegen in den nobleren Restaurants ein bisschen weiter weg hat sich die Kunde verbreitet, dass der Sohn, der den Hirschen in Flur am Kamp jetzt übernommen hat, ein wirklich guter, spannender, innovativer Koch ist, obwohl er jahrelang in der Stadt etwas anderes gemacht hat; dass er gute Produkte von den Betrieben der Umgebung verarbeitet und obendrein Ungewöhnliches aus Wald und Wiese. Dass das Gasthaus zwar in einer schroffen, wetterwechselhaften Gegend liegt, abseits der lieblichen Weinberge, weil es hier zu kalt ist für Wein, noch, aber dennoch einen Besuch wert. Der Hirschen wird jetzt im

Slowfood-Führer gelistet, das ist eine wichtige Sache, das spornt ihn an, das spornt vor allem auch Lea an: Das ist die Ecke, in die sie will, das ist das Publikum, das sie anlocken möchte. Im Prinzip Menschen wie sie selber, er und Lea: Leute, die die Stadt ausgekostet haben, mit vollem Einsatz, und denen sie nun nicht mehr schmeckt. Die jetzt auf der Suche nach neuen Geschmäckern sind, grüneren, erdigeren, und überhaupt nach einer anderen Geschwindigkeit, nach Nachhaltigkeit, Gemächlichkeit und Achtsamkeit. Gut, dieses Wort findet er beschissen. Achtsamkeit. Achtsam ist man vor Ampeln. Und: Genuss. Schreckliches Wort, er vermeidet es und streicht es Lea aus all den Hirschen-Marketing-Texten, die sie verfasst. Genuss. Chhh. Das klingt ihm zu sehr nach Frauenzeitschrift, so ein schwammiger Begriff, auf den sich alle einigen können, weil er nichts heißt, weil er für jeden etwas völlig anderes bedeutet.

Was alle im Prinzip suchen: eine Geborgenheit, ein Zuhausefühlen, Verstandenwerden, eine Gemeinsamkeit, eine Verbindung, die man über ein Mahl am einfachsten herstellen kann – über ein gemeinsames Mahl. Irgendwo hat Georg einmal gelesen, dass das beste Mittel gegen Unglücklichsein sei, wenn man zusammen isst, Freunde an einem Tisch, die zusammen speisen, reden, kochen. Das ist es, was er in seinem Wirtshaus bieten möchte. Deshalb haben sie auch diesen großen Tisch in den Gastraum gestellt: ein Manifest des Miteinanders, des Fremde-zu-Freunden-Machens. Nur Leas Idee, den Dorfstammtisch aufzulösen und in diesem Tisch zu integrieren, haben sie sehr schnell wieder aufgegeben: Man muss den Leuten selbst die Entscheidung überlassen, mit wem sie zusammensitzen, mit wem sie essen und trinken wollen. Und die Leute aus dem Ort wollen nun mal nicht mit den Gästen aus der Stadt oder den Touristen von irgendwo an einem großen Tisch sitzen. Sie wollen untereinander sitzen und über ihre Sachen reden, Dorftratsch, Gschpusis, Sachen, die nicht unbedingt politisch korrekt sind, Sachen, die die von ihnen sogenannten Wochenendmenschen aus der Stadt verstören würden und die auch Lea und Georg lieber nicht hören wollen. Man kann Nähe nicht erzwingen. Aber sie kann auch durch ein gelassenes Nebeneinander entstehen. Die Einheimischen tun sich leichter, wenn sie ihren sicheren Winkel haben, in dem man sie in Ruhe die sein lässt, die sie sind. Man muss den Leuten ihr Anderssein lassen. Man muss akzeptieren, dass es andere Menschen gibt. Das ganze Gerede von den Parallelgesellschaften: Georg findet Parallelgesellschaften nicht so schlimm. Man muss nicht jeden zwingen, wie der andere zu sein, nicht mal, alles des anderen zu verstehen. Georg glaubt, dass es besser ist, die Menschen so sein zu lassen, wie sie sind, nebeneinander, Individuen mit ihren Angewohnheiten und Vorlieben. Sie wollen so bleiben, wie sie sind, und wenn man das akzeptiert, wird es für alle leichter, miteinander zu reden. Ohne Zwang. Am großen Tisch sitzen die, die das gerne tun, die das schon spüren, dieses Zusammengehörigkeitsgefühl, wenn man gemeinsam isst. Und wenn es allen schmeckt. Gemeinsam am Tisch sitzen und etwas essen, das alle froh macht, etwas, auf das sich alle einigen können. Und das geht am besten, das hat er von diesen Spitzenköchen gelernt, wenn alle Ingredienzen harmonieren, die Tonlage des Gerichts, die Stimmung, wenn es mit der Gegend zu tun hat. Plus, und damit hat seine in dieser Hinsicht effizienzorientierte Wanderei auch zu tun: In seiner Familie tut man aus

Prinzip nichts ohne Sinn, nichts Zweckloses. Niemand tat das je, niemand sitzt einfach nur so herum und entspannt sich, tut man nicht, gehört sich nicht.

Sein Vater hat das nie gemacht und auch seine Mutter nicht. Auch jetzt noch treibt es sie herum, ruhelos, sodass man manchmal sagen muss: Bleib doch einmal sitzen, schau, du hast so einen schönen, großen Fernseher, schau, wir haben dir neue bunte Heftl gekauft, und hast du gesehen, wir haben dir einen gemütlichen Sessel unter den Birnbaum gestellt. Ruh dich doch mal aus! Lass es dir gut gehen! Aber das kann die Mutter nicht. Das hat sie nie gelernt: stillsitzen, entspannen, ausruhen. Es geht ihr einfach nicht gut, wenn sie nichts tut. Sie will raus aus ihrer hübschen kleinen Wohnung mit dem überdachten Holzbalkon und dem Schaukelstuhl, auf dem sie nie sitzt, trotz ihrer Probleme mit den Beinen. Sie will etwas tun, arbeiten, mithelfen, ihrem Lebensabend einen Sinn geben, sie will nützlich sein. Sie kann nicht gemütlich und nichtsnutzig im Schatten sitzen. Sie will nicht nur die Luft veratmen, die jüngeren, kräftigeren, intakteren Menschen zusteht, die noch was leisten auf der Welt. Die nicht nur Elektrizität verschwenden, Licht und Wärme für eine alte Frau, die doch immer schwächer und nutzloser wird. Eine Last. Nicht verwirrt, immerhin, nicht dement wie Leas Vater. Sie ist alt, aber klar im Kopf, klar genug, um Georg und Lea gegenüber immer wieder betonen zu können: Ach, eine gute Mutter wäre längst tot, würde nicht mehr ihrer Familie zur Last fallen, ach, wäre ich doch schon tot.

Georg nervt das unglaublich, er hasst die Selbstverleugnung darin, die passive Aggression, nein, eigentlich ist sie gar nicht passiv, diese Aggression; sie ist ziemlich vital. Georg schimpft mit ihr, wenn sie so spricht: Herrgott, Mutter, wir wollen dich nicht tot, niemand will dich tot. Mutter, du bist uns eine große Hilfe.

Das ist eine Lüge. Je mehr sie helfen will, desto weniger ist sie eine Hilfe. Findet zumindest Georg. Er findet es überwiegend anstrengend. Lea kann damit besser umgehen, gelassener, wahrscheinlich, weil sie seine Mutter nicht schon ihr ganzes Leben lang kennt, nicht früher schon mit ihr zusammengelebt hat. Er schon. Nicht das ganze, aber lange genug. Lea versorgt seine Mutter mit kleinen, leichten Aufgaben, die sie beschäftigen, aber nicht überfordern: überschaubare Körbe mit Bügelwäsche, Socken, die gestopft gehören, ein paar spezielle, meist ältere Gäste, um die sich jemand kümmern muss, tagsüber mal rausgehen mit dem Hund.

«Sie muss einfach das Gefühl haben, gebraucht zu werden», sagt Lea.

«Weiß ich. Genau das nervt mich ja so.»

«Versteh ich nicht.»

«Es geht um ihr Gefühl», sagt Georg, «Es geht um SIE, nicht um uns. Es geht nicht darum, dass sie hilft. Es geht darum, dass sie sich besser fühlt.»

«Jetzt sei nicht so ungnädig. Sie ist einundachtzig. Und ich bin sehr froh, dass sie mir bügelt und sich zu den Gästen setzt.»

«Ich bin mir nicht völlig sicher, ob das für das Geschäft von Vorteil ist.»

«Krieg dich ein. Sie ist die rüstige Seniorwirtin. Die Gäste mögen sie.»

«Mich nervt das.»

«Die Leute nicht. Sie hat immer noch einen guten Wirtinnenschmäh.»

«Ich weiß nicht. Sie ist der alte Hirschen. Ich bin der neue.»

«Soso. Du.»

«Wir, Schatz, wir.»

«Klingt *fast* ein bisschen eifersüchtig. Schatz. Sie nimmt dir ja nichts weg. Uns. Sie lässt uns alles so machen, wie wir wollen.»

«Immer nimmst du sie in Schutz.»

«Die Leute kommen jedenfalls gerne wieder. Und beim Herrichten der Gaststube hilft sie wirklich mit. Und sie geht mit dem Hund raus.»

«Weil sie sonst den Dorftratsch verpasst. Oder jedenfalls den neusten Stand.»

«Ja, und? Hauptsache, sie macht sich nützlich. Meine Mutter tut so was nicht. Meine Mutter kann so was überhaupt nicht. Willst du, dass sie nur rumsitzt?»

«Ja, will ich. An einem Ort, an dem ich sie nicht sehe.»

«Sei doch nicht so gemein. Echt jetzt, Schurl. Sie ist deine Mutter.»

«Jaja. Eh. Ist ja schon gut.»

Georg ist sonst nicht so ungnädig. Das passt gar nicht zu ihm, und er ist von sich selbst genervt, wenn er so ist, selten mal. Es ist die Mutter, die das aus ihm herausholt, die diesen Nerv, der bei allen anderen unempfindlich bleibt, immer wieder erwischt, mit dem Mutterskalpell. Ja, er fände es mitunter angenehm, wenn sie nicht ganz so lebendig wäre, nicht so ruhelos, nicht so präsent, gerade auch vor den Gästen. Aber das behält Georg natürlich für sich. Er würde es auch besser aushalten, wenn sie ihre Unaufdringlichkeit nicht so aufdringlich zur Schau stellte. Es ist ihr ständiges Bemühen, unsichtbar zu werden, unspürbar, fake-tot, das sie so unendlich anstrengend und enervierend macht. Sie erschreckt ihn überdies ständig zu Tode, in ihrem verrückten Ich-bin-garnicht-da-Modus. Wie ein Geist erscheint sie plötzlich irgendwo, wo man nicht mit ihr rechnet, wo sie nicht sein sollte. Wie unlängst, als er in der Morgendämmerung, bevor er in den Wald ging, durch den dämmrigen Gastraum in die Küche tappte, noch ein bisschen verschlafen. Und im Dämmer hatte sich plötzlich etwas materialisiert, ein Schatten im Halblicht, ein menschlicher Umriss – die Mutter, mit ihrer Nase fast direkt auf einer Zeitschrift. Er fuhr vor Schreck in die Höhe und stieß sich an einem der Tische.

«Jössas, Mutter! Himmelherrgott! Ich krieg noch einen Herzinfarkt! Warum sitzt du hier im Dunkeln? Um Himmels willen, mach das Licht an! Wie willst du lesen in dieser Finsternis? Du ruinierst dir die Augen doch komplett! Und warum bist du überhaupt schon auf?»

«Fluch nicht, Schorsch. Guten Morgen.»

«Guten Morgen, Mama.»

Sein linker Oberschenkel schmerzte, Scheiße, das würde einen ordentlichen blauen Fleck geben, er würde ihn bei jedem Schritt im Wald spüren und den ganzen Tag in der Küche, die nächsten Tage wahrscheinlich auch noch.

Die Mutter ließ natürlich ihren üblichen Sermon ab, dass es für sie hell genug sei, wirklich, sie könne so wunderbar lesen, alles sei tadellos zu erkennen. Dabei hat sie es an den Augen, grauer Star, rechts stärker als links. Lea hat sie kürzlich in die Stadt zum Augenarzt gefahren.

«Mutter, deine Augen sind eh schon schlecht. Sei nicht so dumm.»

«Sag mir nicht, dass ich dumm bin.»

«Mutter, bitte.»

Georg war zur Schank gehumpelt und hatte das Licht angemacht.

«Hast du dir weh getan? Soll ich dir meine Voltarensalbe holen?»

«Nein danke, Mutter, es geht schon.» Fuck, tat das weh. «Bist du schon lange auf?»

«Ich habe bloß wieder so schlecht geschlafen. Um halb fünf habe ich es schließlich aufgegeben.»

«Tut mir leid.»

Es tut ihm nicht leid. Sie schläft immer schlecht, es ist ihr Signatur-Leiden. Und sie weigert sich, ein Schlafpulver zu nehmen. Schlecht zu schlafen, nachts stundenlang wach zu liegen, das gehört zu ihrer passiv-aggressiven Mitleidsmasche. Wenn sie nicht mehr schlecht schlafen würde, könnte sie dafür kein Mitgefühl mehr kassieren. Lea hat ihr bestimmt schon ein Dutzend verschiedener Mittelchen und Tees besorgt, Kräuterkissen und Biotropfen; Georg ist überzeugt, dass sie keins davon auch nur ausprobiert hat. Sie will schlecht schlafen, es ist ihr persönlicher Ehrgeiz, einen schlechten Schlaf zu haben, und sie will darüber klagen.

«Möchtest du ein Frühstück, Mama?»

«Nein, danke, ich frühstücke dann mit Lea und den Kindern.»

«Einen Milchkaffee vielleicht?»

«Nein, braucht's nicht, danke.»

Er schaltet trotzdem schon mal die Kaffeemaschine ein.

«Hast du schon die Zeitung gelesen, Schorsch? Die neue Regierung will die Erbschaftssteuer abschaffen.» Seit sie nicht mehr arbeitet, liest sie jeden Tag alle Tageszeitungen, die er für die Gäste abonniert hat, und will dann darüber reden. Georg will nicht darüber reden. Er politisiert nicht gern, hat er noch nie, es ist für einen Wirt besser, seine politischen Ansichten für sich zu behalten, das hat er in seiner Zeit hinter der Bar gelernt. Mit Gästen über Politik reden: immer schlecht, gefährliches Terrain. Mit seiner Mutter über Politik reden: noch schlechter. Sie hat einen Narren an dem properen jungen Kanzler gefressen, sie hat ihn gewählt, verehrt ihn. Sie glaubt ihm jeden verlogenen Scheiß, wie den, dass er Wirtschaftspolitik für die kleinen Gewerbetreibenden machen will, für Kaufleute, Dienstleister, Gastronomen wie sie. Das Rauchverbot in der Gastronomie! Hat er wieder abgeschafft, Schorsch, das ist doch gut! Nein, war es nicht. Den musste man doch nur ansehen. Kleine Leute. Aber sicher.

«Wenn wir damals schon so einen gehabt hätten, wäre es uns besser gegangen.»

«Irrtum, Mutter, wäre es nicht.»

«Und woher willst du das wissen?»

«Der scheißt auf Leute wie dich. Das ist alles ...»

«Du sollst nicht so schirch reden, Georg.»

«Ich muss los. Der Hund muss raus.»

«Ich kann später mit ihm gehen ...»

«Er muss jetzt aber auch raus.» Sie weiß ganz genau, dass er das jeden Tag macht. Er macht das seit Jahren, nicht erst, seit sie den Hund haben, er geht jeden Tag raus, praktisch schon, seit er das Wirtshaus übernommen hat. Sie will ihn nur nerven, immer. Jeden hier. Aber ihn am meisten.

«Ich sag ja nur.»

Ah, das typisch beleidigte Ich-will-ja-nur-helfen-Gesicht. Er sah zu, dass er hier wegkam.

«Danke, Mutter. Bis später. Und lass bitte das Licht an.»

Denn natürlich hat sie gewusst, dass irgendwer sie entdecken wird um diese Tageszeit, er oder Lea, wie sie da sitzt und liest, wie sie völlig selbstlos Strom spart und Kosten vermeidet. Natürlich macht sie das absichtlich. Sie war immer sparsam, jetzt spart sie sich selber ein, so gut es geht, aber sie tut ihr Bestes, dass das keinesfalls unbemerkt bleibt. Sie trägt ihre Bescheidenheit wie eine Fackel vor sich her, seht, ich falle niemandem zur Last. Es macht ihn verrückt, dieses aggressive Gar-nicht-da-sein-Wollen, diese aufdringliche und dadurch völlig unwirksame Unsichtbarkeit. Nur niemandem zur Last fallen, nur keine Ausgaben verursachen. Bitte, tut so, als gäb's mich gar nicht! Ignoriert mich einfach! Was natürlich unmöglich zu ignorieren war. Und dazu: immer effizient sein, einen Wert haben, ein zwanghaftes Sinnvoll-sein-Müssen, eine Tüchtigkeit demonstrieren, die ihre Möglichkeiten längst nicht mehr hergaben.

Aber genau das steckt eben auch in Georg. Er hat es geerbt, von seinem Vater, von ihr, alle haben sie das, alle sind sie tüchtig, tüchtig, tüchtig, außer vielleicht Alexander, sein Bruder. Beziehungsweise konnte Alexander es gut managen. Er ist mit seiner vor sich hergetragenen Untüchtigkeit paradox erfolgreich. Aber Georg trug es definitiv und effektiv in sich, und auch wenn er versucht hatte, es loszuwerden, zu verschütten, immer hatte es ihn angetrieben: eine sinnvolle Existenz zu führen, im Leben was zu leisten. Er hatte gegengesteuert, hatte grad extra als Kellner im «Milieu» gearbeitet, das Bodenkultur-Studium schleifen lassen, hatte versucht, dieses spezielle Familiengen auszuradieren. Ging dann aber nicht. Hielt nur ein paar Jahre, und als sein Vater starb, überbrandete es ihn wieder: dieses unzerstörbare, dieses elende

Pflichtbewusstsein. Das Studium, das er sich ertrotzt hatte, beendete er nie, er wurde Wirt, wie seine Eltern es längst für ihn vorgesehen hatten.

Das Mittagsgeschäft ist so gut wie vorbei. Georg hat die letzten zwei Wiener Schnitzel mit Erdäpfel-Vogerl-Salat in die Durchreiche gestellt, Schwein, es gibt hier kein Kalb, obwohl die verwöhnten Städter ständig danach fragen. Sein Schnitzel ist aus Schweinefleisch, wie es in echten Wirtshäusern immer gemacht wurde, und das Fleisch, das er verwendet, stammt aus einem Biobetrieb in der Nähe, wo die Schweine im Wald im Dreck herumwühlen, besseres Schweinernes wirst du schwer finden. Wer sein Schnitzel aus einem anderen Fleisch will, soll einen Backhendlsalat essen oder seinetwegen woanders, das ist ihm egal, er weicht nicht seine Prinzipien auf. Lea sieht das etwas lockerer, sie würde sich den Wünschen der Gäste schon anpassen, wer zahlt, schafft an, das ist Leas Meinung, sie hatten schon viele Debatten deswegen. Sie gab schließlich auf, oder jedenfalls tut sie so. Sie haben sich darauf geeinigt, dass er ihr nicht bei der Ausstattung des Lokals hineinredet und sie ihm nicht beim Kochen, obwohl sie sich beide nicht ganz leicht tun damit.

«Ich komm gleich nach.» Georg schickt Amelie und Steve schon mal zum Essen raus, sie tragen ihre Teller nach hinten an den großen Tisch, und sie begrüßen auf dem Weg dorthin freundlich die Gäste, die noch beim Mittagessen sitzen, Georg hat ihnen das beigebracht. Entschieden freundlich sein, immer. Eine Beziehung zu den Gästen schaffen, ihnen ein gutes Gefühl geben. Er hat lange genug hinter einem Tresen gestanden, er weiß, was Gäste wollen, das gute Gefühl.

Obwohl, das hat er ihnen nicht immer gegeben, aber auch das wollten sie dann irgendwie, vor allem damals im «Milieu». Dort mussten die Gäste viel aushalten können, und das wollten sie. Man konnte zehn Jahre lang jeden Tag kommen, das hieß nicht, dass man sich ein Lächeln verdient hatte. Aber hier ist es was ganz anderes. Das ist jetzt sein Wirtshaus, und hier will er es anders, hier will er es so.

Er richtet sich einen Teller mit den letzten Bärlauchnudeln, ohne Stiefmütterchen, wenig Käse, ganz pur. Er wird jetzt essen. Dann wird er Lotte anrufen, ihr schreiben, whatever, er muss wissen, was los ist mit ihr, er will die Gewissheit, dass es ihr gut geht. Dass alles in Ordnung ist, alles gut: Dieses Gefühl will er wieder, aber er spürt schon, dass es so schnell nicht wiederkehren wird.

ES GEHT HEIDI EIN BISSCHEN BESSER, seit sie Georg angerufen hat. Einer, der ihre Sorge teilt, und wenn's nur Georg ist. Martin ist gerade nicht da. Aber immer noch: keine Antwort von Charlotte. Es sind jetzt acht Tage, viel zu lang. Zuerst schaltete Charlottes Handy auf die Mailbox, wenn Heidi anrief. Ein paarmal hinterließ sie eine Nachricht, zuerst mit einer bemühten Leichtigkeit, die Charlotte ihr gleich schon nicht abkauft. Jetzt ist sie richtig in Sorge und verbirgt es nicht mehr. Ihre Fingernägel sind abgekaut. Charlotte hat nicht zurückgerufen, kein einziges Mal. Wenn sie jetzt Charlottes Namen in der Anrufliste drückt, sagt ihr eine fremde Frauenstimme, dass der gewünschte Teilnehmer derzeit nicht erreichbar ist. In der Anrufliste steht hinter «Charlotte» in Klammern eine Ziffer: 34. So oft hat sie es schon probiert. Wenn man die Ziffer so sieht, könnte man denken, Heidi sei eine Stalkerin. Heidi ist keine Stalkerin. Sie ist eine Mutter. Eine Mutter, die sich Sorgen um ihre Tochter macht. Sie läuft durch das Haus, von Fenster zu Fenster. Vorne kurven die Zwillinge von den Schneiders mit ihren Dreirädern herum. Vollgummireifen, schallschluckend. Die Nachbarschaft dankt es Britta. Manchmal läuft Britta raus zu ihnen und deutet die Zufahrtsstraße hinauf. Wahrscheinlich sagt sie den Kindern, wie weit sie fahren dürfen. Heidi hat das mit Lukas auch so gemacht. Charlotte war schon zu groß zum Dreiradfahren, als sie hierherzogen, sie fuhr mit ihrem ersten Fahrrad schon ohne Stützräder auf und ab. Es ist eine Sackgasse, die an einem Feld endet. Da vorne kann den Kindern nichts passieren. Noch nicht, noch wird da nicht gebaut. Noch fahren da keine jungen Männer mit ihren tiefergelegten BMWs hin und her. Werden sie auch nicht. Die Grabovsky sammelt schon Unterschriften, seit im Sommer eines Vormittags einmal ein paar Autos durch die Straße gefahren sind und am Rand des Feldes geparkt haben. Ein paar Leute stiegen aus. Einer war im offenen Mercedes-Cabrio angefahren. Die Sonne schien ihm auf die Glatze, die schon ganz rot war. Sie hatten Fotos gemacht mit ihren Telefonen und Ipads, in verschiedene Richtungen gedeutet und wichtig die Köpfe zusammengesteckt. Heidi war sofort rüber zu Britta, die hinten im Garten war. Hast du gesehen? Die Grabovsky kam dazu, die war grad da. Die Grabovsky schlich sich an den Hecken entlang zum Feld und machte ihrerseits Fotos von den Leuten, die fotografierten. Eins der Fotos kopierte sie dann auf die Unterschriftenliste. Die Leute waren wieder in ihre Autos gestiegen und weggefahren, durch Brittas Küchenfenster beobachtet von den drei Frauen. Sie waren nicht wiedergekommen. Aber das war bei der Wiese hinter Heidis Garten auch so ähnlich gewesen.

Sie blickt in den Garten, aus dem anderen Fenster. Da sollte dringend was gemacht werden. Der Rasen muss nachgesät, die Hecke geschnitten, das Beet umgegraben werden, und die vermoosten Lichterketten müsste man erneuern. Die Veranda braucht eine Runde kärchern. Wie das ausschaut. Aber der Garten ist Martins Revier, und Martin ist nicht da. Wenn er wiederkommt, wird er sich darum kümmern. Er wird graben, schneiden und säubern. Er wird mit der Astzange herumhantieren. Er wird zu Ikea fahren. Er wird kaputte Glühbirnen ersetzen, wird morsche Latten erneuern, Martin wird sich um alles kümmern. Hinten, ein Stück hinter der Grundstücksgrenze, beginnt der neue Bauzaun. Dahinter entsteht ein Sozialbau, achtzig Wohnungen. Der Bau beunruhigt Heidi und die Nachbarn in ihrer Sackgasse. Alle reden darüber. Das Ding wird immer höher und höher. Sie fühlen sich erdrückt und erschlagen. Aber momentan hat Heidi andere Sorgen. Das ist gerade nicht so wichtig. Lotte ist wichtig, und was mit ihr ist.

Bei der Arbeit im Laden ist sie unkonzentriert, weil sie in der Nacht kaum schläft. Die Besitzerin des Blumen- und Geschenkeladens, in dem sie arbeitet, seit sie mit Charlotte zurück nach Rebenborn kam, und wieder, seit Lukas in die Schule geht, will bald in Rente gehen. Heidi wird den Laden übernehmen. Aber jetzt holt sie ständig das Handy heraus und sieht nach, ob es etwas Neues gibt. Niemand hat ihr geschrieben. Nur Erika, wie fast jeden Abend. Es gibt also nichts Neues, jetzt außer, dass sie gegenüber, rechts von Britta, die Brühl aus dem Haus von den Grabovskys schleichen sah. Um halb zwei Uhr früh. Links von Britta huschte die Brühl zu ihrem eigenen Haus. Der Schlüssel fiel ihr dabei aus der Hand. Ach wirklich, schon wieder. Als hätte das Drama von vorvorigem Sommer nicht gereicht. In diesen Gedanken hinein schleift sich allerdings mit einem unguten Ziehen das Bewusstsein über Heidis eigene Situation ein. Martins Abwesenheit, die aber so unnatürlich ist, dass sie in Heidi noch gar nicht richtig ankam. Muss sie auch nicht, Heidi braucht das jetzt nicht bei sich ankommen zu lassen. Sie muss sich damit nicht beschäftigen. Das bleibt nicht so. Rentiert sich nicht, sich darüber Gedanken zu machen. Das wird alles wieder wie vorher. Man soll sich nicht mit Sachen belasten, die man im Moment nicht ändern kann, oder die sich sowieso von selbst wieder ändern. Das hat Heidi mal irgendwo gelesen und dann verinnerlicht, weil: ist vernünftig. Die Brühl jedenfalls hätte auch hintenrum gehen können: Durch Grabovskys Terrassentür raus, außen an Brittas Gartenzaun entlang und durch ihre eigene Terrassentür wieder rein. Warum macht sie das nicht? Britta schläft tief um diese Zeit. Die geht früh ins Bett. Die würde das nicht bemerken. Die Brühl will wohl erwischt werden. Sie liebt das Drama. Sie steht gern im Mittelpunkt. Die Brühl ist ja auch die Erste, die die Polizei ruft, wenn die Schulzes neben Heidi mal wieder ein bisschen länger feiern. Oder wenn die Freunde der Tochter von den Erbils zu oft mit ihren Motorrollern die Sackgasse lang und wieder zurückfahren. Oder wenn der Hund vom Gerlach, also jetzt von der Gerlach, wieder die halbe Nacht gekläfft hat. Ja, gut, das nervt. Aber Heidi ruft nie die Polizei. Obwohl sie es manchmal gerne täte. Bloß bei diesem einen Kerl, der immer seinen Köter auf die Grünflächen scheißen lässt, bei dem schon. Der eine aus der Parallelsiedlung. Sie weiß nicht, wie er heißt. Aber sie weiß, wo er wohnt. Sie hat mit dem Handy ein Foto von ihm gemacht. Letztes Mal, als sie ihn wieder dabei erwischte beziehungsweise seinen Hund. Er bemerkte sie und kam auf sie zu, mit dem Hund. Heidi spürte, dass ihr Herz sehr fest und sehr hoch in ihrem Körper pochte. Das Haar des Kerls war gefärbt, ein groteskes Kastanienbraun. Haare wie ein Helm. Sein Gesicht war rot geädert, auf jeden Fall ein Alkoholiker.

Heidi war alarmiert. Aber sie sagte ganz ruhig und freundlich: «Hallo, Sie, bitte. Das geht nicht. Sie müssen den Kot von Ihrem Hund wegräumen. Da spielen doch Kinder in der Wiese.»

Der Mann hatte ebenfalls sein Handy gezückt. Er hatte auf eine irgendwie schäbige Weise gelacht und gesagt: «He, Olle, zeig mal deine Titten!»

Unfassbar. So eine Sauerei. Das Herzgepumper hatte da schon ihren ganzen Körper übernommen. Beine, Kopf, Sprachzentrum, alles. Es war ihr in dem Moment unmöglich, auf diese unsagbare Unverschämtheit zu antworten. Sie hatte einfach kehrtgemacht und war weggegangen. Er war aber noch nicht fertig: «He, Puppe! Willste meinen Schwanz lutschen! Darfst auch schlucken, ist okay!» Sie spürte die Röte ihres Gesichts. Völlig überrumpelt und sprachlos. Unfassbar. Sie hatte ihn lachen gehört. So ein aggressives Siegerlachen. So ein Schwein. Sie spürte in sich den Wunsch, ihm weh zu tun. War der irre? Sie war eindeutig im Recht. Wie kommt der dazu. Überall stehen die Ständer mit den Tüten rum, und der lässt den Dreck von seinem Hund einfach liegen. Und dann belästigt er sie auch noch. Da hätte Heidi beinahe die Polizei angerufen. Sie wollte, dass er bestraft wird, irgendwie. Wenn nicht von ihr, dann vom Gesetz. Vielleicht würde sie es noch tun. Wenn sie wieder den Kopf dafür hätte. Oder wenn sie ihn nächstes Mal erwischt.

Aber sonst ruft Heidi nie die Polizei. Man ruft nicht wegen jeder Kleinigkeit die Polizei. Was ist denn das für eine Nachbarschaft, in der man so was tut. In der Stadt macht man das vielleicht, wo niemand keinen persönlich kennt. Aber nicht in so einer kleinen Siedlung. Man redet mit den Leuten. Die meisten sind ja verständig. Wenn was ist, ruft Heidi den Gerlach – DIE Gerlach, sie muss das endlich geregelt kriegen –, die Erbils oder die Schulzes an. Oder sie geht rüber zu denen und klingelt und sagt freundlich, dass es ein bisschen laut ist und Lukas morgen Schularbeit hat. Die Schulzes machen dann eh meistens leiser. Gegen das Gekläffe aus dem Gerlach-Haus kann man leider nicht viel tun. Obwohl sie die – geht doch – Gerlach schon ein paarmal ganz höflich gebeten hat, den Hund in einem der hinteren Zimmer unterzubringen. Besonders im Sommer, wenn die Fenster offen sind. Sie fragt sich jedes Mal, wie die schlafen kann. Die hört das selbst wahrscheinlich gar nicht mehr. Oder sie nimmt was, damit sie es nicht mehr hört. Es ist lästig, aber man ruft nicht die Polizei wegen solcher Kleinigkeiten. Man ruft überhaupt nicht die Polizei, außer, es passiert ein echtes Verbrechen, Einbruch, Überfall oder ihretwegen eine Schlägerei oder so, wenn man selbst nichts tun kann. Oder weil die halbwüchsige Tochter verschwunden ist. Oder weil die halbwüchsige Tochter anruft und ins Telefon weint und um Hilfe bettelt und man nicht aus ihr herausbekommen kann, wo sie ist. Oder wenn Dealer vor der Tür stehen und die halbwüchsige Tochter sprechen wollen. Dann ruft man vielleicht die Polizei. Aber nicht wegen der Nachbarn. Man verträgt sich mit den Nachbarn. Man ist freundlich zu den Nachbarn. Aber man schläft nicht mit ihnen, ne.

Nachbarschaft klingt leicht, ist aber eine diffizile Sache. Nachbarschaft erfordert Aufmerksamkeit und Empathie. Man muss die Balance spüren, die es braucht. Man muss eingrenzen, wie viel Engagement sie erfordert. Man muss unterscheiden zwischen Nachbarschaft und Freundschaft. Man muss abschätzen können, wie weit Nachbarschaft geht, nicht nur räumlich. Aber die Brühl macht sich halt gern wichtig. Vor allem beim Grabovsky. Die Frau Grabovsky ist wohl wieder bei ihrer kranken Mutter.

Danach konnte Heidi erst recht nicht schlafen. Verdammt, Charlotte. Wieso schon wieder. Wo bist du nur. Was machst du gerade. Es kreist permanent in ihrem Kopf, und kurz bevor sie doch einschläft, kollidiert irgendwas in ihr, und Heidi schreckt wieder hoch. Hellwach. Das Erste, was ihr dann wieder auffällt, ist die leere Betthälfte links von ihr. Das glatte, aufgeschlagene Bett. Das aufgeschüttelte Kissen. Es ist dunkel. Nur ein feiner Streifen Licht streckt sich von rechts durch die offenen Vorhänge in das Zimmer und verschmiert kurz vor dem Bett. Martin zieht die Vorhänge immer zu. Aber jetzt, wo er nicht da ist, lässt Heidi sie offen. Sie fühlt sich weniger isoliert, wenn sie die Nachbarn gegenüber spürt. Weniger abgeschnitten von allem. Heidi ist nicht gern allein. Sie schläft schlecht, so allein in dem großen Bett. Gestern hat eine Kundin zweimal erklären müssen, was sie möchte, weil Heidi ihr beim ersten Mal nicht zugehört hat. Entschuldigen Sie bitte!, ich bin heute schrecklich zerstreut.

Heidi hat Charlotte fünf oder sechs Mails geschickt. Sie bekam keine Antwort. Sie hat es mit SMS probiert. Die ersten paarmal ploppte unter ihrer Nachricht ein blauer «zugestellt»-Button auf, aber Antwort bekam sie keine. Danach wurde offenbar auch nicht mehr zugestellt. Eine ihrer Whatsapps hat Charlotte offensichtlich gelesen. Die zwei anderen nicht mehr. Zuletzt war sie vor drei Tagen online, um 3.43 Uhr. Vielleicht war es aber auch gar nicht Charlotte, die da online war, vielleicht hat jemand anderes ihr Handy. Oh Gott. Bitte nicht. Was, wenn sie wieder neue Freunde hat. Freunde wie früher. Freunde, die nicht gut für sie sind. Was, wenn sie all die für sie notwendigen Regelungen und Regeln in den Wind geschlagen, das ganze Koordinatensystem, das sie am Leben hält, in die Tonne getreten hat. Berlin ist riesig. Ein tiefer, endlos weiter Sumpf, voller böser Menschen, die schlimme Dinge tun. Überall droht Gefahr, Rückfall, Gewalt, Schmerz.

Die Vorstellung quält Heidi. Das war früher schon so, jetzt allerdings lange nicht mehr. Charlotte ist jetzt erwachsen. Sie weiß, was gut für sie ist und was nicht. Sie hat es erlebt, durchlitten. Sie hat es gelernt, unter Schmerzen. Heidi hatte sich in Sicherheit gewähnt. Nach all den Nächten damals, in denen sie wach lag und sich ausmalte, was alles passieren könnte. All die Tode, die eine leichtsinnige, verletzliche Jugendliche sterben könnte. All die Dinge, die Frauen angetan werden, jungen Frauen besonders. Aber nach all den Nächten, in denen sie nicht wusste, wie es Charlotte ging, wo Charlotte war, was Charlotte trank, rauchte und einwarf, bei oder mit wem Charlotte schlief, nach all den entsetzlichen, zehrenden Ängsten und trotz all dieser Ängste war Charlotte immer noch am Leben, war Charlotte nicht gestorben. Aber sie tat sich weh. Und ihr wurde weh getan. Heidi hatte es nicht verhindern können und hat es fast nicht ertragen. Wäre beinahe auch kaputtgegangen daran. Aber Charlotte verreckte nicht, sie wurde erwachsen. Sie wurde einigermaßen stabil, zur nicht geringen Verblüffung vieler von Charlottes Bekannten. Beschädigt, aber nicht kaputt. Nicht heil, aber genesen.

Aber jetzt. Da stimmt was nicht. Wo ist Charlotte? Was macht sie? All diese Nachrichten von Heidi, das lange Schweigen von Charlotte. Heidi sollte ins Auto steigen und zu ihr nach Berlin fahren. Aber sie kann hier nicht weg. Sie kann Lukas doch nicht allein lassen. Nicht jetzt, wo Martin nicht da ist. Lukas ist ein gesundes, robustes, lustiges Kind, aber sie kann ihn doch nicht unbeaufsichtigt lassen.

Sie ist ganz allein mit den ganzen Sorgen. Georg ist ja weit weg. Er kriegt wie immer nichts von diesen Ängsten ab. Weil er gar nichts davon weiß. Weil es ihn gar nicht interessiert. Weil er in seiner eigenen Welt lebt. Bleibt immer alles an Heidi hängen. Er nennt Charlotte «Lotti», was ihm, findet Heidi, nicht im Geringsten zusteht. Er kennt sie doch kaum. Lotti, manchmal Lotterl, so auf doof Wienerisch. So auf gemütlich. Damit will er sich doch nur selber einreden, er hätte ein warmes, liebevolles Verhältnis zu seiner Tochter, die er in Wirklichkeit kaum kennt. Damit lügt er sich doch selbst in den Sack. Der macht sich einfach vor, er hätte ein zärtliches Verhältnis zu ihr. Lotti. Er redet sich das ein und wird selbst gerührt davon. Kommt halt nichts an bei Charlotte. Aber das ist dem ja dann einerlei. Hauptsache, er hat das Gefühl, er sei ein toller Vater. Lotti. Soweit Heidi weiß, telefonieren sie alle paar Wochen. Gesehen haben sie sich sicher schon Monate nicht mehr, ach was: bestimmt schon mehr als ein Jahr. Wenn's drauf ankommt, gibt es Georg als Vater gar nicht. Hat ihn nie gegeben. Er war immer nicht da, wenn was passiert ist. Hat alle Entwicklungen verpasst, jede Veränderung. Musste nie sein Kind trösten, zur Tanzstunde fahren, zum Kinderarzt bringen, in Wartezimmern und bei Elternabenden sitzen. Musste sich nicht mit Lehrerinnen und Schulproblemen herumschlagen. Musste nicht verhandeln mit dem Kind, über jede Kleinigkeit. Musste nicht sorgen für das Kind. Hat er alles Martin überlassen, alles nicht sein Problem. Alles Heidis Problem. Der macht sich sicher keine Sorgen, zumindest keine großen. Nicht so große wie sie.

Es ist alles gerade ein bisschen viel. Es ist viel zu viel. Sie würde gern ein Schlafpulver nehmen, um die schlimmen, wütenden Gedanken einzuschläfern. Sie möchte tief und traumlos schlafen. Aber sie wagt es nicht. Vielleicht ruft Charlotte an. Sie darf das auf keinen Fall überhören. Georg schläft sicher schön tief. Der ist ja nicht zuständig. Heidi liegt mit geschlossenen Augen im Dunkeln, dann öffnet sie ihre Augen wieder. Sie nimmt das Handy vom Nachttisch. Scrollt sich durch ihre Lieblingsfoodblogs. Das beruhigt sie meistens. Sie markiert Sachen, die Lukas und Martin schmecken könnten. Dann schaut sie sich auf Youtube eine «Rosenheim Cops»-Folge an. Lukas braucht nicht zu wissen, dass sie nachts auf ihrem Handy fernsieht. Ihm hat sie das nämlich verboten. Aber bei ihr ist das was anderes, sie schläfert es meistens nach ein paar Minuten ein. Versenkt sie in eine dämmrige Bewusstlosigkeit. Kein richtiger Schlaf, ein Dösen, eine Auszeit für ihre Sorgen.

Sie würde gern mit Martin darüber reden. Aber Martin ist gerade woanders. Er hat eine kleine Krise. Eine Midlife-Crisis light. Das wird schon wieder. Auf Whatsapp war er zuletzt um 9.32 Uhr online. Sie hat nichts geschrieben, nur nachgesehen. Nicht spioniert. Sich nur informiert. Er hat eine kleine Krise. Er ist gerade nicht da. This is not permanent; in welchem Song kam das vor?

Er ist jetzt neunundvierzig, tja. Alle Männer haben ein Problem in dem Alter, Heidi kennt keinen, der keins hat. Alle Männer ihrer Freundinnen fangen in diesem Alter zu zicken an. Früher oder später erwischt es jeden, und Martin hat es eben auch erwischt. Ein wenig zumindest. Verständlich nach den langen Monaten der Arbeitslosigkeit, des Herumsitzens, der Mutlosigkeit.

Er fing an zu laufen, um sich abzureagieren. Und um abzunehmen. Er machte einen Plan. Zuerst lief er kurze Strecken. Überraschend konsequent, fast jeden Tag, er hatte ein Ziel. Dann immer längere, immer öfter. Er lief wie ein Besessener, jeden Tag schließlich. Jedes Wochenende, immer größere Distanzen, gestoppt und protokolliert mit einer App auf seinem Handy. Distanz, Durchschnittsgeschwindigkeit, durchschnittliche Pace, was immer das ist, Kalorienverbrauch. Krakelige rote Kurven auf einer digitalen Landkarte. Schau mal, so weit war ich heute. Er zeigte Heidi die Kurven. Heidi lobte ihn, sagte ihm, wie gut ihm das tut. Dass sie ihn für seine Konsequenz bewundert. Martin verlor Gewicht, schnell und sichtbar. Sein Bauch wurde weniger und verschwand schließlich ganz. Sein Oberkörper straffte sich. An seinen Oberschenkeln wurden Muskeln sichtbar, da wo es zuvor ein wenig wabbelte. Seine Waden wurden muskulös und hart. Sein Gesicht wurde schmaler. Er sah wieder jünger aus, konzentrierter und entschlossener. Sie sah ihn öfter vor dem Spiegel stehen.

Wie viele sehr große Männer ist Martin sein Leben lang ein bisschen gebeugt gegangen. Immer auf der Hut vor zu niedrigen Türstöcken, kleinen Frauen wie Heidi höflich zugeneigt. Nun entwickelte er einen federnden, aufrechten Gang, in dem sich sein neues Selbstbewusstsein manifestiert. Er kaufte neue Hosen und schickere Hemden in hellen, klaren Farben. Keine Karos mehr. Keine kurzen Ärmel. Keine ausgetretenen Wildlederbequemschuhe. Er trägt nur noch teure, bunte Sneaker, außer bei der Arbeit, in seinem neuen Job als Pressesprecher eines Pharmakonzerns, dafür hat er jetzt wertige, glänzende Lederschuhe. Er pflegt sie selber. Hat er früher nie gemacht. Er kaufte sich teure neue Laufschuhe und schicke atmungsaktive Laufbekleidung. Hautenge, glänzende Leggins, bizarre Laufshirts, fliederfarben, neonpink und lachsrosa, die auf seiner gebräunten Haut leuchteten. Lauf doch mal mit mir, sagte er, in regelmäßigen Abständen. Du läufst viel zu schnell, sagte sie. Für dich lauf ich langsamer, sagte er. Das schaffst du doch gar nicht mehr. Ich glaube, es würde dir bald Spaß machen. Ich glaube nicht.

Sie glaubte auch nicht, dass er es wirklich gewollt hätte. Er war längst in seine eigene Welt gelaufen.

Er trat einem Laufclub bei und lief so oft wie möglich mit dieser Gruppe, zu fixen Zeiten. Er begann, seinen Tag danach einzuteilen. Er schlief an den Wochenenden nicht mehr aus, sondern frühstückte irgendetwas Proteinreiches – sie brauchten plötzlich doppelt so viele Eier –, dann zog er seine Laufsachen an, stieg ins Auto und fuhr zu irgendeinem Treffpunkt, den er zuvor mit jemandem aus der Gruppe per SMS oder Whatsapp verabredet hatte. Der Garten litt. Er sprach von fast nichts anderem mehr als vom Laufen. Davon, was es mit ihm machte. Wie es ihn aus dem Loch holte. Wie es ihn physisch und emotional stärkte. Wie gut es tat, mit einer Gruppe zu trainieren. Wie es ihn ordnete. Es war jetzt ein Training, kein Hobby mehr. Er sah sich auf Youtube Lauftrainingsvideos an. Er war immer mehr woanders, auch mit dem Kopf. Auch wenn er zu Hause war. Heidi kannte niemanden aus der Gruppe, zumindest am Anfang nicht. Dann wiederholten sich Namen: Gerald, Kathrin, Christoph, Klaus, Jamie, Gerald, Gerald, Jamie, Klaus, Gerald, Jamie, Jamie, Jamie. Dieser Gerald kam ihn mal abholen, als Martins Auto in der Werkstatt war. Die anderen sah sie nie.

Na ja, okay, doch. Sie hat diese Jamie auf Facebook gefunden. Heidi wollte wissen, wer das ist, und auf Facebook sah sie es: eine hübsche, brünette, mitteljunge Frau, die in ihrer bunten Ikea-Küche gerne grüne Smoothies mixt, die auf Netflix New Girl, Mad Men und Suits kuckte, feministische Sprüche und Laufvideos postete und Fotos von der erschöpften, schwitzenden, gesunden, glücklich lachenden Laufgruppe. Sie selbst, lachend. Auf manchen war auch Martin zu sehen. Es gab auch Fotos von Drinks in modern aussehenden Bars. Man sah nicht, mit wem sie sie trank. Sie hatte keinen Beziehungsstatus.

Als Martin mit dem Laufen anfing, war Heidi froh. Er hatte zugenommen über die Jahre. Und in der Zeit, in der er ohne Job war, war er dick geworden. Die Regionalzeitung, bei der Martin fast fünfzehn Jahre lang als Wirtschaftsredakteur gearbeitet hatte, war eingestellt worden, wie viele andere Zeitungen überall in Deutschland. Die Verlage wollen sich so eine Liebhaberei nicht mehr leisten. Die investieren lieber in Immobilienprojekte, Büro- und Mehrparteienhäuser wie das, das vor ihrer Nase hochgezogen wurde. Am Anfang war Martin noch guter Dinge gewesen. Er war beliebt in der Branche. Hatte Preise gekriegt. Er konnte seinen Beruf, beherrschte sein Handwerk, jeder wusste das. Aber: Das reichte nicht. Als es passierte, hatte Martin alle seine Medienkontakte spielen lassen. Hatte bei jedem Kollegen und jeder Kollegin deponiert, dass er einen Job brauchen könnte. Aber niemand suchte, niemand stellte mehr ein. Schon gar keinen Mittvierziger aus einer Lokalzeitung, den man richtig anstellen, kranken- und rentenversichern und ordentlich bezahlen sollte. Für etwas, das die Jungen auf Honorar machten, und zwar auf wenig Honorar. Kompetenz, Erfahrung, die Beherrschung des Handwerks, das interessiert im Mediengeschäft keinen mehr, Heidi hatte die Leier sehr oft gehört. Sie war zu

Martins Litanei geworden, eine Art Rosenkranz, den er jeden Tag herunterbetete. Zuerst war er gelassen, dann frustriert. Dann griff eine verzweifelte Resignation in ihm Platz. Er nahm zu, weil er fast zwei Jahre lang nichts anderes mehr getan hatte, als zu Hause zu sitzen und zu essen. Heidi musste es ihm sagen: Er war ein bisschen fett geworden.

Zuerst wurde er nur kräftig und stämmig und fest. Das passte zu seiner gemütlichen Art. Heidi fand es anfangs okay, knubbelig und knuffig und kuschelig. Sie mochte dieses Bärige an ihm, sie schmiegte sich gern in Martin hinein. Sie zeigte ihm, dass sie ihn liebte, auch wenn er diesen schweren Frust schob und das Geld immer knapper wurde, die Urlaube ausfielen oder sich auf Campingausflüge beschränkten. Die Lebensmittel stammten immer öfter von Aldi, die Sportsachen für Lukas kaufte sie bei Tchibo und trennte die Etiketten heraus. Sie arbeitete zwar seit ein paar Jahren wieder im Laden, aber es reichte kaum, schon gar nicht für den gewohnten Standard, ohne Martins Gehalt. Martin war zu Hause und aß ordentliche Scheiben von dem Brot, das Heidi nun selber buk, nach einem Rezept aus dem Internet, mit dick Aktionsbutter drauf. Das gerade noch Kräftige und Feste fing nun zu wuchern an, zu schwabbeln und überzugehen. Es drängte über Martins Hosenbund. Es quoll im Nacken aus seinem Hemdkragen. Es stapelte sich unter seinem Kinn, machte seine Backen schwer und zog sie nach unten. Es verdoppelte seine Knie, die sich aus kurzen Hosen drückten. Zerdehnte seine Unterhemden, leierte seine Jockeys aus. Es sah nicht mehr gut aus. Er schwitzte viel schneller und sehr stark. Ständig lief ihm der Schweiß übers Gesicht, über den Nacken. Bildete kleine Bäche auf seiner Haut, machte ihm riesige dunkle

Flecken auf die Hemden, die er zu Vorstellungsgesprächen trug. Machte sie durchsichtig, ließ seine Unterhemden hervortreten. Heidi fand es nicht mehr schön, gar nicht mehr. Heidi fand, es sei der Ausdruck einer gewissen Verwahrlosung. Sagte sie Martin nicht, er war schon deprimiert genug. Sie ist diplomatisch. Sie sagt Dinge anders. Passiv-aggressiv, wie es Martin jetzt nennt. Damals: diplomatisch. Mit dem Laufen fing er an, kurz nachdem er den neuen Job angeboten bekommen hatte, als einer von mehreren Pressereferenten eines Pharmakonzerns. Was ihm im Grunde zuwider war. Er war allerdings nicht mehr in der Position, sich derlei Abneigungen leisten zu können. Er nahm das Angebot an. Er ging – Heidi war darüber mehr als erleichtert, nicht nur aus ökonomischen Gründen – wieder jeden Tag zur Arbeit, auch wenn er jeden Abend darüber schimpfte. Und dann fing er an zu laufen, um seinen Kopf frei zu kriegen. Von dem Pharmamist, von all den Idioten, mit denen er es da zu tun hatte. Das Laufen wurde sein Lebensinhalt, und das Reden darüber. Jetzt ist er eben mal ein bisschen weiter weg gelaufen. Keine große Sache. Der läuft schon wieder heim. Martin kommt schon wieder.

Es wird mit Martin nicht sein wie bei Erika, ihrer Schwester, die jetzt schon seit Jahren allein mit den Kindern lebt. Die sich von Sven, dem Vater ihrer Kinder, getrennt hat. Weil er eine schwierige Phase im Leben hatte. Vor allem, weil sie es nicht mehr ertrug. Erika ist laut und energisch, aber letztlich ist sie nicht besonders stark. Nicht zäh genug, nicht ausdauernd genug, nicht geduldig genug. Sie hat zu wenig Vertrauen. Heidis Meinung. Das wird Heidi nicht passieren. Bei ihr und Martin ist es etwas ganz anderes. Das ist eine Phase. Sie haben eine stabile Basis. Martin hat nur eine Phase.

Plötzlich wird den Männern klar, sie werden sterben, sie werden auch sterben, wie ihre Großväter und Väter vor ihnen. Die unumstößliche Gewissheit, dass es für immer so weitergehen wird, ist mit einem Mal nicht haltbar. Irgendein Freund stirbt an Krebs oder einem Unfall, und plötzlich begreifen sie es. Sie sehen sich selber in dem Sarg, der am Friedhof in die Erde gelassen wird. Es ist ein Schock. Als hätten sie vorher nicht gewusst, dass man stirbt, dass alle Menschen sterben, sie inbegriffen. Heidi weiß es. Jeder weiß es in Wirklichkeit. Aber Heidi hat das Sterben auch schon erlebt, gespürt, es floss durch ihren Organismus. Jetzt ist es für immer in ihr. Sie war mit dem Tod schon früher konfrontiert, hart. Manfred hat ihr gezeigt, was Sterben bedeutet. Wie es sich anfühlt, wenn jemand stirbt, den man so sehr liebt.

Sie hat ihren Zwilling auf grauenhafte Weise verloren. Sie hat den Schmerz in seiner vollen Brutalität durchlebt. Sie war von Verlust, Tod und Trauer umgeben, in einer Phase, in der sie sich nur freuen hätte sollen über das frische Leben in ihrem Dasein, über Charlotte. Aber sie hat einen toten Bruder gesehen. Sie hat den grausigen Tod gesehen, den er sich selber zugefügt hat, die Spuren seines qualvollen Sterbens. Seither ist sie der humanen Endlichkeit gegenüber abgebrüht. Ja, wir werden alle sterben, früher oder später, freiwillig oder nicht. Man weiß das. Jeder weiß das. Männer können den Tod vielleicht länger verdrängen, oder besser. Dann auf einmal kapieren sie, dass ihr Leben unweigerlich zu Ende sein wird. Genau wie das Leben von dem da in dem Sarg da vorne, der gerade begraben wird, unter den Kränzen.

Ihr Leben wird aufhören. Sie werden aufhören. Es wird sie nicht mehr geben. Und die Zeit bis dahin wird nicht besser werden, als die Zeit bis hierher war, das wird ihnen auch klar. Ihre Kraft lässt nach. Ihre Haare fallen aus und werden grau. Ihre Organe sind vom vielen Leben angegriffen. Ihre Muskeln degenerieren. Irgendwann werden sie damit fertig, die meisten, Manfred nicht. Ihr Bruder hat das für sich alles nicht gesehen, er wollte dort von vornherein nicht hin. Aber die meisten anderen kommen dorthin, und die meisten überstehen es, zumindest fürs Erste, mit Hilfe unterschiedlicher Strategien, die es ihnen ermöglichen, sich weiter für jung und unsterblich zu halten. Oder wenigstens nur für semisterblich. Sie glauben, wenn sie sich nur anstrengen, können sie mehr Zeit für sich herausschinden, ein verlängertes Jungsein. Sie nehmen sich eine Auszeit vom Altwerden. Sie glauben, das geht. Sie machen Fitness, sie laufen. Sie kaufen sich ein Motorrad. Sie gönnen sich das Auto, das sie sich früher nicht leisten konnten. Sie nehmen sich neue junge Frauen, machen neue Babys, gründen neue, frische Familien, die ihnen vormachen, sie seien gar nicht älter, nur ein bisschen lebenserfahrener.

Frauen merken auch irgendwann, dass sie sterben werden, es ist für sie auch nicht schön, gar nicht. Aber sie gehen anders damit um. Vielleicht, weil sie wissen, dass es eh keinen Sinn hat. Sie machen es mehr mit sich selber aus. Sie haben einen anderen Lebenszyklus. Sie bleiben innerlich jünger oder so was. Oder, na ja, sie lassen eben was machen. Heidi kennt schon ein paar. Ihre eigene Mutter hat sich mit über sechzig den Busen richten lassen und den Hals. Und dann konnte sie nicht mehr aufhören damit. Man kennt das ja. Heidi ist es peinlich, jedes Mal, wenn sie ihre Mutter sieht.

Jedes Mal muss sie sich erst an dieses neue Gesicht gewöhnen, obwohl es längst nicht mehr neu ist. Sie findet nach wie vor, das Gesicht passt nicht zu ihrer Mutter. Heidi findet allerdings auch immer mehr, dass ihr eigenes Gesicht nicht mehr zu ihr passt, sie wird von jedem Spiegel überrascht, in den sie blickt. Immer ist die Frau, die ihr entgegenblickt, wesentlich älter als die Frau, die sie selber doch ist. Die andere Frau ist hübsch, gut gepflegt, noch immer niedlich, aber irgendwie nicht die Frau, die sie in sich fühlt. Älter zu werden ist grauenhaft. Man fühlt sich von den Jüngeren bemitleidet, ausgelacht, aber in Wirklichkeit ist es noch schlimmer: Sie nehmen einen gar nicht mehr wahr. Aber das gehört nun mal zum Leben. Man muss es annehmen. Das Beste daraus machen, irgendwie.

Das Brot braucht noch fünf Minuten. Das sind fünf Minuten, in denen sie die Spülmaschine ausräumen kann. Außer sie braucht länger dafür, wie jetzt, weil wieder mal jemand einen Topf so in die Maschine gestellt hat, dass der Spülarm sich nicht drehen konnte. Die Hälfte des Geschirrs ist mit festgebackenem Schmutz verklebt, den man nur schwer abkriegt. Wie oft hat sie schon gepredigt! Dass man da aufpassen muss. Nun, Martin war es diesmal nicht. Sie weicht das schmutzige Geschirr im Spülbecken ein. Im Moment kann sie wegen Charlotte nichts unternehmen. Und Sorgen machen kann sie sich auch, während sie sauber macht. Oder umgekehrt. Während sie aufräumt und sauber macht, werden die Sorgen erträglicher, überschaubarer. Sie bekommen eine greifbare Struktur. Die präzise Wiederherstellung der Ordnung von Heidis Haus überträgt sich auf Heidi, auf ihre Sorgen, sie wirken bewältigbar. Bewältigbarer. Die Sorgen sind am Tag weicher als in der Nacht. In der Nacht sieht sie Charlotte verletzt, von Sinnen, auf der Flucht vor Gespenstern, vergewaltigt, ausgeraubt, tot. Sie schreckt aus dem Schlaf auf, weil sie Charlotte schreien hört. Am Tag kehrt ein bisschen Vertrauen in ihre Tochter zurück, die gelernt hat, wie sie mit ihren Problemen umgehen kann. Wie sie den Wirrwarr in sich bändigt und zähmt. Am Tag kann Heidi sich ablenken.

Drüben hängt die Brühl die Bettdecken raus. Heidi sieht sie zwischen den knospenden Bäumen, die die Sackgasse säumen und immer weiter in die Höhe wachsen. Durch das geöffnete Fenster kann Heidi undeutlich einen Staubsauger erkennen. Zwischen jedem Haus steht eine Magnolie, neben jeder Doppelgarage. In ein paar Wochen werden sie blühen, kurz und spektakulär. Danach sind es wieder langweilige Büsche. Die Frauen nicken sich kurz zu, Heidi mit einem Stapel Schüsseln in der Hand, die Brühl schüttelt ihre Bettdecken ruppig durch. Sie nicken und legen ein kleines, unverbindliches Lächeln drauf, das Lächeln zwischen zwei Frauen, von denen die eine AfD gewählt hat und die andere Merkel. Glaubt Heidi wenigstens: Sie haben mal über Politik geredet, da hat die Brühl so auf die Merkel geschimpft und ihre Asylpolitik, wie sie die Flüchtlinge reinholt nach Deutschland, die Brühl wählt bestimmt AfD. Aha, die Brühl macht also sauber. Das macht sie doch sonst nicht selbst. Normalerweise fährt jeden Dienstag um acht Uhr dreißig ein kleiner, brauner Mazda vor, aus dem eine dünne Frau mit Kopftuch aussteigt. Da hat die Brühl kein Problem damit, dass eine Muslima bei ihr putzt. Die Frau holt dann ihr Putzzeug aus dem Kofferraum, geht ins Haus, reißt alle Fenster auf, saugt und putzt sich durch die Räume und packt genau um halb vier ihr Putzzeug wieder in den Wagen. Wenn man an einem Montag zur

Brühl hinübergeht, um sich einen Becher Mehl auszuborgen, kann man sehen, wie die Wollmäuse unter den Schränken hervorkriechen. Weil die Brühl in der Woche nie saugt. Das macht ja am Dienstag die Kopftuch-Frau. Heut also saugt die Brühl, die erwartet wohl hohen Besuch, sonst würde sie so was nicht selber machen. Bitte, Heidi will das gar nicht verurteilen. Jeder soll leben, wie es ihm gefällt, ne. Solange er die anderen damit nicht stört. Aber sie würde so nicht leben wollen, nein, sie nicht.

Sie hat Ordnung in sich, und diese Ordnung überträgt sich auf ihr Haus. Es hat ein bisschen gedauert, Heidis Ordnung auch auf Martin zu übertragen Aber irgendwann hat auch er es gelernt und verinnerlicht. Alle Dinge in diesem Haus haben ihren Platz, von dem sie genommen werden können und an den man sie dann wieder hinstellt. Dann muss man nie was suchen und nichts aufräumen. Jetzt außer den Dingen in Lukas' Zimmer, dort hat sie aufgegeben. Er ist ein fröhliches, freundliches, unkompliziertes Kind, aber ein Chaot. Allerdings ist das Chaos ihres Sohnes ein rein äußerliches, das ist eine solche Erleichterung für Heidi, dass sie es ihm nachsieht. Er ist ein Junge wie aus dem Jungskatalog. Ein Fünfzehnjähriger, wie man ihn sich wünscht, jede Mutter bettelt um so einen: freundlich und fröhlich und hilfsbereit, ein Teamspieler. Er hat ein paar kleine Probleme in ein paar Schulfächern, Sprachen sind nicht seins. Manchmal ist er ein wenig pubertätspatzig, aber nichts Dramatisches. Alles im normalen, grünen Bereich. Es ist bei Lukas immer alles im grünen Bereich, nie schlimm, nie eine Überforderung. Er ist ein großes, gesundes Kind. Jeden Tag denkt sie einmal kurz darüber nach, ob es Zeichen gibt, dass irgendwas aus ihrem

Bruder, aus Charlotte auch in ihm gelandet ist, und nie entdeckt sie die geringste Spur davon. Lukas kam süß und unkompliziert auf die Welt, und er ist unkompliziert geblieben.

Charlotte kam auch süß auf die Welt. Aber sie machte auch Sorgen, von Beginn an. Zuerst, schon weil sie viel zu früh auf die Welt drängte, zu klein und zu schwach. Heidi ist das Sorgen um Charlotte gewohnt. Sie sorgt sich um Charlotte, seit Charlotte geboren wurde, immer schon. Alle Mütter sorgen sich um ihre Kinder, aber bei Charlotte war es was anderes. Schärfer, schwieriger, härter. Nicht nur die übliche, diffuse Angst, die man um seine Kinder hat. Sondern konkrete, begründete Angst, die begann, als Heidi merkte, dass Charlotte nicht wie andere Kinder ist. Dass sie anders tickt, anders handelt, anders reagiert. Dass sich in dem süßen, rothaarigen Kind mit den Sommersprossen und den Zöpfen Dunkelheiten verbargen, die Heidi unbekannt waren. In ihr war das nicht. Falls es Spuren davon gab, kleine Gräben, Spalten, hat sie die mit ihrer Ausgeglichenheit, ihrem Willen zur Zufriedenheit sorgfältig abgedichtet. Hat sie mit Aktivität aufgefüllt, mit Geländern und Warnschildern gesichert. Heidi sieht sich als gesunden Menschen, der mit seinen Schwächen verhandelt und sie besiegt. Sie wollte die Abgründe auch in ihrem Kind nicht sehen, das ja noch klein war. Ein kleines Kind, bis eben noch ein Baby, unschuldig, in einem Kind hatte das nichts verloren. Bei einem Kind konnte das höchstens eine Phase sein, irgendein Synapsendurcheinander, das sich auswachsen würde. Heidi tat ihr Bestes. Heidi hat sich gekümmert und bemüht, hatte Charlotte den abwesenden Vater durch einen liebevollen neuen ersetzt. Es dauerte, es brauchte lange, bis Heidi bereit war, die Parallelen in ihren

Leben wahrzunehmen. Bis sie willens war, auf die Stelle zu schauen, auf die sie seit Jahren nicht geschaut hatte. Diese Leerstelle, die sie ignoriert hatte, die Lücke zwischen sich und ihrer Schwester, diesen leeren Fleck – an dem es einen Bruder gegeben hatte. Manfred. Sie haben ihn begraben, lange schon. Er ist weg, es war sehr traurig, es ist vorbei. Sie hat das, was er ihr bedeutet hat, auch in sich begraben, Blumenrabatten darauf gepflanzt. Erledigt. Sie hält nur die Erinnerung an das Kind Manfred wach, der süße Kindbruder, ihr Zwilling, eine halbe Stunde älter als sie, rötliche Locken, blaue Augen, Sommersprossen auf der Nase, darunter ein breites, verschmitztes Kindergrinsen. Er war fröhlich. Er liebte alles, was aus Holz war und baute merkwürdig schöne geometrische Gebilde damit, in der Werkstatt des Vaters und hinter dem Schuppen. Er hatte einen schnellen Kopf. Er war der Beste in seiner Klasse. Bis etwas anderes sich langsam über all das schob. Die Idee, die Möglichkeit, dass etwas von Freddy in Charlotte weiterlebte, schob Heidi von sich weg, solange es möglich war. Sie wollte es nicht denken. Das war etwas völlig anderes, Charlotte war bloß ein Kind mit drolligen Angewohnheiten. Ein fröhliches, witziges, vor Begeisterung mitunter übersprudelndes Kind mit ein paar Stimmungsschwankungen. Das würde sich legen, wenn sie größer wurde.

Aber es legte sich nicht. Es wurde stärker, trotz Heidis Bemühungen, es zu besänftigen und es wegzuignorieren. Es mit Suppe und Tee zu heilen, mit Kuchen und Kakao, mit Ausflügen und Mutter-Tochter-Backen. Mit Reden, mit langen, festen Umarmungen, mit Zärtlichkeit und Zuversicht. Es heilte nicht. Es ließ sich nicht verscheuchen, nicht weglieben. Es machte nur mal Pause. Es holte nur eben mal Luft, auch mal länger. Lange genug, dass Heidi vorsichtig durchatmete, und dann kam es mit Wumm zurück. Es wuchs sich aus. Und es ließ sich nicht ignorieren. Am Anfang konnte Heidi noch so tun, als sei alles im grünen Bereich, eine Entwicklungssache, eine ganz normale Trotzgeschichte, wenn sie mitten am Tag ihre Tochter aus dem Kindergarten holte, wo sie seit Stunden in einer Ecke weinte und schrie, nicht zu besänftigen war und nicht zu trösten. Es war immer nichts passiert, nicht viel. Nur eine banale Kleinigkeit: ein Spielzeug, mit dem gerade ein anderes Kind spielte, ein Brötchen mit dem falschen Belag, ein Becher in der falschen Farbe. Andere Kinder haben das auch. Alle Kinder haben das in dem Alter, Trotzphasen. Aber die meisten Kinder lassen sich nach kurzer Zeit aus ihrem Kummer herausholen, lassen sich ablenken. Es fängt an, sie zu langweilen. Sie finden selber einen Ausweg oder lassen sich schließlich gern herauslocken aus ihrer Wut. Charlotte nicht. Charlotte war nur irgendwann zu erschöpft, um weiterzubrüllen. Sie schlief im Buggy oder in ihrem Kindersitz im Auto ein, mitten in einem heulenden Schluchzer. Oder auf Charlottes oder Martins Schoß, in ihren festen Armen, wo sie die Verzweiflung und die Sorge in den Gesichtern ihrer Mutter und ihres Stiefvaters nicht sah. Es gab Zeiten, in denen es abklang und schwächer wurde, in denen der Humor dieses Kindes, das laute Gelächter, das ebenfalls in ihr steckte, alles übertönte. So laut und glockenhell glucksend mitunter, dass Heidi wieder ihr eigenes Mantra glaubte: eine Phase, nur eine Phase. Schau, ihre innere Freude überragt letztlich doch alles andere. Aber dann kam es wieder. Es kam immer wieder. Es war da. Es zog sich manchmal zurück, aber es war da.

Charlotte ist schon lange kein Kind mehr, Heidi sorgt sich noch immer. Oder: wieder, akut. Es hört nicht auf. Sie dachte, es ist unter Kontrolle; alle Sicherungen eingeschaltet, alle Schotten hochgezogen und dichtgemacht. Die ersten Jahre danach hat sie noch jeden Tag daran gedacht, an das, was passierte, als Lotte sechzehn war. Und wie es anfing, die Jahre davor. Dann gab es Tage, an denen sie es vergaß. Wochen. Es ist gut jetzt. Es ist alles getan worden, damit es gut wurde und gut bleibt. Sie redete es sich ein, sie sang jeden aufkeimenden Zweifel mit ihrem Alles-wird-gut-man-muss-es-nur-wollen-Schlaflied in ein dumpfes Koma, aus dem es nun wieder aufgewacht ist. Weil Charlotte sich nicht meldet. Und nicht abhebt. Und nicht ihre Whatsapps liest. Und weil Martin nicht da ist, um ihre Sorgen zu zerstreuen, wie er es sonst immer macht. Er hat einen distanzierteren Blick auf Charlotte, sein Verhältnis zu ihr ist nicht von den Verwerfungen von Charlottes Entstehung und irgendwelchen Schuldgefühlen zerzaust. Er ist nicht ihr Vater. Nicht ihr genetischer.

Heidi würde Martin jetzt brauchen, seine Ruhe, seine Gelassenheit. Aber er ist nicht da. Ist nicht da, so wie Georg nicht da ist. Immerhin, Georg ist jetzt informiert. Er weiß, dass etwas nicht in Ordnung ist. Vielleicht erreicht er Charlotte. Vielleicht ruft sie ihn zurück, so wie sie ihn früher anrief, ihren tollen Superduperüberdrübervater, der nichts falsch machen konnte, weil er nicht da war. Egal, Hauptsache, sie meldet sich, egal, bei wem.

Einzig lage „Entschuldigung" + Erklärung über die Männer, die eigentlich beide nichts taugen – und unzuverlässig sind...

depressiv. s. vorne

Ist das Frauenperspektive?

DASS CHARLOTTE NICHT MEHR in Deutschland ist, erfährt Heidi von Valentina. Sie hat Valentina schließlich angerufen. Sie hat ihr erzählt, dass sie Charlotte nicht erreicht.

«Valentina?»

«Ja? Wer ist da?»

«Valentina, hier spricht Heidi. Charlottes ...»

«Ich weiß schon. Hallo Heidi.»

Valentina klingt verschlafen, wahrscheinlich hat Heidi sie aufgeweckt. Sie vergisst immer, dass junge Menschen spät ins Bett gehen und spät aufstehen. Na ja, nicht ganz, es war ihr irgendwo klar, aber es war ihr auch einerlei. Sie braucht Informationen. Irgendwas, das ihre Sorge kleiner macht.

«Hallo Valentina. Hab ich dich geweckt? Tut mir leid.»

«Nein, schon gut. Ist alles okay?»

Es ist Valentina klar, dass nicht alles okay ist, sonst würde Heidi nicht anrufen. Sie haben sich seit Jahren nicht gesehen. Zuletzt im Sommer, bevor Charlotte nach Berlin zog, Heidis Bedenken zum Trotz. Muss es ausgerechnet Berlin sein? Diese große, unsichere Stadt mit all ihren Risiken und permanenten Verlockungen? Wo viele Menschen leben, gibt es auch viele, die einem schaden wollen. Oder einem das Geld aus der Tasche ziehen. Was anrichten mit dem Zeug, das sie einer jungen Frau andrehen, und hinterher geht es sie dann nichts mehr an. Nicht, dass Heidi je in Berlin gewesen wäre. Hatte sie nie gewollt, gab nie einen Anlass. Zuerst die Ausbildung, dann das kleine Kind. Dann das kleine Kind und irgendwelche Jobs, Günter, dann Martin. Dann das andere Kind.

Aber ja, doch, es musste Berlin sein, es gab für Charlotte keine Alternative. Und ihr habt es versprochen. Ja, hatten sie, hatte Heidi. Sie hatte ihr versprochen, dass Charlotte ihre Unterstützung bekommen würde, was auch immer sie machen will: wenn sie nur das Abitur macht. Und das hatte sie nun geschafft, endlich, und nun würde sie zum Studieren nach Berlin gehen.

Möchtest du dich nicht vielleicht auch woanders umsehen? – Aber ihr habt es versprochen!

Das war das Killerargument, damit erledigte sie Heidi mit ihrer eigenen Waffe: Versprochen ist versprochen und wird auch nicht gebrochen. Charlottes ganzer Heilungsprozess war auf Versprechen und Vertrauen begründet. Letztlich gehaltenen Versprechen: Charlotte hatte es geschafft, hatte es durchgezogen. Sie hatten Kraft gebraucht; Lotte, Heidi, Martin, alle. Charlotte vor allem. Es hatte Rückschläge gegeben und Tränen, endlose Gespräche, sie wollte mehr als ein Mal hinschmeißen. Aber sie hatte es durchgezogen. Bis zur letzten Abiprüfung. Und jetzt waren Heidi und Martin damit dran, ihr Versprechen zu halten. Im Sommer vor dem Herbst, in dem Heidi nach Berlin ging, war Valentina dann ein paarmal da. Denn Valentina war bereits in Berlin, seit zwei Jahren schon. Sie kam nur in den Sommern ein paar Wochen nach Rebenborn, und normalerweise sahen sich Valentina und Charlotte nicht sehr oft. Früher schon. Früher ja. Sie waren Freundinnen seit dem Kindergarten, gingen zusammen in die Schule, saßen im Unterricht nebeneinander, gingen, scooterten und radelten den Schulweg gemeinsam. Sie sahen sich jeden Tag, telefonierten und simsten ständig.

gab's das schon seit 1995

Lümmelten gemeinsam auf dem Sofa und steckten die Köpfe zusammen über irgendeinem Youtube-Video, kichernd und prustend. Sie hatten deshalb fast immer gleichzeitig Läuse, die dann entweder Heidi oder Valentinas Mutter fluchend aus den langen Mädchenhaaren kämmten. Zwischendurch gab's immer mal wieder kleine Zickenkriege, du bist nicht mehr meine Freundin! Du auch nicht! Tränen, Traurigkeit, Trostbedarf. Dauerte aber nie lange. Irgendwann, mit zwölf oder dreizehn, drifteten sie langsam auseinander. Gar nichts Dramatisches. Es gab keinen Streit, es gab nur sich ändernde Interessen, neue, unterschiedliche Hobbys, andere Kreise. Valentina war eine begabte und begeisterte Gymnastin und trainierte viel, ein unglaublich gelenkiges Kind, das auf dem Schulweg Überschläge machte und im Supermarkt zwischen den Gängen Flickflacks. Valentina-Mäuschen, lass das bitte, die Leute schauen schon. Heidi fand das ja charmant, aber Charlotte riss Witze darüber. Die ist doch irre!, die war doch früher nicht so, das ist doch nicht normal? Heidi wäre es lieber gewesen, Charlotte hätte auch auf der Straße Saltos gemacht oder etwas in der Art, aber sie hatte das Turnen schon mit zehn wieder aufgegeben.

Charlotte zog sich zurück, verbrachte viel Zeit allein in ihrem Zimmer, schlief schlecht, geisterte in den Nächten im Haus herum. In der Früh kam sie dann kaum hoch. In der Schule ließen ihre Leistungen nach. – Was machst du die ganze Zeit in deinem Zimmer? – Nichts. – Wie nichts? – Lesen, nachdenken. – Mit dreizehn kam sie aus dem Zimmer wieder raus, fing an, mit Freunden auszugehen, anderen Freunden als Valentina, die in ihren Augen normaler waren, interessanter. In Heidis nicht. Diese Freunde trafen sich auf Spielplätzen und in Parks. Sie lungerten rum, rauchten, tranken Red

Bull mit Wodka. Wahrscheinlich kifften sie auch. Ich mach das nicht, sagte Charlotte, Rauchen ist ekelhaft und Schnaps schmeckt mir nicht. Um zehn bist du daheim, sagte Heidi. Oder Martin sagte es. Charlotte hielt sich meistens einigermaßen daran. Sie wollte, sagte sie später mal, verhindern, dass Heidi dort im Park auftauchte und eine peinliche Szene machte. Manchmal brachte sie einen oder eine von denen mit nach Hause. Sie grüßten höflich und verschwanden dann in Charlottes Zimmer: dünne Pickeljungs in Secondhandpullis, Mädchen mit langen Haaren in zerrissenen Röhrenjeans. Alle lächelten sie immer freundlich und gaben Heidi die Hand. Jedes Mal war Heidi alarmiert.

Wie heißt denn dieser Sebastian mit Nachnamen? – Weiß ich nicht. – Wie kann man das nicht wissen, geht er nicht in deine Klasse? – Nein, ist eine Klasse höher. – Wie alt ist der? – Ich weiß nicht, dreizehn oder so. – Und wo wohnt er? – Keine Ahnung, Mama, ich war noch nie bei ihm zu Hause.

Sie fuhr immer öfter mit der S-Bahn in die Stadt, nachmittags und an den Wochenenden.

«Was macht ihr da?»

«Nichts. Wir sitzen im Park rum.»

«Wie, nichts?»

«Na, wir sitzen halt auf den Bänken rum und quatschen.»

«Und was macht ihr außer Quatschen und Rumsitzen noch?»

«Wir spritzen Hasch.»

«Bitte, Charlotte!»

«Nichts, Mama! Wir quatschen.»

«Nichts? Mausi, ich bin nicht so doof.»

«Na ja, ein paar trinken. Und geraucht wird auch. Und es gibt welche, die knutschen urpeinlich rum. Nicht ich.»

«Was wird da geraucht?»

«Ich weiß nicht genau. Meistens Zigaretten. Aber ich rauche nicht und ich trinke nicht.»

«Aber du riechst immer nach Rauch, wenn du heimkommst ...»

«Weil die anderen so viel rauchen! Das sind die anderen!»

«Ich will nicht, dass du rauchst.»

«Ich rauche nicht. Nur hin und wieder eine.»

«Charlotte. Das ist so schlecht für dich.»

«Ich weiß, Mama. Ich mach's ja auch so gut wie nie.»

«Ich vertraue dir, Charlotte.» Das sagte sie. In Wirklichkeit vertraute sie ihr überhaupt nicht.

«Das kannst du auch, Mama. Ich spritz nur das Hasch, sonst nichts.»

«Ja, lustig.»

Später stellte sie fest: Ja, sie hätte ihr mehr vertrauen sollen, besser: Sie hätte ihrer Tochter glauben sollen. Aber sie glaubte ihr nicht oder zumindest zu wenig. Sie hätte mit Charlotte reden sollen, lockerer sein, offener sein, dann hätte sie vielleicht früher erkennen können, was los war, hätte nicht nur Bedrohungen gesehen, sondern Symptome. Aber sie sprach nicht mit Charlotte, sie sprach mit Erika und ihren Freundinnen. Was soll ich tun? Charlotte blieb abends länger weg. Sie war noch nicht vierzehn, als sie zum ersten Mal zweifelsfrei was getrunken hatte, als sie heimkam. Zwei Monate später fand Heidi beim Waschen in Charlottes Hosentasche ein Tütchen Gras. Das hat mir jemand geschenkt!, ich hab noch nichts davon geraucht! – Ja, sicher.

Jedenfalls traf Charlotte auch Valentina nicht mehr. Es war nicht so, dass sie sich nicht mehr mochten, es passte einfach nicht mehr. Ging sich nicht mehr aus zwischen den beiden, zu wenig gemeinsame Basis. Die Freundschaft zerbrach nicht, sie schlief ein.

Sie gingen noch aufs gleiche Gymnasium, saßen erst noch zusammen. Aber ihre Freundeskreise deckten sich schnell nicht mehr. Valentina vertrug sich mit den Sportkindern, Charlotte stand schon nach ein paar Wochen in der Früh bei den Rauchern unter dem Kastanienbaum auf der Straßenseite gegenüber vom Schultor. Irgendwann rauchte sie mit. Nicht mehr nur hin und wieder. Und suchte sich von denen, so sah es Heidi, die Schlimmsten aus, die Verwegensten, die Abenteuerlustigsten. Die Ausprobierer, die Überdiegrenzengeher, die Nichtandieregelnhalter. Die Schulschwänzer, die Schnapsdiebe. Die, die im Supermarkt Wodkaflaschen mitgehen ließen. Die Trinker, die Kiffer, die Tablettenspezialisten. Sie wurde zu einer von denen, jedenfalls war das Heidis Überzeugung: Sie war eine von denen. Wer so sehr die Nähe von solchen sucht, wird früher oder später eine solche.

Heidi liebte ihre Tochter, wie man ein Kind nur lieben kann. Und sie war so wütend auf sie. So, so wütend. Das Kind holte alles Negative aus Heidi heraus. All die Gefühle, die sie nicht fühlen wollte. All das Gebrüll, das sie nicht in sich hören wollte. Während Valentina weiterhin zum Training ging, ihre Hausaufgaben machte, nie die Schule schwänzte, gute Noten schrieb. Charlotte schaffte den Übergang ins Gymnasium knapp. Im zweiten Jahr versagte sie von Beginn an vollkommen, schrieb nur negative Zensuren und ließ schon vor dem Semesterzeugnis jede Hoffnung fahren. Sie ging nur noch in die Schule, weil Heidi das wollte. Sehr oft ging sie gar nicht. Heidi wusste nicht, was sie stattdessen machte. Heidi nahm an, dass Charlotte mit den Schwänzern und Wodkatrinkern in die Stadt fuhr und dort irgendwo abhing. Ich mache nichts Schlimmes!, behauptete Charlotte. Heidi diskutierte, argumentierte und erklärte. Trinkst du? Nein. Ich will die Wahrheit, Charlotte! Manchmal, ein bisschen. Kiffst du? Mama. Charlotte! Manchmal, aber nicht viel, ich probier nur manchmal. Ich will, dass du es lässt! Das half nichts. Charlotte ließ es nicht, Heidi war sich sicher.

Heidi schrie und weinte und drohte, verbat und verbot, erpresste und zwang. Das half auch nichts; Charlotte reagierte mit stumpfer Kälte. Sie suchte wieder das Gespräch mit Charlotte, fand es kurz, verlor es wieder. Sie suchte sich Verbündete: Martin, Erika. Valentina weigerte sich geschickt, sich verbünden zu lassen. Erika hatte auch ihre Zweifel: Bist du sicher, dass es so schlimm ist? Glaubst du wirklich, dass du so Druck machen solltest? Heidi schaffte es mit Mühe, Martin, Georg und extrem großer Selbstdisziplin, Charlotte davon zu überzeugen, die Schule nicht ganz abzubrechen, sondern die Klasse zu wiederholen. Von da an sahen sich Charlotte und Valentina kaum mehr. Valentina traf sich mit ihren Freundinnen zu Hause und in den harmlosen Cafés von Rebenborn, manchmal im örtlichen Pub, Charlotte trieb es zu ihren Freunden in irgendwelche Spelunken zwischen Rebenborn und Frankfurt. Nach Charlottes Diagnose, als sie zurück war aus der Psychiatrie und langsam gesund wurde, kam Vatentina ein paarmal vorbei, die alte Freundschaft hatte noch Wurzeln. Aber erst Valentinas Umzug nach Berlin brachte eine wirkliche Annäherung: Sie wurden nicht wieder beste Freundinnen, aber Valentina hatte etwas, was Charlotte wollte: Sie war schon da, wo Charlotte hinwollte. Was die Stadt betraf, die Charlotte ein Heilsort schien, voller Glücksversprechen und Menschen, die sie verstehen würden. Und Valentina konnte ihr helfen. Im Sommer vor Charlottes Umzug sahen sie sich wieder öfter, und Heidi sah es gern. Sehr gern. Valentina ist ein guter, gesunder Umgang, nach all der Krankheit, all dem Leiden, all den Therapien. Sie probiert Dinge aus, aber sie fällt nicht exzessiv in schlechte Angewohnheiten. Sie kann abschätzen, was gut für sie ist und was nicht. Sie studiert Sport und Pädagogik. Sie kann auch abschätzen, was gut für Charlotte ist, sie weiß das. Sie weiß auch, was Charlotte schadet.

«Valentina, ich erreiche Charlotte nicht.»

Valentina schweigt.

«Bist du noch da?»

«Ja.»

«Ich erreiche Charlotte nicht. Sie reagiert auch nicht auf Nachrichten. Hast du was von ihr gehört, Valentina?» Heidi versucht, entspannt zu klingen, unbesorgt.

Valentina schweigt kurz. «Nicht in letzter Zeit.»

«Wann denn?»

«Vor ein paar Wochen.»

«Hast du sie gesehen?»

«Ja, wir haben uns mal getroffen. In einem Café.»

«Und wie ging es ihr?»

Das Zögern ist ganz kurz, aber Heidi hört es.

«Eigentlich gut.»

Heidi hört jetzt alles. Ihr entgeht nichts.

«Eigentlich?»

«Es ging ihr gut.» Valentina hat ihre Stimme wiedergefunden.

«Du hattest nicht das Gefühl, dass etwas nicht stimmt?»

«Eigentlich nicht. Nein.»

Eigentlich. Schon wieder. Heidi glaubt Valentina nicht.

«Valentina. Du kannst es mir sagen.»

«Ja, Heidi, ich weiß.»

«Bitte, sag es mir, wenn etwas nicht stimmt.»

«Ich würde es dir sagen, ehrlich. Aber ich hatte nicht den Eindruck, dass etwas nicht stimmt.»

«Warum genau?»

Heidi weiß, dass sie hier Inquisition macht. Aber sie kann nicht anders. Sie muss es tun. Sie sagt:

«Sorry, dass ich dich da so unter Druck setze. Ich mache mir Sorgen.»

«Das verstehe ich», sagt Valentina. «Aber Lotte wirkte eigentlich ausgeglichen und zufrieden, als wir uns trafen. Sie war lustig.»

Eigentlich, eigentlich, eigentlich.

«Eigentlich.»

«Was?»

«Du sagst immer: eigentlich.»

«Tu ich das? Sorry. Mir ist jedenfalls nichts aufgefallen.»

Sie lügt. Heidi ist sich jetzt sicher.

«Keine Unruhe? Oder dass sie was Merkwürdiges sagte oder so.»

«Nein. Mir ist nichts aufgefallen.»

«Hast du das Gefühl, dass sie ihre Medikamente nimmt?»

«Na ja ... Kann ich nicht sagen ... Ich weiß es nicht. Wir haben nicht darüber geredet.»

«Wirkte sie gesund?»

«Ja. Schon. Wie gesagt: Sie wirkte fröhlich.»

«Geht sie an die Uni?»

«Ich glaube schon.»

«Valentina. Du sagst es mir, wenn etwas nicht stimmt, oder? Bitte, Valentina. Du weißt, wie es ihr ging damals. Du weißt, was mit ihr los ist. Und was passieren kann, wenn sie es übersieht.»

«Ja, ich weiß.»

Es klingt schuldbewusst. Valentina ist so ein nettes Mädchen. Und sie kann überhaupt nicht lügen.

Heidi beschließt, sie nicht weiter unter Druck zu setzen. Sie kennt Valentina, seit sie ein kleines Kind ist. Sie weiß, wie sie tickt.

«Valentina, du sagst es mir, wenn sie in Gefahr ist, oder? Ich vertraue dir. Du kennst Charlotte besser als alle anderen.»

An Valentinas Verantwortungsbewusstsein appellieren, an ihre gesunden Instinkte, an ihr angeborenes Bedürfnis zu helfen. Valentina studiert das nicht nur, sie ist so. Heidi weiß das. Valentina ist ein netter Mensch. Heidi hat sich in den schwierigen Jahren einige Male heimlich gewünscht, ihre Tochter wäre wie Valentina oder wenigstens ein bisschen mehr wie Valentina. Nein, tausendmal. Valentina wird das Richtige tun, auch wenn sich im Moment etwas in ihr dagegen wehrt. Wahrscheinlich hat sie Charlotte ein Versprechen gegeben. Wahrscheinlich hat sie geschworen, nichts zu sagen: über Charlottes Zustand, über irgendwas, das in ihrem Leben passiert ist, über einen neuen Freund, einen neuen Plan. Sie ist in einem Zwiespalt. Heidi ist sich sicher, dass Valentina letztlich die richtige Entscheidung treffen wird. Sie ist bald so weit.

Es dauert zwei Stunden und dreiundfünfzig Minuten, bis Valentina so weit ist. Dann trifft ihre Whatsapp auf Heidis Handy ein. Ping: Charlotte hat einen neuen Freund, sie geht kaum mehr auf die Uni. Und ja, sie wirkte etwas aufgedreht bei diesem letzten Treffen, etwas zu euphorisch. Valentina befürchtet, sie nimmt ihre Medikamente nicht mehr. Und ach ja, Valentina glaubt, dass Charlotte gar nicht mehr in Berlin ist. Sie ist jetzt wohl in Südostasien, in Vietnam oder so, irgendwo in der Gegend, Valentina weiß es nicht genau, aber vielleicht wissen es Bogdan oder Sophie, sie wird sie gleich mal kontaktieren und dann meldet sie sich wieder.

VERFLUCHT, DIESES AUTO. Lea betätigt noch einmal den Starter, es springt nicht an. Schon wieder nicht. Schwerer Regen prallt auf die Windschutzscheibe. Lea versucht es erneut, nichts. Der alte VW-Bus seufzt nicht einmal. Bitte! Nicht jetzt! Lea lehnt sich in den zerschlissenen Sitzen zurück. Dieser verfluchte Bus. Die Klimaanlage funktioniert seit ein paar Monaten nicht mehr richtig, den ganzen Sommer war sie mit dem glühenden Kasten durch die Gegend gefahren. Und im Winter wird es im Bus kaum warm, man erfriert fast. Der von Rost zerfressene Kofferraumdeckel muss schon seit Jahren mit einem Besen, der stets hinten mitfährt, aufgehalten werden, damit er nicht ständig zufällt, nachdem sich die Hydraulik eines Tages verabschiedet hat. Links hat der graue Bus eine gelbe Seitentür, ein Ersatzteil von einem anderen Schrotthaufen, das nötig wurde, nachdem einer ihrer Gäste, akkurat der Himmelfreundpointner, der Besitzer der Autowerkstatt, nach einem Gelage in seinen Geländewagen stieg und irrtümlich den Rückwärtsgang einlegte. Lea hatte noch versucht, ihm den Autoschlüssel abzunehmen, aber der Himmelfreundpointner hatte darauf bestanden, dass er nüchtern genug sei, um mit seinem eigenen Wagen heimzufahren, Entschuldigung, mit Autos kenne ich mich aus. Und bitte, Lea ist ja nicht seine Mutter. Der Himmelfreundpointner fuhr ihnen engagiert die rechte Seite des Busses, der wie immer hinter dem Gästeparkplatz stand, zu Schrott, und

Lea hatte, als sie das Scheppern und dann das Gefluche vom Himmelfreundpointner gehört hat, vergebens gehofft, dass sie nun bald ein neues Auto haben würden. Leider war nur die Tür komplett eingedrückt und kaputt, sie ließ sich nicht mehr schließen. Der Himmelfreundpointner hatte den Bus abholen lassen und ihn einen Tag später retourniert, samt neu eingesetzter gelber Tür und dem Versprechen, sie bald umzulackieren, sie bräuchten nur den Bus ein paar Tage in die Werkstatt zu stellen. Taten sie natürlich nie, eh klar.

Aber jetzt brauchten sie wirklich dringend ein neues Auto. Seit Monaten redet sie mit Georg darüber, seit Jahren eigentlich, aber jedes Jahr schafft es Georg mit seinem Lächeln, seinem Charme und mit drei zugedrückten Augen in der Autowerkstatt wieder, eine Zulassung für den alten Kübel zu bekommen. Sie brauchen dieses neue Auto so dringend, sie verzichtet dafür sogar auf einen Urlaub, wenn es sein muss. Lea stemmt noch mal den Fuß auf die Kupplung und dreht den Schlüssel im Schloss. Gott sei Dank, die verdammte Karre fängt an zu stottern, der Motor läuft. Gut. Sie werden sich so oder so kein neues leisten können. Ihre Fixkosten sind zu hoch, und dann ist da ja auch noch Lotte, die Georg nach wie vor finanziell unterstützt, obwohl er das gar nicht mehr müsste.

Offenbar hat Heidi angerufen. Irgendwas ist mit Lotte. Scheint sich nicht zu melden. Sie muss Georg fragen, ob er schon was gehört hat. Lea versteht sich gut mit Lotte. Sie findet sie nicht so schwierig, wie Heidi immer tut, fand es auch früher nicht, als sie diese Krise hatte. Sie hat Lotte irgendwie verstanden, sie konnte nachvollziehen, was sie da durchmachte, konnte mitfühlen, vielleicht, weil es ihr so ähnlich ging, als sie jünger war, weil sie sich so ähnlich fühlte. Nicht mit dieser Vehemenz, nicht mit dieser, wie dann klarwurde, genetischen Disposition, aber dieses Fehlamplatzsein, dieses Gefühl vollkommener Unverstandenheit, Unpassendheit, Inkongruenz: Das hatte Lea auch. Es fiel bei ihr nur nicht so auf, weil ihre Mutter so sehr mit ihrer Arbeit und sich selbst beschäftigt war, und weil es bei Lea, anders als bei Lotte, nicht pathologisch war. Lea wuchs einfach daraus heraus. Dieses Glück hatte Lotte nicht, und die Sorge, dass es zu Lotte zurückgekehrt war, bedrückte auch Lea.

Sie fährt die Landstraße lang, an die sich rechts der Laubwald schmiegt. Sie dreht das Radio auf, FM4 springt an, der Alternative-Rock-Sender, sie muss nicht wie sonst meistens von Ö1 umschalten, was Georg immer hört. Sie hört lieber ihren Sender, moderne Popmusik, sie fühlt sich dafür noch nicht zu alt, nein. Sie hört das auch immer in der Früh, wenn sie die Kinder für Schule und Kindergarten fertig macht, es gibt ihr das Gefühl, nicht ganz aus der Welt zu sein. Die Kinder lachen sie aus, wenn sie laut mitsingt, Songs, die sie vom vielen Hören schon kennt, meist weiß sie nicht mal, was es ist. Nur wenn ihr etwas besonders gut gefällt, lädt sie es sich von Spotify herunter. Der Song, in den sie jetzt gerät, spricht sie an, gemütlicher Upbeat-Rock mit einem Refrain, den man sofort mitsingen kann. «Did you imagine it in a different way?» Schöner Song, und gute Frage. Hat sie? Hat sie sich das anders vorgestellt?

Sie hört auf die Gitarrenriffs, sehr entspannt, gut gemacht. Sie würde gern wissen, wie die Band heißt, aber der Sender spielt unmittelbar danach Werbung, sie erfährt es nicht. Sie will verdammt noch mal ein neues Auto, und in dem Auto ein neues Radio, das die Songs digital anzeigt. Eine anständige Anlage mit richtigem Sound, nicht wie das Radio jetzt, das wie der Kassettenrekorder klingt, den sie mit fünfzehn hatte. Erste Kassette: Abba, vom Kassettenständer im Konsum, wo es sonst fast nur Schlagermusik gab. Kassettenrekorder gibt's nicht mehr, Kassetten gibt's nicht mehr und die Konsumkette gibt's auch schon lange nicht mehr. Dafür gibt's jetzt Sitzheizungen, und, jess, das neue Auto sollte auch das haben. Fuck, es ist so kalt in diesem Bus.

Zum Bahnhof braucht man fünfundzwanzig Minuten, es wird knapp, sie will ihre Mutter nicht unter dem kühnen Jugendstildach am Bahnsteig warten sehen, frierend, mit sich minütlich absenkenden Mundwinkeln. Die Mutter tat am Telefon zögerlich, als sie sie einlud, doch wieder mal herzukommen, aber in Wirklichkeit ist ihr langweilig, seit sie nicht mehr an der Universität unterrichtet, wo man sie mit Ehrenzeichen behängte und trotz ihres Widerstands mit einem Lächeln vorsichtig Stück um Stück in die Pensionierung schob. Sie hält noch immer manchmal Vorträge, aber dazwischen fühlt sie sich ungebraucht und unterfordert. Sie ist zu jung für den Scheiß, wie sie Lea immer wieder erklärt. Lea hat ihrer Stimme am Telefon angehört, dass sie tatsächlich recht froh ist, ein wenig aus ihrem verhassten Wiener Pensionistenalltag zu entkommen, weg von ihrem vom Alzheimer entstellten Mann in dem Heim in ihrer Nähe, wo sie ihn jetzt untergebracht haben und in dem sie ihn fast täglich besucht, ungern, wie Lea vermutet, weil der Vater es meistens gar nicht richtig bemerkt, ganz bestimmt erinnert er sich hinterher nicht daran.

Früher war die Mutter sechs Jahre jünger als ihr Vater, jetzt sind es ungefähr sechsundzwanzig. Der Vater ist ein armer Tattergreis geworden, die Mutter tut noch immer jung, sie ist es irgendwie auch; und heimlich – oder nicht so heimlich, denn Lea weiß es – nimmt sie es dem Vater übel, dass er sie für die Krankheit verlassen, dass er sich vor ihr in die Demenz geflüchtet und damit ihren Plan vereitelt hat, gemeinsam alt zu werden. Dass er sie jeden Tag daran erinnert, wer er war und nicht mehr ist. Lea weiß, dass ihre Mutter den Vater liebte, aber jetzt verachtet sie ihn nur noch, und sie kann es schlecht verbergen. Sauschlecht. Dass sie dann auch noch in Rente geschickt wurde, wird sie der Universität und ihren Kollegen nie verzeihen. Niemals. Neverever. Der Huber, das Arsch, das bekommt Lea auch nach Jahren noch zu hören, so hieß der damalige Rektor bei ihrer Mutter jetzt. Rektor Derhuberdasarsch. Er ist schuld daran, dass ihre Mutter sich den Hintern faltig langweilt. Auch wenn die Mutter Lea am Telefon und auf Whatsapp permanent mit Geschichten über fröhliche Heurigen-Gelage und eben gebuchte Reisen in entlegene kaukasische oder asiatische Täler zutextet. Blablabla. Wohin will sie als Nächstes, die Seidenstraße lang? Lea hat es vergessen, egal, sie wird in Kürze mehr darüber erfahren, als sie wissen wird wollen.

Links steigen sanft Äcker zu einer flachen Anhöhe an, die meisten sind noch abgeerntet und öd vom Winter, auf einigen grünt es schon, in gleichmäßigen Bahnen. Braune Rechtecke und Streifen aus roher, von Traktoren aufgewühlter Erde grenzen an Felder, auf denen kleinblättriger Gründünger gedeiht, auf einem der Äcker wächst noch ganz junger Spinat, auf einem anderen erkennt sie blassgrünen Rosenkohl, hunderte Pflanzen. Sie wundert sich, dass der noch nicht abgeerntet ist, wem gehört dieser Acker? Rosenkohl:

Tausendmal hat sie das Wort ausgesprochen, damals in der Stadt, aber begriffen hat sie den Namen erst, als sie die Pflanzen zum ersten Mal am Feld sah: wie riesige grüne Rosen stehen sie da, auch im bittersten Frost, die Stiele übersät von winzigen Kohlköpfchen. Wunderschönes Gemüse, sie dekoriert manchmal die Tische damit. Georg und sie kaufen die Produkte wenn möglich aus der Gegend, aber eher von den Biobauern, die ihre Äcker weiter hinten haben, hinter dem Hügel, abseits der Straße. Rechts lichtet sich der Wald, gleich wird Lea entfernt den See durchschimmern sehen, und sie wird sich auch diesmal darüber freuen.

Das Glitzern des Sees löst in Lea immer das Gleiche aus, eine Art Mantra, das jedes Mal an dieser Stelle wie automatisch in ihr aufleuchtet, seit sie das erste Mal als frische, glückliche Neo-Landbewohnerin hier langgegangen ist, mit Maya im dicken Bauch. Damals jubilierte es in ihr: Was für ein Glück, dass wir hier leben dürfen, in dieser Herrlichkeit, das ist jetzt meine Gegend, mein Wald, meine Felder, mein See, hier gehöre ich jetzt her, alles meins! Das Mantra perlt jetzt nicht mehr so euphorisch aus ihr heraus wie damals. Did you imagine it in a different way? Jetzt klingt es manchmal verhalten, mitunter sogar ein wenig verzagt. Aber es drängt nach wie vor in ihr herauf, und im Grunde stimmt es noch: Es ist ein Glück, dass das Schicksal sie aus der Stadt hierher verfrachtet hat, in dieses Grün und Blau, auch wenn das Leben nicht ganz so idyllisch verläuft, wie sie es geplant, wie sie es sich in ihrer Aufbruchsstimmung damals erträumt und vorgestellt hatte: Georg, in den sie verliebt war, Maya in ihrem Bauch und weitere Kinder, das idyllische Gasthaus mit dem grandiosen Bauerngarten rundherum, die wunderbare Gegend, der Fluss.

Sie hatte immer am Wasser leben wollen, und jetzt war sie hier, das Schicksal hatte sie hierhergebracht, mit einem Mann, den sie eines Nachts um vier Uhr früh in einer abgefuckten Bar mitten in der Stadt kennengelernt hatte. Und hier war sie jetzt, an einem Fluss, in der Nähe eines Sees, in dieser wunderschönen Natur. Sie hatte das gewollt, sie hatte es als Rettung betrachtet, als ihre Absprungmöglichkeit aus einer Phase ihres Lebens, in dem viele Dinge zu Ende waren und zu wenige neue Chancen sich auftaten, einen großen, deutlichen Schritt ins Erwachsensein. Sie hatte das damals viel mehr gewollt als Georg, es war ihre Initiative gewesen, zu Georgs Erstaunen und zu ihrem eigenen auch. Es war eine gute Entscheidung, bis heute ist sie davon überzeugt, und noch immer ist sie verliebt in diesen Ort und in ihr Leben hier. Nur hat es jetzt Abnützungsspuren, ist Alltag und manchmal, vor allem im Winter, wird es banal, anstrengend und trist, und immer öfter vermisst sie das Leben in der Stadt, das einen einfach so mitnimmt und irgendwo hinschwemmt, wo man nicht immer der Motor für alles sein muss, alles selber machen. Manchmal beneidet sie Veronika um ihr Wochenendhaus-Dasein: Die kommt am Freitag, und am Sonntag fährt sie wieder nach Wien, und in der kalten Jahreszeit lässt sie sich oft wochenlang nicht blicken. Den Sommer verbringt sie in dieser Herrlichkeit, aber den öden, dunklen Winter bleibt sie lieber in der Stadt. Manchmal würde Lea an so einem düsteren Herbstsonntagabend gern in Veronikas Auto steigen und einfach mitfahren. Sie hat da immer noch diese kleine, heruntergekommene Einzimmerwohnung in der Stadt, die ist jetzt an Flüchtlinge vermietet, über irgend so einen Verein, bei dem ihre Nachbarin mitmacht. Aber die Wohnung gehört ihr, und manchmal überlegt sie, ob sie sie für sich nutzen könnte, falls die Flüchtlinge mal ausziehen. So als urbanes Ausweichdomizil.

Ihre Mutter, die alte Stadtpflanze, war nicht euphorisch gewesen, als Lea vor zwölf Jahren mit Georg aufs Land gezogen ist. Was willst du denn am Land, Lea?, was willst du denn da machen? Gerade, dass sie nicht sagte: bei den Wilden. Aber Lea wusste es. Sie wollte ein Gasthaus führen mit ihrem Mann, sie wollte Kinder, sie wollte einen Hund und vielleicht noch mehr Tiere, sie wollte Natur und sie wollte Bücher schreiben, im Garten unter dem Birnbaum. Bücher?, hatte ihre Mutter gesagt, die in ihrem Leben viele Bücher geschrieben hat. Lea erinnert sich noch genau daran, wie sie dort saß, am großen, fast schwarzen Eichentisch in der jugendstilgefliesten Altbauküche ihrer Eltern, kühl und edel, sie weiß noch genau, was sie anhatte: ihre Uniform aus schwarzen Boots, Röhrenjeans, einem schwarzen T-Shirt mit dem Logo irgendeiner Band und der abgetragenen schwarzen Lederjacke, deren Reißverschluss über dem wachsenden Bauch nicht mehr zuging.

Ihre Mutter hatte sie von unten nach oben gemustert. Bücher willst du schreiben? Dann solltest du lieber mal in der Stadt bleiben, denn dafür wirst du am Land, mit dem Wirtshaus und – wie viele Kinder willst du noch mal: vier, fünf? Da musst du dich aber ranhalten! –, keine Zeit haben, hatte ihre Mutter gesagt, das Land wird dich auffressen, Lea, es wird dich verblöden und zum Landei machen, zu einem dumpfen, stumpfen Landei. Du behältst hoffentlich deine kleine Wohnung in der Stadt? – Ja, Mutter, die Wohnung behalte ich, die wird vermietet. – Gottlob, dann gibt's wenigstens ein Zurück. – Ich will nicht zurück, Mutter. – Liebst du Georg? –

Ja, ich liebe ihn. – Liebt er dich? – Soweit ich das beurteilen kann: ja. – Na, dann polier dir ruhig deine Illusionen, Kind, mögen sie lange frisch aussehen und glänzen.

Ihre Mutter war immer schon eher direkt gewesen. Und ein Buch hat Lea nicht geschrieben, bisher nicht.

Dennoch war ihre Mutter dann Leas neuer Familie, ihren neuen Schwiegereltern und später sogar dem Bastard, wie sie Lotte hinter Georgs Rücken nannte, herzlich und mit großer Generosität begegnet: Sie war erfahren im Umgang mit Publikum, sie wollte geliebt werden, und sie hatte gelernt, wie sie sich zu verhalten hatte, damit sie diese Liebe auch garantiert bekam. Was nicht hieß, dass sie die Liebe erwiderte. Aber sie konnte diesen Umstand gut verbergen, und nur Lea, ihr Bruder und ihr Vater hatten ihr ansehen können, wie sie wirklich zu den Waidingers stand, hatten die verborgene Herablassung in ihrem Lächeln erkannt und die zarte, ihr angeborene Höhere-Töchter-Blasiertheit im Verbund mit der leichten Überheblichkeit der alten Achtundsechziger, mit der sie allen Nichtstädtern begegnete, verborgen hinter einer strahlenden Freundlichkeit und mit eleganter Zugewandtheit überspielt. Die Waidingers liebten ihre Mutter. Ihre Mutter liebte sie nie zurück, aber das fiel den Waidingers gar nicht auf.

Der See liegt hinter Lea. Die Ordnung der Felder wird jetzt von vereinzelten Häusern gestört, zuerst Bauernhöfe, dann das Dorf. Vor dem Ortsschild bremst Lea herunter und kriecht dann durch die kurze Hauptstraße so schnell sie gerade noch darf oder ein bisschen schneller, es wird sehr knapp. Gasthaus, Kirche, Gasthaus, ein aufgelassener Lebensmittelladen, ein Gemeindeamt, eine Bäckerei, die auch das Brot für das Wirtshaus liefert, sehr gutes Biosauerteigbrot, vor allem das Nussbrot, das mögen die Gäste am liebsten, es ist im Brotkorb immer als Erstes weg. Manchmal backt Georg auch selber Brot, aber es ist letztlich zu viel Arbeit, und, wenn man es ehrlich betrachtet, besser als das Brot von diesem Bäcker wird es nicht. Am Ortsschild drückt sie wieder aufs Gas und rast dann durch den Wald, über die kurvige Straße, die sie kennt wie die Gänge in ihrem Wirtshaus, nur dass aus dem Wald manchmal Tiere springen. Sie tastet mit ihrem Blick die Ränder ab, wie sie früher auf dem Fahrrad die parkenden Autos nach plötzlich aufgehenden Türen abtastete, aber am Waldrand bewegt sich nichts. Ein weiteres Dorf zwingt sie, das Tempo zu drosseln, dann noch eins: Mitten im Ort bremst sie eine völlig sinnlose Ampel aus, an der sie ewig und ganz allein abwartet, ohne dass auch nur eine Menschenseele an der Kreuzung erschienen wäre und schon gar kein Auto. Sind die deppert? Während sie wartet, wirft sie Pixiebücher, einen Kuschelhasen und ein rundum klebriges Quietschentchen – haben die Kinder das in Fruchtsaft schwimmen lassen, oder was? – vom Beifahrersitz nach hinten. Lea spuckt sich auf die Finger und wischt sie an der Hose ab, immer noch Röhrenjeans, aber jetzt trägt sie bequeme warme Winterstiefel mit Gummisohlen dazu, ein hellblaues Sweatshirt und eine dicke, dunkelblaue Daunenjacke mit Kapuze. Sie ist immer noch so lang und dünn wie damals, sie wird nicht dick, egal, wie viele Schwangerschaften, ihr wurde so eine Figur angeboren, auf die andere Frauen immer neidisch sind. Lea wäre allerdings oft gerne kleiner gewesen, niedlicher, weniger sichtbar; aber jetzt ist es eh egal. Da, wo sie jetzt ist, fällt sie kaum mehr auf, hier sieht sie eh keiner mehr. Sie wischt den Sitz mit der Hand sauber, so gut es geht. Das Auto ist dreckig, der Kofferraum ist dreckig, die Rückbank mit den Kindersitzen klebrig, vollkommen eingebröselt und übersät mit Stiften, schmutzigen Kuscheltieren, leeren Plastikflaschen, uralten, zerkauten Schnullern, Miniautos und Pixiebüchern. Die Mutter wird verächtlich auf und in den Bus blicken: Wann kauft ihr euch ENDLICH ein neues Auto? Dann wird sie bemerken, wie kalt es darin ist, meiner Seel, Kind, da holt man sich ja den Tod, was tust du mir an.

Lea wird den im Grunde verhassten Bus verteidigen, als sei er der zerzauste Teddybär ihrer Kindheit. Sie wird nicht zugeben, dass sie selbst gern ein neues Auto hätte, das sie und Georg es sich aber einfach gerade nicht leisten können. Zahlt dein Mann immer noch für seinen Bastard? Ja, Mutter, Georg unterstützt seine älteste Tochter Lotte, sie studiert jetzt in Berlin. Sie will dieses Gespräch mit ihrer Mutter nicht führen, auf keinen Fall. Endlich springt die Ampel auf Grün, sie durchquert die Ortschaft und fährt das letzte Stück, wieder Serpentinen durch noch einen Wald, viel zu schnell, ein Rennradfahrer, an dem sie in einer Kurve etwas zu knapp vorbeirast, zeigt ihr brüllend den Mittelfinger. Sie könnte es schaffen, sie könnte es vielleicht noch schaffen, aber als sie die kleine Bezirksstadt mit dem Bahnhof erreicht, senken sich genau vor ihr die Schranken herunter, mit Gebimmel und Geblinke. Der Bahnhof liegt auf der anderen Seite des Schrankens. Verdammt.

Der Radfahrer von eben schwingt sich rechts neben ihr ein und wedelt mit der Hand vor dem Gesicht herum, bist du deppat, bist du deppat? Sie lächelt entschuldigend zurück, kurbelt die Scheibe herunter, ruft: Tut mir sehr leid! Wirklich! Der Radfahrer schüttelt nur den Kopf. Nicht ihr Tag. In dem Zug, den sie nun abwarten muss, wird ihre Mutter sitzen, und der Zug wird den Bahnhof, der ein Stück rechts des Schrankens liegt, vor Lea erreichen. Ihr Handy piept, es ist Georg, sie kann die Nachricht nur schnell überfliegen, was ist mit Lotte? Was Asien? Sie wird ihn später fragen. Links neben ihr knattert ein Moped an, ein alter Kerl mit Schnurrbart auf einem rosa Scooter, Lea kennt ihn vom Sehen, er kommt manchmal ins Gasthaus, früher hatte er ein klappriges Auto; ach ja, dem haben sie ja den Führerschein abgenommen, deshalb der Scooter. Er winkt Lea zu, er wirkt auch jetzt nicht ganz nüchtern. Lea winkt zurück. Im Radio läuft eine Nummer von Beth Ditto, als der Zug vorbeifährt, Lea kann ihre Mutter hinter keinem der vorbeiziehenden Fenster erkennen, aber ohne Zweifel sieht ihre Mutter sie, in dem alten, grauen, verbeulten VW-Bus mit der gelben Tür, zu spät dran; eine Enttäuschung, wie immer.

WIE MAN AUF EINEM MOPED fahren kann, Zweisitzer: allein. Zu zweit. Zwei Männer. Zwei Frauen. Ein Mann und eine Frau, der Mann vorne, die Frau hinten; die Frau vorne, der Mann hinten. Ein Mann, eine Frau, dazwischen ein Säugling auf dem Arm der Frau. Ein Mann, eine Frau, dazwischen ein Kleinkind, sitzend oder stehend, das Kind hält sich an den Schultern des Mannes fest, die Frau hält das Kind an den Hüften. Ein Kleinkind vorne, zwischen den Beinen des lenkenden Mannes, dann eine Frau. Ein Kleinkind vorne, zwischen den Beinen des Mannes stehend, dann eine Frau mit einem Säugling im Arm, wach oder schlafend. Ein Kleinkind vorne zwischen den Beinen des Mannes stehend, ein Kind dahinter, dahinter eine Frau, vielleicht mit einem Säugling im Arm. Eine Frau, dahinter zwei Kinder, die Frau hat einen Säugling an die Brust gebunden, den sie stillt, während sie fährt. Alle tragen kleine, bunte Helme, die Kinder tragen oft nur Kappen. Zu viert, eine Frau, drei Männer, einer raucht. Alle Mopeds hupen, jedenfalls klingt es so.

Heidi sieht zum Autofenster hinaus und denkt daran, wie sie kürzlich mit Britta spitz gelästert hatte. Über die eine aus der Parallelsiedlung, die immer ihre Tochter auf dem Fahrrad zum Kindergarten bringt, sicher hinten im Sitz angeschnallt. Aber immer ohne Helm: Sag mal, findest du das nicht ein wenig lebensgefährlich? Fand Britta auch: Es passiert ja so schnell was. Hier offenbar nicht. Und sie denkt an die Zeit in Wien, als sie selber hinten auf so einem Moped saß. Auf Georgs blauweißem Oldtimermoped, das er fuhr, als sie ihn kennenlernte. Auch ein Zweisitzer. Wie sie ein paarmal damit fuhren, ohne Helm. Damals war das noch so üblich, sein dunkles Haar flatterte im Wind. Sie mochte das. Sie fand ihn sehr schön.

Daran erinnert sie sich noch: Wie schön sie ihn fand, sein warmes Lächeln, seine freundlichen Augen, seine Haare, seine Kompaktheit. Auch, dass er so nett war, relaxed und gutmütig. Es war Spätsommer; sie hatten sich gerade kennengelernt. Sie hatten ein paar Tage fast ausschließlich im Bett verbracht. Jetzt mussten sie mal raus, mal an die frische Luft.

Georg sagte: Ich zeig dir was. Sie fuhren auf dem Moped durch den Wienerwald hinauf in die Weinhänge um Wien herum. Sie hatte ihre Arme um Georg geschlungen und lag fast auf seinem Rücken, ihre Wange zwischen seinen Schulterblättern. Das Moped war sehr laut. Sie fuhren zu einer Wiese, die sich an einen Weinberg schmiegte. Man konnte von dort über ganz Wien schauen. Heidi hatte gar nicht gewusst, dass in Wien Wein wuchs. Außerhalb, ja, aber sie waren in der Stadt, in fettem Grün, knapp oberhalb der Donau und Häuser, die sich in Grautönen unter ihnen ausbreiteten. Georg klappte den Sitz des Mopeds hoch. Er zauberte eine alte, karierte Decke heraus, die sie auf der Wiese ausbreiteten, weiter hinten, versteckt im Schatten der Reben. Georg hatte auch eine Flasche Wein mit, trotz des Mopeds. Damals nahmen sie es mit solchen Dingen noch nicht so genau. Sie waren jung. Sie tranken den Wein und küssten sich und machten bei dieser Gelegenheit Charlotte. Das blauweiße Moped sah sie danach noch ein- oder zweimal, dann nicht mehr. Sie weiß gar nicht, was Georg damit gemacht hat. Ob er es verkauft hat oder einem Freund überlassen. Vielleicht wurde es gestohlen oder ging kaputt. Heidi weiß es nicht. Sie hatten dann Charlotte, und da, wo sie lebten, reichte ein Moped nicht für drei, zwei Erwachsene, ein Baby.

Mopeds, Abertausende, links und rechts des Taxis, in dem sie sitzt. Zweisitzer alles, Hondas und Motorroller. Es ist unglaublich. Ihr Kopf ist betäubt von allem, was sie sieht, von dem Lärm, der durch die Scheiben dringt. Wahnsinn. Sie weiß nicht, wo sie zu schauen, zu registrieren anfangen soll. Es prasselt alles so schnell und so dicht auf sie ein. Noch nie noch nie noch nie hat sie so viele Menschen gesehen. Noch nie so dicht, noch nie in einer solch grenzenlosen Masse, in einer Stadt, die aus dem Flugzeug gesehen wirkte, als bedecke sie die ganze Erde: Sie flogen über diese Stadt, es kam Heidi endlos vor. Sie schien keinen Anfang zu haben und kein Ende. Jetzt wurde ihr klar, dass all das, was sie von oben gesehen hatte, belebt ist, voll ist mit Menschen, auf jedem Quadratmeter. So viele Menschen. So viele Fahrzeuge. So viele Gesichter, alle ähnlich und keines wie das andere. Sie fahren durch breite Straßen, mit hohen, modernen Gebäuden, dazwischen weite, gepflegte Parks, große Plätze um Denkmäler. Dann biegen sie in Gassen ein, in denen sich ein altes Haus ans nächste drängt, dazwischen mitunter schmale, heruntergekommene Höfe. Wellblechdächer und Plastikplanen über irgendwelchem Kleinhandel, Plastikgeschirr, Werkzeug. Mobile Küchen, Vitrinen auf Rädern. Alles in Nischen gepresst, aus denen es dampft und raucht. Schmale Häuser, die aussehen, als wären Wohnboxen über Arbeits- und Verkaufsboxen gestapelt. Manche offen, mit Tüchern verhängt, andere mit wackeligen Balkonen und grellen, blinkenden Leuchtschriften über jeder Tür, an jedem Haus. Werkstätten, neben Imbissen und winzigen Restaurants. Garagen, überall geparkte Mopeds und Scooter.

Es ist, wie es ihr eine Freundin prophezeit hat: Heidi ist hier nichts. Winzig, unwichtig, niemand unter all den vielen. Nur die stabile Metallhülle des Autos, in dem sie sitzt, schützt sie davor, von den vielen aufgesaugt zu werden, eins zu werden mit den vielen. In einer deutschen Kleinstadt verliert man manchmal das Gefühl, zu wievielt man insgesamt ist, auf der Welt, gesamtmenschheitlich betrachtet. Jetzt spürt sie das auf einmal. Auf einmal bekommt sie ein Gefühl für die Größe der Menschheit, die Größe der Welt. Das Gefühl ist zu mächtig. Sie muss aufpassen, dass sie davon nicht in die Panik geschwemmt wird. Überall winzige, bunte Kinderplastikstühle, auf denen Erwachsene und Kinder sitzen und mit Stäbchen und Gabeln aus Schüsseln essen, zwischen Mopeds, die in Pulks in Zwischenräumen parken. Überall blinkende Leuchtschriften. Der Lärm der Mopeds dringt durch die geschlossenen Fenster. Er übertönt das Motorengeräusch des Wagens, eine Mauer aus Zweitaktgeheul und Gehupe. Die Mopedfahrer hupen die anderen Mopedfahrer an, die Autos hupen die Mopeds an, alles hupt. Sie kommt sich vor wie in einem U-Boot, von allen Seiten brandet es heran. An den Rändern grelles, kreiselndes, kräuselndes Blinken, Schriften, Zahlen, Symbole.

Der Fahrer fädelt sich durch diese Mopeds durch, vollkommen geschmeidig. Sie erschrickt, bis ihr klar wird, dass das hier eben so funktioniert, dass alles normal ist. Der Fahrer findet einen Weg durch den fahrenden Pulk, ohne dass jemand schimpft oder brüllt oder obszöne Gesten macht. Auch das Hupen ist nicht aggressiv. Nicht, wie wenn in Deutschland jemand hupt, wo Hupen heißt: Mach Platz, Arschloch. In Saigon eher so: Hier komm ich, sorry, Vorsicht.

Auch der Fahrer bleibt völlig gelassen. Alles fließt. Durch Alleen und um Kreisverkehre herum, an denen keiner stehen bleibt, in die alle einfach hineinfließen. Das Auto fließt einfach mit, treibt dann nach rechts, auf eine Kreuzung zu und in eine Seitenstraße hinein. Heidi heftet ihren Blick auf die Ränder der Straße: Charlotte. Irgendwo hier ist sie. Je länger sie fahren, je intensiver Heidi die Ausmaße der Stadt spürt, desto mehr schwindet ihre Hoffnung: Wie kam sie auf die Idee, dass sie ihre Tochter hier finden könnte? Sie hatte keine Vorstellung vom Ausmaß dieser Stadt. Was das bedeutet: zehn Millionen. Jetzt, wo sie sie durchfährt, bekommt sie ein Gefühl dafür und eine Ahnung der vollkommenen Sinnlosigkeit dieser Reise. Wie kam sie nur auf diese Idee? Niemals wird sie Charlotte hier finden, niemals.

Der Verkehr ist wie ein riesiger Organismus, der Mopeds und Autos ein- und ausatmet. Dazwischen ein paar Fußgänger, Jugendliche in Schuluniformen, alte Frauen mit Chinesenhüten, die Vitrinenwagen schieben. Händler, behängt mit Kleinwaren, ein alter klappriger Mann auf einem alten klapprigen Fahrrad. Mopeds, Mopeds, Scooter, Mopeds, Scooter, Scooter. Fast alle tragen kleine, bunte Helme. Auf den Fotos im Reiseführer trugen die Leute keine Helme, offenbar waren es alte Fotos, jetzt scheint es eine Helmpflicht zu geben. Viele tragen Masken, vor allem die Frauen. Ein paar tragen Wegwerfmasken, die meisten haben bunt gemusterte Gesichtsmasken aus Stoff über Nase und Mund. Wahrscheinlich, so vermutet Heidi, um die schlechte Luft wenigstens ein bisschen zu filtern. Sie fahren an einem großen Park vorbei, mit hohen Bäumen, zwischen denen pinkfarbene Leuchtschilder hängen. Mopeds links, Mopeds rechts. Das Auto wird von dem Strom am einen Rand eingesaugt, verschluckt, aber erstaunlicherweise nicht verdaut, sondern auf der anderen Seite unbeschädigt wieder ausgespuckt. Noch nie hat Heidi etwas Derartiges gesehen. Der Fahrer wirft ab und zu durch den Rückspiegel einen Blick auf sie und lächelt. Draußen ist es heiß und schwül, aber im Auto ist es so kalt, dass sie fröstelt. Eine rothaarige Frau geht am Straßenrand. Es ist nicht Charlotte.

Nach diesen Whatsapps von Valentina, der Nachricht, dass Lotte hier irgendwo sei, die sie in ihrem beigen Haus in ihrer stillen, deutschen Siedlung las, wurde ihr klar: Dieses Problem würde niemand lösen, wenn sie es nicht tat. Das würde nicht von alleine wieder gut. Sie musste da was tun. Wenn sie nichts tat, käme es zur Katastrophe. Es war sehr unwahrscheinlich, dass Charlotte zur Besinnung kommen würde. Sie war vermutlich in der Spirale, wahrscheinlich war, dass alles schnell eskalieren würde. Sie stand vermutlich am Beginn einer Episode, merkte es noch nicht so richtig, wollte es nicht merken, nicht wahrhaben, ignorierte die Anzeichen: die Schlaflosigkeit, die Ruhelosigkeit, die kleinen Ängste.

Diese Unvermeidlichkeit überrollte Heidi erst mal, drückte sie zu Boden. Warum musste das jetzt passieren? Warum ihr? Warum hatte Charlotte nicht besser aufgepasst? Aber es war nun mal so. Sie kam da nicht raus. Und das war jetzt nicht so ein Scheiß wie das verlorene Handy von Lukas in der Woche zuvor, wo sie total ausgerastet war, hatte sie nicht eh schon genug um die Ohren, muss sie sich jetzt auch noch darum kümmern? Wie das dann aus ihr rauskrachte, so unkontrollierbar: Da lauerte schon die Angst um Lotte in ihr. Sie konnte es sich nicht leisten, paralysiert zu sein. Und letztlich war das nicht ihr Unglück, sondern das Unglück ihres Kindes. Ihres Kindes, das nichts dafür konnte. Nur Heidi konnte jetzt was unternehmen. Nur die Mutter, nur sie konnte jetzt helfen.

Und da war sie auf die Beine gekommen. Hatte zu telefonieren angefangen. Hatte, auch mit Hilfe von Valentina, die Leute gefunden, mit denen Charlotte jetzt befreundet, bekannt, in Kontakt war. Hatte die alle angerufen, einen nach dem anderen. Hatte Informationen gesammelt: Ja, Charlotte war nicht mehr in Berlin. Ja, sie hatte da einen neuen Freund, der hieß, Moment, Toby, ein Amerikaner glaub ich, ja, der war mit ihr unterwegs. Amsterdam; da wollten sie eigentlich hin, für ein paar Tage, aber irgendwie waren sie von dort aus wohl weitergereist, irgendwas hatte sie dazu gebracht. Nein, niemand wusste ganz genau, wo sie waren, im Moment hatte keiner und keine von denen direkten Kontakt. Ja klar, sicher, wenn sie was hörten.

Heidi war das dann zu wenig. Lukas, wie macht man eine Whatsapp-Gruppe? Lukas zeigte es ihr, wie willst du sie nennen? Hmmm, warte, so was wie *Wo ist Charlotte?* oder *Charlotte finden*. FIND CHARLIE, schrieb Lukas, und sie fügten jeden dieser Namen dazu: Valentina und Max und Chantal, Marlene, Ida, Frida und Bogdan, Marvin, Ömer und Sophie. Heidi schrieb dann rein, dass bitte hier jeder auch nur den allerkleinsten Hinweis weitergeben solle, alles, das irgendwie dazu führen könnte, Charlotte zu finden, und die Nachrichten trudelten ein: «ja, mach ich», «versprochen», «sobald ich was höre», diverse Smileys und Daumen-hoch-Emojis. Aber erst mal hörten sie gar nichts. Dann rief Charlotte plötzlich Heidi an, mitten in der Nacht, sie sagte, sie sei in Ho-Chi-Minh-Stadt in Vietnam. Und Heidi wurde fast verrückt vor Sorge um und Mitleid mit ihrem Kind, das so weit weg war, das seine Mutter brauchte, das Hilfe brauchte, jetzt sofort.

«Hello Mum.»

Sie klang munter, fröhlich. Aber nicht, als sei sie weit weg.

«Charlotte. Charlotte! Wo bist du?»

«Es geht mir gut, Mum! » Und dann sprudelte sie gleich los, wie schön es hier sei, wie nett alle seien, wie freundlich.

Es ging ihr zu gut. Sie war zu aufgekratzt.

«Charlotte ... Ist alles in Ordnung?»

«Ja, Mum. Alles okay, mach dir keine Sorgen, es geht mir wirklich gut.»

Ja, sicher. Es war ganz offensichtlich nichts okay, es gibt ganz klar reichlich Gründe, sich Sorgen zu machen, viele.

«Charlotte, was ist los, warum meldest du dich nicht?»

«Ich melde mich ja.»

«Aber so lange nicht.»

«Ich wollte dir sagen, dass es mir gut geht.»

«Wo bist du?»

«Vietnam. Ho-Chi-Minh-Stadt. Es ist toll hier.»

«Was machst du da? Wieso bist du in Vietnam? Wie lange schon? Wie kommst du dahin? Mit wem?»

Das war viel auf einmal, zu viel Druck, Heidi wusste es, aber es ließ sich nicht zurückhalten und nicht mehr korrigieren.

«Einfach so, Mum. Ich musste mal woandershin. Mit Toby. Toby ist mein Freund. Er ist super, ein sehr netter Mensch. Ich wollte dir nur sagen, dass es mir gut geht.»

«Charlotte. Ich habe nicht den Eindruck, dass es dir so richtig gut geht.»

«Mama, doch. Es geht mir gut.»

«Nimmst du deine Medikamente, Charlotte?»

«Mama. Ich bin erwachsen. Ich kann auf mich aufpassen.»

Das war nicht die Antwort auf Heidis Frage.

«Char–»

«Mama, kannst du mir helfen? Kannst du mir ein bisschen Geld auf mein Konto überweisen? Dreihundert Euro oder so? Meine Karte gibt grad nichts mehr her. Und du kriegst es zurück, ich versprech es dir.»

Heidi atmete durch. Ruhig bleiben.

«Mäuschen, willst du nicht zurückkommen? Brauchst du ein Ticket oder so?»

«Bald, Mama. Ich komme bald zurück! Überweist du mir das Geld?»

«Ja, Schätzchen, ich überweis es heute. Aber überleg dir das mit dem Ticket. Bitte. Komm heim.»

«Ich überleg's mir, Mama!» Sie wollte nur das Geld. Sie wollte nur weg von diesem Telefon, aber Heidi wollte sie nicht weglassen.

«Schläfst du genug, Liebes? Passt du auf dich auf?»

«Jaja!»

«Wo bist du jetzt genau?»

«Ich kann dir das nicht sagen.»

«Warum nicht?»

«Ich habe das Gefühl, dass jemand … Ach nichts.»

«Was, Charlotte?»

«Ich meld mich wieder.»

«Wo wohnst du, Baby?»

«Danke, Mama, hab dich lieb.»

«Kann ich dich erreichen?»

«Danke, Mama! Ich meld mich wieder, okay? Ich hab dich lieb!» Und weg war sie. Und Heidi überwies. Und Charlottes Bank war nicht bereit, die Information herauszugeben, wo das Geld mit Charlottes Karte abgehoben wurde, nein, leider, das dürfen wir nicht. Nein, auch dann nicht.

Verdammt, hatte Georg gesagt, als sie ihn schließlich kontaktiert hatte. Sie musste ihn informieren, sie wollte und konnte für das hier nicht allein verantwortlich sein.

Vietnam? – Ja. – Wie kommt sie dahin? – Weiß ich auch nicht, mit einem Freund, den ich nicht kenne, sie waren wohl zuerst in Amsterdam. – Was macht sie da?

Heidi sagte, das wisse sie doch auch nicht, aber dass Charlotte merkwürdig klang. Georg sagte erst, dass er sich auch Sorgen macht, aber dass er auch glaubt, dass Lotte auf sich aufpassen kann. Heidi sagte, sie hat so getan, als ginge es ihr gut, aber ich glaube, es geht ihr sehr schlecht. Heidi sagte, sie glaube, Charlotte nehme ihre Medikamente nicht mehr. Georg sagte, bist du sicher? Ich bin sicher, sagte Heidi. Georg sagte, dass er doch erst kürzlich mit Lotte geskypt habe, und da kam sie ihm sehr stabil vor.

Wann war das? – Na, vor ein paar Wochen. – Wie viele Wochen? – Ein paar halt, und da wirkte sie okay.

Heidi sagte, jetzt sei Charlotte nicht okay, gar nicht okay, und das man was tun müsse, was unternehmen, gleich. Ja, sagte Georg, das sei ihm auch klar. Vielleicht habe sie Angst, sich zu melden, weil sie wisse, dass das Kacke ist, was sie grad tut, und nicht gut für sie.

Was machen wir, sollen wir die Polizei einschalten? – Sicher, die lachen uns doch aus. Eine Dreiundzwanzigjährige, die eine Reise macht.

Georg sagte, man sollte mal beim Auswärtigen Amt anrufen, wobei nein, das müsse Heidi machen, beim deutschen. Sie fragte, wo sie da anrufen soll, sie könne ja nicht einfach im Außenministerium anrufen: Guten Tag und entschuldigen Sie, aber ich erreiche gerade meine erwachsene Tochter nicht, die schon lang nicht mehr bei mir lebt. Georg meinte, er glaube schon, dass man das könne.

Heidi sagte dann etwas für Georg völlig Überraschendes, sie sagte: Ich fahr dahin. Georg sagte, wohin, zum Auswärtigen Amt? Heidi sagte, nein, nach Vietnam. Georg sagte, nach Vietnam, du willst nach Vietnam? Heidi sagte, ja, ich muss sie finden, ich muss zu ihr, bevor was Schlimmes passiert. Georg fragte, ob ihr klar sei, dass Vietnam ein ziemlich großes Land ist, er war schon mal da, ob sie auch schon mal da war? Heidi sagte, nein. Georg fragte, ob sie schon mal anderswo in Asien war? Heidi sagte, nein, in Asien sei sie noch nie gewesen. Georg fragte, ob sie denn schon mal außerhalb Europas gewesen sei? Heidi sagte, nein, trotzdem. Georg fragte, ob sie sich wirklich, tatsächlich in ein Flugzeug setzen und einfach da hinfliegen wolle, nach Ho-Chi-Minh-Stadt, so heißt das nämlich jetzt schon lange? Heidi sagte, er brauche jetzt nicht zynisch zu werden, und ja, wenn es nicht anders gehe, wenn es sein müsse, fliege sie dahin. Georg sagte, sie wisse bestimmt, dass Ho-Chi-Minh-Stadt eine ziemlich große Großstadt sei und so ein paar Millionen Einwohner mehr habe als Rebenborn? Heidi sagte, ja, doch.

Georg wunderte sich, wo sie auf einmal diesen Mumm hernahm, fragte sie das aber nicht. Er sagte, du kannst da aber nicht allein hinfahren, unmöglich, du fährst eh mit

Martin, oder? – Na ja, nein, der kann grad nicht, sagte Heidi. So richtig einen Plan hast du gerade nicht, sagte Georg. Noch nicht, sagte Heidi, aber es hilft nichts. Georg sagte, lass mich mal nachdenken, lass mich mal mit Lea reden, bevor du was unternimmst. Vielleicht ist Charlotte ja auch schon auf dem Rückweg. Heidi sagte, ja, aber er soll bitte schnell nachdenken, sehr schnell, weil, es eile ein bisschen. Sie werde jetzt mal mit Erika sprechen. Georg sagte, okay, er versucht's noch mal bei Lotte, und er ruft sie später zurück.

Und dann: der Horror vorm Fliegen, vor dem Alleine-Fliegen. Vor der Ankunft in einer fremden Stadt, davor, mutterseelenallein dort anzukommen, in einem völlig unbekannten Land. Es ist alles so horrend. Es ist so unvorstellbar und unzumutbar.

Aber etwas Merkwürdiges passierte mit Heidi: In einer gewissen Weise neutralisierten diese Ängste einander. Sie radierten sich gegenseitig aus. Beziehungsweise, sie wurden von etwas Größerem, Stärkerem im Zaum gehalten: der Tatsache, dass es Charlotte schlecht ging. Irgendwo, unter Fremden, allein oder in Gesellschaft von Menschen, die sie nicht kannten. Leute, die keine Ahnung hatten, was Charlotte jetzt brauchte. Die nicht wussten, was gut für sie war. Denen es egal war, wie es ihr ging, und ob sie gesund war. Die es nicht checkten, wenn dringend etwas unternommen werden musste.

Und jetzt ist sie zum ersten Mal auf einem anderen Kontinent, weg von ihrem Mann, ihrem Sohn, ihrem Land. Noch nie war sie so weit entfernt von ihrem kleinen Haus mit Garten. Von dem Vorort, in dem sie lebt und immer gelebt hat. Von ihrer

Familie, ihren Freundinnen. Sie darf sich nicht vorstellen, wo auf der Weltkarte ihr Haus und ihr Sohn sind und wo sie ist: In einem Land, so heiß und feucht, wie sie es noch nie erlebt hat. Ihre Haut war schlagartig nass, als sie das Flugzeug über die Metallstiege verließ. Die Luft so schwer, sie schnappte nach Atem.

Erika hat sie zum Flughafen gebracht. Heidi war wahnsinnig nervös, und der Versuch, es zu verbergen, machte es nur noch schlimmer.

«Du schaffst das, Mausi. Alles easy.»

«Ja, klar.»

«Es ist alles organisiert. Es kann jetzt überhaupt nichts passieren. Und fliegen ist gar nicht schlimm, du wirst sehen.»

«Mmh.»

Heidi konnte nicht mal mehr richtig sprechen. Irgendwie keine Kapazität dafür frei. Alles in ihrem Raum-Zeit-Kontinuum war dominiert von Aufregung, alles andere auf Stand-by.

Erika fand mit ihr den Check-in-Schalter ihrer Fluglinie, stellte sich mit ihr an, plapperte auf sie ein. Vor ihnen stand eine Familie: Vater, Mutter, Teenagersohn, die Erwachsenen etwa in ihrem Alter, Deutsche, sie sahen locker und unkompliziert aus, in ihren Jeans und praktischen Trekkingsandalen, die Frau hatte ihr lockiges, ergrauendes Haar zu einem schlampigen Dutt hochgesteckt. Ihrem Geplauder entnahm Erika, dass sie nach Ho-Chi-Minh-Stadt flogen. Sie quatschte die Leute ungeniert an.

«Fliegt ihr auch nach Vietnam?» Die Leute wandten sich gleich lächelnd zu ihnen, sie schienen kein Problem damit zu haben, von einer Fremden angesprochen und geduzt zu werden.

«Ja, ihr auch?»

«Ich nicht. Ich begleite nur meine kleine Schwester hier, soweit es geht. Sie ist noch nie geflogen.»

«Nein, wirklich? Noch nie?»

«Ja, und jetzt fliegt sie gleich ganz allein, so weit.»

«Oh, das schaffst du schon!»

Heidi wollte versinken vor Scham, aber Erika plapperte ungeniert weiter, erklärte die Sachlage, umriss das Lottedrama, bat die Fremden, Heidi durch die Flughäfen und während den ihnen immanenten Procederes ein wenig an die Hand zu nehmen. Und die willigten begeistert ein, na klar, machen wir, dich kriegen wir schon nach Saigon. Dort wirst du abgeholt? – Ja, dort werde ich abgeholt. – Wie heißt du, Heidi? Okay, Heidi, ich bin Ilse, das ist John, der mit dem Kopfhörer heißt Theo. Wir treffen dich dann bei der ersten Schleuse, okay?, vorne bei der Passkontrolle, wo es zum Gate geht?

Erika sagte, sie werde Heidi dort abliefern, und dann erzählte sie ihr irgendwelche harmlosen Geschichten von früheren Flügen, plapperte Heidis Nervosität weg, checkte ihr Gepäck ein – alles andere hatten sie schon gemeinsam einen Tag zuvor im Netz erledigt, ein Platz in der rechten Reihe am Gang, sie hatte die Bestätigung ausgedruckt in der Tasche. Sie waren früh genug da, Erika kennt Heidi, die Angst vor dem Zuspätkommen, die Angst vor dem Verpassen, lieber viel zu früh da sein als zu knapp. Erika begleitete sie bis zur letztmöglichen Sperre, wo die Familie sie nachher aufklauben würde. Genug Zeit. Sie setzten sich auf eine Bank.

«Komm, damit du dich sicher fühlst, gehen wir noch mal deine Tasche durch, du hast ja noch genug Zeit: Reisepass?»

Heidi öffnete den Reißverschluss ihrer Umhängetasche und dahinter noch einen Reißverschluss.

«Ja.»

«Kopie des Passes?»

«Ja.»

«Boardingpass?»

«Was meinst du damit?»

«Den Zettel, den wir gestern ausgedruckt haben.»

«Moment, wo hab ich den jetzt hingesteckt, Ohmeingo... Hier.»

«Reiseunterlagen?»

«Hier. Diese Tasche hat zu viele Fächer. Und zu viele Zipps.»

«Kommt mir auch so vor. Wir hätten doch die andere nehmen sollen. Du wirst viel suchen und wühlen müssen auf dieser Reise. Einladungsbrief für das Visum ist drin?»

«Jep.»

«Der Zettel mit den wichtigen Telefonnummern auch?»

«Ja. Und Portemonnaie, Handy und Ladekabel. Und dein Xanax.»

«Gut.»

Heidi hatte in ihrem kleinen Rucksack auch eine dünne Fleecejacke, ein aufblasbares Kissen, einen Reiseführer.

«Du wirst in Saigon abgeholt, du musst durch den Ausgang, da wartet einer.»

«Ja, Ulla hat mir auch noch mal alles gemailt; es kann eigentlich nichts schiefgehen.»

«Nein, es wird alles gut gehen. Und dann kommt Georg, und ihr findet gemeinsam Charlotte, und du bringst sie wieder heim, okay?»

«Ja, mach ich.»

«Bist du okay?»

«Den Umständen entsprechend.»

«Du schaffst das.»

«Ja, ich schaff das. Schau, da sind schon Ilse und John!»

Heidi ging mit der fremden Familie durch die Kontrollschranke in den Abflugbereich des Flughafens, an den ersten Ort dieser Reise, an dem sie nie zuvor gewesen war, aber he, sie war nicht ganz allein, die ersten Fremden, auf die sie dabei gestoßen waren, schoben sie an all die richtigen Orte, die Sicherheitskontrolle, das Gate und den kleinen Imbiss davor, an dem sie sich eine Flasche stilles Wasser kaufte, und dort waren die Fremden schon gar nicht mehr so fremd. Ein bisschen wie damals, das letzte Mal, als sie ganz allein wo hin ist; lange her, sehr lange her.

GEORG WAR FÜNFUNDZWANZIG gewesen. Heidi war vierundzwanzig. Georg hatte sein Studium praktisch abgebrochen und kellnerte im «Milieu», einer gehypten Underground-Musik-Bar, die er schon bei seinen frühen Fluchten nach Wien entdeckt hatte: Nirgends war der Sound besser, nirgends die Leute cooler. Er war dort Gast gewesen, monatelang, ein Jahr vielleicht, fast täglich, die WG, in der er damals wohnte, lag in der Nähe, und wie alle seine Mitbewohner nutzte auch er das «Milieu» als erweitertes Wohnzimmer. Als sein Geld knapp wurde, fragte er nach einem Job. Sie wollten wissen, ob er denn überhaupt schon mal gekellnert habe, überzeugt, dass er Bars und Restaurants nur vom Konsumieren und Betrinken kannte, so wie die anderen Gäste, die sich zum Kellnern anboten, wenn ihr Geld ausging und sie schon zu viel hatten anschreiben lassen. Georg hingegen konnte anführen, dass seine Familie seit Generationen ein Gasthaus auf dem Land führte, in dem er schon als Kind ausgeholfen hatte. Aha. Sie ließen ihn arbeiten, zuerst aushilfsweise, bald regelmäßig, und sie ließen ihn irgendwann auch an die Musikanlage, an die Mixtapes, die nur die besten Spezialisten zusammenstellen durften, und an den Plattenspieler. Vor allem aber kellnerte er, am liebsten Nachtschichten, und damit machte er sich beliebt, auch weil er es im Blut hatte, wie man mit völlig betrunkenen und mitunter unangenehm werdenden Gästen umgehen musste: Man musste tough sein, aber man musste auch zusehen, dass sie ihre Würde bewahrten, damit sie wiederkamen. Denn sie sollten ja wiederkommen, die meisten jedenfalls, und wenn sie es nicht sollten, gab es andere Kellner, die es mit der Würde nicht so genau nahmen. Die Polizei wurde nie gerufen, das war Ehrensache. Außer von den Nachbarn, denen die Musik zu laut war.

Heidi hatte in Frankfurt studiert, um Grundschullehrerin zu werden, es hatte ihr gefallen, sie unterrichtete eine Zeitlang kleine Kinder, war okay, aber es war ihr zu wenig. Jetzt wollte sie eine Zusatzausbildung zur Pädagogin für Kinder mit besonderen Bedürfnissen: Sie hatte sich das in den Kopf gesetzt, so berufungsmäßig fast. Sie hielt sich für eine geborene Lehrerin, der Umgang mit Kindern lag ihr, und sie fühlte in sich das besondere Talent für besondere Kinder. Jedenfalls dachte sie das, bis sie dann selbst ein besonderes Kind hatte. Sie hatte alle Fächer und alle Praktika mit tollen Zensuren absolviert, und dann reichte es ihr noch immer nicht. Sie wollte besser sein, besser ausgebildet, spezialisiert. Irgendwer drückte ihr eine Broschüre in die Hand, es gab da in Wien eine Spezialausbildung in Sonderpädadogik, man kriegte Unterstützung dafür. Sie hätte so was Ähnliches vielleicht auch in Frankfurt machen können, aber sie fand die Idee, ein paar Monate in der Hauptstadt der Psychoanalyse zu lernen, betörend, das machte sich doch gut im Lebenslauf. Und Wien sollte ja reizend sein.

Und in einem überraschenden Anfall von Abenteuerlust und für Heidi ganz ungewöhnlichen Mut bewarb sie sich, und erst, als sie einen Brief bekam, dass sie angenommen sei, erst, als ihr vollkommen klarwurde, dass sie dafür Rebenborn für ein paar Monate, vielleicht mehr als ein Jahr verlassen müsse, dass sie allein in eine fremde, ja ausländische Stadt ziehen sollte, da bereute sie ihren übertrieben verwegenen Entschluss: Sie wollte doch gar nicht weg, sie musste doch in der Nähe ihres Zwillingsbruders bleiben, sie hatte doch Angst vor großen Städten, sie kriegte schon Heimweh, wenn sie nur daran dachte. Warum hatte sie das gemacht? Wie war sie auf diese abartige Idee gekommen? Was hatte sie da geritten? Warum, warum, warum? Und: Nein, nein, NEIN! Schlaflose Nächte galore.

Es war der Beginn aller schlaflosen Nächte, die Stunde null ihrer chronischen Schlaflosigkeit. Davor hat sie gut geschlafen. Sie verfluchte sich für ihren Anfall von Über-Mut. Bauchschmerzen zum Ausderhautfahren, auch der Rücken tat weh, die untere Wirbelsäule. Diese gestörte Idee. Warum hatte niemand sie gebremst? Warum hatten ihre Freundinnen sie nicht gewarnt, warum hatte ihre Mutter sie nicht gestoppt, warum hatte ihr Bruder sie nicht daran erinnert, dass sie eine Stubenhockerin war, die ihre vier Wände nicht gern verließ, die es lieber vertraut und kuschelig hatte? Warum war sie selbst so bescheuert gewesen? Sie beschloss, nicht zu fahren. Zu weit, zu kompliziert, zu teuer. Sie kannte da keinen. Wo sollte sie wohnen? So eine blöde Idee auch.

Es waren ihre Freundinnen und Erika, ihre Schwester, die so lange auf sie einredeten, dass sie schließlich tatsächlich nach Wien fuhr, obwohl sich alles in ihr dagegen sträubte. Sie versuchte, aus der Verpflichtung rauszukommen, was sie allerdings, wie sich herausstellte, eine Stange Geld gekostet hätte, irgendeine Pönale, die waren da doch nicht so gemütlich, die Wiener. Also fuhr Heidi nach Wien, trotz der inneren Widerstände, obwohl ihr Bruder die Idee nicht so gut fand, und obwohl sie noch am Bahnhof nach Gründen suchte, warum sie diesen Zug nicht besteigen konnte. Ihre Mutter, ihre Schwester und ein paar Freundinnen schoben sie in ihr Abteil, hievten ihre zwei Koffer und die Reisetasche in die Ablage.

«Heidi, es sind nur ein paar Monate.»

Oh Gott, ein paar Monate. MONATE! Es fühlte sich an wie Sterben.

«Genieß es, mal rauszukommen.»

«Das wird dir dermaßen guttun!»

Was sollte das denn bitte schön heißen?

«Du wirst es so toll haben.»

«Das wird mal was ganz anderes, pass auf!»

«Du wirst ganz neue Erfahrungen machen!»

«Vielleicht findest du ja deinen Lebensmenschen?»

«Bleib bloß nicht für immer dort!»

«Ich komm dich bald besuchen!»

«Ich auch!»

«Ich auch!»

«Hab eine gute Fahrt!»

Die Freundinnen redeten auf sie ein, bis der Schaffner die Abfahrt ansagte, sie sprangen erst im allerletzten Moment aus dem Zug, Heidi hatte keine Chance, es sich noch einmal anders zu überlegen. Also fuhr sie nach Wien. Und es stimmte, sie machte dort ganz neue Erfahrungen, die Reise veränderte ihr ganzes Dasein, und sie fand einen Lebensmenschen, wenn auch einen anderen, als erwartet.

Denn Heidi war schwanger, bevor Georg und sie sich auch nur richtig kennengelernt hatten, bevor ihnen klar hätte werden können, dass sie nicht zusammenpassten. Bevor sie merken konnten, dass sie völlig unterschiedliche Erwartungen ans Leben hatten, völlig konträre Einstellungen dazu, völlig andere Ansprüche an das, was sie wollten. Dass sie ganz unterschiedliche Menschen sein und werden wollten. Werden würden. Es schien nicht so wichtig in dem Moment. Solche Dinge spielten in der Sekunde keine Rolle, waren gar nicht da. Es war alles luftig und trallala und unglaublich sexy, warm und weich, die totale Nähe. Wenn man sich so nah ist, so aneinanderklebt, fehlt die Distanz, die Dinge aus einem anderen Blickwinkel zu betrachten, wo es so warm ist, lassen sich die Sachen nicht cool sehen. Es war genau perfekt so. Es gab nichts zu betrachten: weil es nicht wichtig war, es war einfach da.

Es war perfekt, solange es unwichtig war, sie waren verliebt, aber bevor sie wussten, ob sich diese Liebe ausgeht, ob sie sich richtig, radikal und rücksichtslos lieben könnten, fiel Heidi auf, dass sie schwanger war. Und sofort wurde alles extrem schwierig. In der Sekunde, in der Heidi es aussprach, und in den Minuten danach, als sie über die Möglichkeiten sprachen, wurde klar, dass sie völlig unterschiedliche Vorstellungen von der Zukunft hatten und auch über die Möglichkeiten: Für Heidi gab es nur ein Wie, für Georg vor allem ein Ob. Aber für Heidi gab es kein Ob. Sie war in einer gläubigen Familie aufgewachsen, in der man Fehler in erster Linie einfach nicht machte und wenn doch, dann stand man zu den Folgen, dann badete man das aus. Keine Beichte und Abbitte. Keinen Ablasshandel. Man lebte mit der Scheiße, die man gebaut hatte, mit allen Konsequenzen. Und wenn man irrtümlich schwanger wurde, galt dasselbe. Hätte man ja verhindern können. Hat man nicht: Pech gehabt. Man operierte so was nicht einfach weg, wie es Georg vorgezogen hätte, wie Georg es wirklich wollte. Was nicht zur Harmonie in ihrer Fast-Beziehung oder Nicht-Beziehung beitrug. Bei Heidi stand man so was durch. Und sie stand es auch durch, letztlich stand sie es weitgehend allein durch, ohne Georg, es waren ihre Folgen, ihre Konsequenzen, es war ihr Leben, das ein ganz anderes wurde. Aber es gab für Heidi keinen anderen Weg.

Für Georg schon. Tatsächlich war das in seinem Leben schon einmal passiert; Pech gehabt, Geld zusammengekratzt, zum Fleischmarkt gefahren – die Gasse, in der die Abtreibungsklinik liegt, heißt tatsächlich so –, um die Frau abzuholen, für die es ebenfalls keine Alternative gegeben hatte, klare Sache, nichts zu reden, keine Schuldgefühle, auf beiden Seiten nicht. Wegen Georg hätte man es einfach wieder so erledigen können, und dass das für Heidi undenkbar war, machte ihm mächtig zu schaffen. Aber er lebte eben anders, seit er von zu Hause weg war, er war nicht weggegangen, um irgendwann wieder zurückzukehren, als besserer Mensch oder so, er war weggegangen, um weg zu sein. Um so leben zu können, wie er wollte. Ohne Verpflichtungen, unstet, ohne Verantwortung für irgendwas und irgendjemand. Er wollte Risiken eingehen und sehen, was es bringt. Er wollte sich nicht festlegen, bei nichts. Er wollte unstet sein und offen, für Überraschungen, für unerwartete Begegnungen, unerhoffte Wendungen. Und als Heidi schwanger wurde, war er damit noch längst nicht fertig. Die unverhoffte Wendung, die Heidi ihm bescherte und die sie für unwiderruflich erklärte, war nicht in Georgs Sinn. Er wollte so weiterleben, wie er lebte, noch lange, vielleicht für immer.

Er hatte ein Vertrauen in die Zuverlässigkeit der Unstetheit, das Heidi nicht nur fehlte: Sie verstand, könnte man sagen, die Frage nicht einmal. Das kam in ihrem Bewusstsein nicht vor, das gab es gar nicht innerhalb des Horizonts ihrer Vorstellung und Lebensplanung. Georg dagegen hatte sich durchaus schon in gefährliche Lagen und Grenzsituationen gebracht. Er hat sie alle gesund überstanden, das hatte ihn mit einem Vertrauen ausgestattet, das Heidi fehlt, aber vielleicht hatte er deshalb lange kein Gefühl für das, was Lotte durchmachte. Haben wir doch alle durchgemacht! Wir waren doch alle mal jung und risikobereit. Nein. Bei Lotte war das aber etwas ganz anderes, das lernte und begriff er schließlich; und Heidi hatte das sowieso alles ausgelassen. Georg war so ungefähr das Riskanteste, was ihr in ihrem Leben passiert war, jedenfalls bis Lotte es dann später so richtig aufregend machte. Und für einen Menschen, der seine sichere Schutzzone nie verlassen hat, sieht alles außerhalb dieser Blase ungeheuer riskant aus, unüberschaubar, unsicher. Die meisten Leute überschreiten die Grenze trotzdem irgendwann einmal und stellen dann fest, dass es gar nicht so schlimm und gefährlich ist, wie es von innerhalb des Zimmers ausgesehen hat. Heidi nicht.

Dass Georg und Heidi sich überhaupt kennengelernt, verliebt haben, scheint im Rückblick extrem unwahrscheinlich. Dass sie nichts gemeinsam hatten, war komplett überdeckt von einer ungeheuren Anziehung zwischen ihnen, von dieser extremen Geilheit, die sie beide vorübergehend erblinden ließ. Sie brauchten keine anderen Informationen in diesem Moment. Georg fand Heidi so blendend schön, als er sie zum ersten Mal sah, im Gegenlicht der aufgehenden Sonne, an einem Samstagvormittag auf dem schon ziemlich vollen Flohmarkt, unten beim Wienfluss, neben dem Naschmarkt. Die Leute drängelten, rempelten, traten sich auf die Zehen, wie jeden Samstag um diese Zeit. Er kam, wenn er es schaffte, früher, mitunter direkt nach den Nachtdiensten in der Bar; im Winter war es manchmal noch dunkel, wenn er sich durch die Kisten mit den Schallplatten fingerte. Wegen des Vinyls kam er, fast jeden Samstag war er da, bevor er weiterzog in die beiden Plattenläden in der Nähe. Wenn er sehr früh dran war, ging er noch auf eine Melange und ein Buttersemmerl in die Gräfin vom Naschmarkt, bis die Plattenläden öffneten, ein altes, damals schmuddeliges Kaffeehaus, das die ganze Nacht offen hatte und die übrig gebliebenen Nachtschwärmer aus allen Lichtspektren einsammelte; rot, düster, dark. Man traf dort müde Nutten und zugekokste Schwule, Pärchen und Gruppen, auch Transvestiten darunter. Was damals noch nicht selbstverständlich war, auf der Straße sah man nie schwule oder lesbische Paare, jedenfalls nicht offen, nicht Hand in Hand. Wenn Georg später dran war, spazierte er nach dem Naschmarkt direkt ins Why Not und dann ins Rave Up, um sich dort die neuesten No-Wave-Scheiben zu krallen und mit den Lemuren zu debattieren, die dort immer rumstanden, rumsaßen und es immer definitiv besser wussten. Sehr wenige Frauen, und die meisten davon Freundinnen, die bloß mit ihren Kerlen mitgekommen waren, sonst überwiegend Männer. Um die Leute mit Insiderwissen zu verblüffen, die Nulpen und die Neulinge, die sich hereingewagt hatten, zur Sau zu machen: Den Scheiß kaufst du dir? Langspielplatten: das Beste.

Unter der Woche ging er gern ins Klang-für-Klang in der Stiftgasse, zum Professor Ferdl, der den Laden später in den Sand setzte und wieder in der Schule unterrichtete, aber Samstag hatte er seine drei fixen Adressen. Die waren seine übliche samstägliche Vormittagsbeschäftigung, bevor er sich mit ein paar Platten im Plastiksackl mit irgendeinem der Kerle, den er in einem der Läden unvermeidlich traf, oder auch gleich einer ganzen Gruppe, zum Mittagsbier in den Terrassinger setzen und über Musik reden würde, über Konzerte und Platten. Nur über Musik, nie über irgendwas anderes, weil es nicht nötig war, weil in einem Gespräch über Musik alles andere eh zwangsläufig enthalten war. Gut, die Frauen waren darüber anderer Meinung, aber mit Frauen redete man eigentlich nur, wenn sie in Bands spielten, weil man bei ihnen Bier bestellen musste oder weil man sie in die Kiste kriegen wollte. Oder weil man sie schon in die Kiste gekriegt hatte, oder sie einen, und man war dann halt zusammen, mitunter zur beiderseitigen Verwunderung.

Heidi stand klein, aber breitbeinig vor einer Bananenkiste voller bestickter Tücher, als Georg sie zum ersten Mal sah. Die Tusse zog Fetzen um Fetzen heraus, hielt jeden vor sich hin, fragte in einem elendiglichen, unerträglichen Piefkinesisch nach dem Preis und faltete es dann, ohne auch nur zu feilschen, umständlich wieder zusammen. Und versperrte ihm dabei, obwohl sie so klein war, vollkommen den Zugang zu der Plattenkiste, durch die er sich grabbeln wollte, unbedingt jetzt sofort durchgrabbeln musste. Er versuchte, sich an ihr vorbeizudrücken, aber die Menge um ihn herum drängte sich dicht, ein zäher, stockender Strom.

«Lady ...» Georg sprach sie schließlich an. Er war bereits ein bisschen ungehalten.

Sie wandte ihm ihr Gesicht zu, ihr blasses, makelloses,

zorniges Puppengesicht mit den Sommersprossen, das von einem perfekt symmetrischen Haarschnitt umrahmt war, dickes, glattes, kastanienbraunes Haar, das akkurat kreisrund um ihr Gesicht herum geschnitten worden war, knapp über ihren grünen Augen. Georg bekam Gänsehaut, in einer Hundertstelsekunde, seine praktisch gesamte Körperbehaarung klappte einfach hoch, als sie ihn ansah, alle Haare gleichzeitig. Verdammt, die Tusse war schön. Sweet und cool zugleich. Altmodisch, aber phantastisch. Und die Tusse fand ihn offenbar auch okay, denn der genervte Lass-mich-bloß-in-Ruhe-du-blöder-Wichser-Ausdruck in ihrem Gesicht wich rasant einem munteren Interesse. Es funkte zwischen ihnen, auf der Stelle, und Georg ging nicht ins Rave Up an diesem Tag und nicht ins Why Not, sondern gleich in den Terrassinger auf der anderen Straßenseite, und sie ging mit. Und dort verging erst der Tag und der Abend, über Kaffee und Tee, dann über Wein und Bier und unter dem unverschämt neugierigen Gegrinse der Lemuren aus den Plattenläden, die ohne ihn an einem anderen Tisch saßen und wie immer über Musik redeten, über die Beute des Tages, über neue Bands und neue Alben, über die tollsten und unnötigsten Konzerte dieser Woche und ganz nebenbei und zufällig auch über die besten Lovesongs. Er spielte mit Heidi ein paar Runden an dem alten Flipperautomaten, der beim Eingang links von der Bar stand, sie war überraschend gut im Flippern, in ihrem Kleinstadt-Jugendzentrum hatte es wohl auch so ein Gerät gegeben. Sie aßen fette, in öliger Schinken-Obers-Soße schwimmende Erdäpfelknödel mit grünem Salat aus einem gemeinsamen Teller, und er brachte ihr ein paar wienerische Ausdrücke bei – Oida und heast und Bugl und Seidl und Eitrige – und lachte sich scheckig darüber, wie es klang, wenn sie es aussprach. Später am Abend lag er in ihrem schmalen, sauberen Bett im Studentenheim, und sie lag auf ihm und redete in ihrem fürchterlichen Piefkedeutsch auf ihn ein, und es war perfekt. Es war perfekt. Und, was Georg nicht wusste, und Heidi ebenso wenig: Es war ihr bester Abend; besser wurde es nicht mehr, nie mehr.

«WIE, DU BIST NOCH NIE geflogen?» Georg hatte fassungslos aufgejault, als er sie schließlich zurückrief, um Heidi zu sagen, dass er mit Lea gesprochen hat. Und dass er mitkommen wird, obwohl es gerade gar nicht gut passe und Lea überhaupt nicht erfreut sei. Und jetzt auch noch das: «Was?»

«Ich bin eben noch nie geflogen. Hat sich nicht ergeben.»

«Das gibt's nicht. Das meinst du nicht ernst.»

Meinte sie wohl.

«Du machst einen Witz!»

Machte sie nicht.

«Du bist noch nie in einem Flugzeug gesessen? Einundzwanzigstes Jahrhundert und alles? Moderne Fortbewegung?»

«Jetzt krieg dich wieder ein.»

«Sogar meine Großmutter ist schon mal geflogen!»

«Deine Großmutter ist schon lange tot.»

«Aber bevor sie tot war, saß sie zumindest mal in einem Flugzeug.»

«Aha. Wohin denn?»

«Nirgends hin. Ein Rundflug. Zum fünfundsiebzigsten Geburtstag. Oder war's der achtzigste? Weiß nicht mehr. Wie alt bist du noch mal?»

«Das weißt du genau. Hör jetzt auf, bitte. Ich finde das nicht lustig.»

«Ich schon. Noch NIE, ganz ehrlich?»

«Georg, bitte. Das ist eine ernste Sache.»

Jaja, das wusste er schon.

Trotzdem, wenn es nach Georg gegangen wäre: Er hätte wohl noch abgewartet. Georg hat Ruhe in sich, er hat einen niedrigen Puls, er wird nicht so schnell panisch. Wenn was ist, raucht er erst mal eine und denkt nach. Lässt es wirken. Arbeitet was, macht was. Viele Dinge regeln sich ja auch von selber, wenn man gar nichts tut. Oft stört man den natürlichen Fluss der Geschehnisse, wenn man zu früh eingreift. Erst mal eine rauchen, nachdenken. Georg hätte den Umständen noch ein bisschen Zeit zur Selbstreparatur gegeben. In ihm regiert ein angeborenes Vertrauen, dass die Dinge sich von selber regeln, von selbst wieder gut werden. Lotte ist eine kluge junge Frau, und sie hat gelernt, auf sich aufzupassen. Aber bei Heidi kommt er damit nicht durch. Heidi hat beschlossen, etwas zu unternehmen, jetzt, sie will nicht erst mal eine rauchen. Sie kann nicht erst mal eine rauchen, abgesehen davon, dass sie natürlich nicht raucht. Je mehr er zur Ruhe mahnt, desto aufgeregter wird sie, es marschiert immer schnell auf eine Überdramatisierung, auf die Eskalation zu. Sie merkt das gar nicht. Sie merkt nicht, dass sie sich reinsteigert. Was in dem Fall natürlich auch irgendwie verständlich ist. Sie hat das alles schon mal miterlebt, mit Lotte, direkter, unmittelbarer; viel intensiver und schmerzhafter als er. Heidi will jetzt einen Verbündeten, keinen Beruhiger. Was bei Lea immer wieder funktioniert, taugt für sie nicht.

Und da steht Georg nun, am Abend vor der Reise, in seinem Schlafzimmer, und packt Kleidung aus dem Ikeaschrank in seinen alten Tramperrucksack.

«Hast du Sonnencreme?», sagt Lea. Es klingt nicht besonders liebevoll.

«Haben wir noch?»

Lea, die auf dem Bett sitzt und ihm beim Packen zusieht, steht auf, geht ins Badezimmer und kommt mit einer kleinen Flasche Sonnenmilch zurück, die noch zu drei Vierteln voll ist. Sie steckt sie schweigend in den Kulturbeutel, der schon halb gefüllt neben ihr auf dem Bett steht. Georg beobachtet sie, sie ist sauer, und sie versucht nicht, es zu verbergen. Sie will reden; er will nicht reden. Sie will nicht, dass er fährt; er muss fahren. Sie sitzt auf der Bettkante, mit ihrem Du-machst-mich-unglücklich-Gesicht. Sie zeigt ihm dieses Gesicht nicht oft, und er sieht es nicht gern.

Die Buben kommen hereingerannt, hüpfen eine Runde hinter Lea auf dem Bett herum, lassen sich von Georg drücken und kitzeln und zischen dann wieder ab, weil langweilig hier. Das Schlafzimmer sieht besser aus, seit Georg es letzten Sommer zusammen mit Hermann komplett entrümpelt hat. Der Schreibtisch, der früher den schmalen Gang zwischen Fenster und Bett fast völlig einnahm, steht jetzt in einem der Gästezimmer, das sie nur anbieten, wenn alle anderen schon besetzt sind: Übernachtungsgäste wollen heutzutage kein Zimmer mit Blick auf den Innenhof und keinen Gastgartensound. Sie wollen, wenn sie schon aufs Land fahren, Naturidyll, Aussicht, bleierne Stille. Dass es auf dem Land viel lauter ist als in der Stadt, beziehungsweise dass die zweihundert PS eines Traktors und die Harleykonvois in der perfekten Stille eines ländlichen Sonntags ein wesentlich größeres akustisches Aufsehen erregen als das gleichmäßige, graue Straßenrauschen der Stadt, merken sie dann meistens bald, vor allem an den Augustwochenenden, an denen das nächste Gewitter immer schon hinter dem Wald lauert. Die Bauern nehmen beim Ernten keine Rücksicht, ob Sonntag ist oder nicht, sie ziehen sich das Sonntagsgewand an, gehen in die Kirche, essen danach schnell zu Mittag, steigen dann wieder in ihre Arbeitskluft und auf den Traktor und fahren aufs Feld und in den Wald. Es ist ihnen nicht nur wurscht, was die Sommerfrischler davon halten, sie stören die depperten, verwöhnten Städter mit ihrem Biowahn, die Grünwähler und Körndlfresser gern mit dem Lärm und dem Gestank, den ihre Arbeit nun mal machen. Die blöden Wiener, die doofen Piefke.

Das Zimmer, das in den Hof hinausgeht, ist jetzt jedenfalls ein Arbeitszimmer. Und das Gratisgästezimmer für Freunde aus der Stadt, die mal ein Wochenende auf dem Land vorbeischauen. Hier im Schlafzimmer steht jetzt nur noch das Bett, das Hermann gebaut hat, und der Ikeaschrank. An der Wand hängt ein großer, alter Spiegel, dessen Rahmen Lea mit Goldspray aufgemotzt hat, zwischen den Fenstern ein kitschiges Madonnenbild, mit ebenfalls vergoldetem Rahmen, das sie einmal während einer Sizilienreise gekauft haben und von dem sich Lea nicht trennen kann, obwohl sie längst viel zu erwachsen für diese Sorte Ironie sind. Das waren sie früher, das passt gar nicht mehr zu ihnen. Aber es war ihre erste gemeinsame Reise, und Lea erinnert sich wohl immer noch gern daran. Gut, besser als das Gegenteil. Die Wand über dem Bett wird verdeckt von einem großen Ölbild von Hermann, das den Blick aus dem Wald auf den See zeigen soll. Georg kann beim besten Willen keinen See erkennen und den Wald auch nur mit Mühe, aber bitte, moderne Kunst. Lea liebt das Bild.

«Insektenschutz?» So wie sie es sagt, klingt es wie: Hast du vor, zurückzukommen? Oder bleibst du für immer dort?

«Schon eingepackt.»

«Ja, dann.»

«Lea.»

«Ich will nicht, dass du fährst.»

«Ich weiß. Ich muss.»

«Ich find's scheiße.»

«Ja, ich auch.»

«Du lässt uns im Stich. Mich, die Kinder. Du lässt mich allein mit dem Gasthaus. Mit allem.»

«Hermann ist hier. Deine Mutter ist hier und bleibt länger. Meine Mutter ist hier. Steve hat die Küche im Griff. Wir sind von der Hochsaison noch weit entfernt. Es wird nicht so schlimm werden.»

«Trotzdem.»

«Ich lass dich nicht allein. Ich muss mich um Lotte kümmern.»

Sie weiß das. Sie schmollt trotzdem. Diese Klein-Mädchen-Tour passt nicht zu ihr und steht ihr auch überhaupt nicht. Er sagt ihr das. Sie hört das nicht gern.

«Um dich mache ich mir auch Sorgen. Einfach so kopfvoraus da rein. Was, wenn dir was passiert? Du wirst hier gebraucht.»

«Wirklich, Lea. Jetzt klingst du wie Heidi.»

«Es ist einfach ein schlechter Moment.»

«Es wäre immer ein schlechter Moment. Und ich kann mir das nicht aussuchen. Warum machst du so ein Theater? Ich versteh das gar nicht.»

«Mir taugt's halt nicht, dass du wegfährst. Gerade im Moment, wo alles so schwierig ist. Und: mit Heidi.»

«Ach. Echt jetzt. Daher weht der kalte Wind? Mausi, das kannst du nicht ernst meinen. Das ist so lächerlich.»

«Wohl meine ich das ernst. Hast nicht du mir mal erzählt, wie super der Sex zwischen euch war.»

«Bitte, nein.»

«Doch.»

«Lea. Das ist so lachhaft.» Es ist ihm auch peinlich. Er redet nicht gern über solche Dinge; Gefühle, Sex, whatever. Jedenfalls nicht, wenn er nüchtern ist.

«Du hast es gesagt.»

«Da war ich sehr, sehr betrunken. Und ich bereue es sehr, sehr, sehr.»

«Was denn jetzt?»

«Also, dass ich es dir erzählt habe.»

«Eben.»

«Hör auf, Lea.» Scharfer Tonfall. Er hat genug. «Dass du überhaupt mit so einem Scheiß daherkommst. Ich würde auch viel lieber hierbleiben, glaub mir. Mir passt es auch überhaupt nicht. Weder der Zeitpunkt noch die Umstände. Ich fahr nicht gern ohne euch weg. Aber ich kann's mir nun mal nicht aussuchen. Und du in dem Fall auch nicht, sorry.»

«Ich mach mir halt Sorgen.»

«Ja, und zwar die falschen. Ich mach mir auch Sorgen, um Lotte. Große Sorgen.»

«Als würd ich ...! Ach scheiß drauf.»

Und Lea geht einfach aus dem Zimmer und kommt erst eine Stunde später wieder, legt sich neben ihn, bleibt auf Abstand. Und ist auch am nächsten Tag noch kühl, als er abreist. Hermann fährt ihn. Sie gibt ihm vor dem Bus mit der gelben Tür einen Abschiedskuss, dem die Kinder, von denen er sich schon mit Umarmungen und Küssen verabschiedet hat, nicht anmerken, dass etwas ist mit dem Kuss, etwas zwischen ihnen nicht stimmt: Es stimmt einiges nicht, und er muss Leas unerwartete, ungewohnte Ablehnung mit auf die Reise nehmen, wie Übergepäck, ein Extrarucksack ungutes Gefühl, schlechte Stimmung. Disharmonie, was er überhaupt nicht mag, überhaupt nicht aushält, und er fährt bedrückt weg.

NATÜRLICH WAR HEIDI EIN WRACK, bevor sie losflog. Erika hat sie zum Flughafen gebracht und bis zur Passkontrolle vor den Gates begleitet, Heidi ist ja noch nie geflogen. Dass es so was noch gibt. Und ihre Schwester. Wie zwei genetisch verwandte Menschen so verschieden sein können, ist für Erika ein permanentes Wunder. Sie ist achtundvierzig, lebt in der Nähe einer deutschen Großstadt mit riesigem Flughafen und ist noch nie geflogen. Allein das zeigt schon, in was für einer Traumwelt Heidi lebt, wie sie sich ihren kleinen Planeten eingerichtet hat, auf dem sie sich auskennt und den sie nie verlässt. Noch nie verlassen musste, jedenfalls bisher. Von den Dingen, die Erika ihr erzählt, ist sie praktisch jedes Mal völlig überfordert, Erika spürt es, das ist für Heidi alles erschreckend, sie lässt die ganze irritierende Information so gut es geht an ihrem Orbit abprallen, wirft sie zurück in die unendlichen Weiten des Weltraums, damit ihr Planet und sein fragiles Wertesystem nicht verseucht werden. Die Trennung von Sven, die Arbeit, die Erika macht, die Nächte, die sie sich um die Ohren haut, die Männer, mit denen Erika jetzt schläft, die Partys, die Drogen, die sie nimmt, die Städte, in die sie fliegt, der Zoff mit Sven, die Troubles mit den Kindern: Heidi heuchelt Verständnis und Anteilnahme, aber in Wirklichkeit ist sie die ganze Zeit damit beschäftigt, das alles bloß nicht zu nah an sich herankommen zu lassen. In Wirklichkeit hält Heidi das meiste davon für Schmutz, Erika macht sich da keine Illusionen. Mit Heidi hat das ja alles nichts zu tun, sie braucht das nicht, sie will das nicht, deswegen passieren ihr all die Dinge nicht, die Erika zustoßen, Schmerz, Verlust und Peinlichkeit, nein, das ist nichts für sie. Trotzdem spürt Erika permanent Heidis Angst, sie könnte sich mit Erikas Ideen und Erikas Dreck infizieren, sie glaubt, Erika bemerke nicht die Barrieren, die Heidi dagegen errichtet, aber das tut sie. Manchmal fragt sich Erika, warum sie Heidi diese Dinge überhaupt erzählt, auf etwas Derartiges wie Verständnis ist ja nicht zu hoffen, die hat ja in Wirklichkeit immer auf Durchzug gestellt, auch wenn sie tut, als interessiere sie das. Erika weiß, dass Heidi nur aus verwandtschaftlicher Räson überhaupt zuhört. Tatsächlich erzählt Erika Heidi ihre Geschichten mitunter aus reiner Bosheit, es ist ein permanentes, hinterhältiges Austesten, wie viel Heidi aushält, bis ihre innere Biederkeit aus ihr herausbricht, bis sie ihr wahres Spießergesicht zeigt.

Eins ist sicher: Sie würden sich nicht kennen, hätten sich nie angefreundet, wenn das Schicksal sie nicht zu Schwestern gemacht hätte. Nur das hält sie zusammen. Gene und Herkunft und Manfred natürlich, das Unglück, in das er sie gemeinsam stürzte. Und die Mutter, auf die man aufpassen muss, damit sie nicht von einem ihrer Liebhaber, einem der neuen Freunde, die sie sich auf diesen Online-Dating-Portalen aufgabelt, komplett ausgenommen wird und die Schwestern enterbt. Bei dem Neuen, dem schleimigen Idioten, redet sie gerade vom Heiraten: Alarmstufe Rot.

Und natürlich Charlotte. Erika hatte sich lange gefragt, warum Heidi nicht schon viel früher den Konnex zu Manfreds Problemen hergestellt hatte, warum sie die Kausalität so lange so konsequent ausblendete und jedes Draufzeigen von Erika ignorierte, jedem vorsichtigen Hinschubser elegant auswich. Dabei war es, als dann endlich klar war, mit Diagnose und Siegel sozusagen, ja letztlich die Rettung für Heidi und in gewisser Hinsicht auch ein Freispruch: Es war nicht ihre Schuld. Niemand war schuld. Charlies Verhalten, Charlies Ausbrechen aus der Norm, ihre Kompromisslosigkeit: Das war kein Resultat ihrer Erziehungsfehler, es war nicht die Folge der Flucht vor Charlies Vater, sie hatte nichts falsch gemacht. Letztlich muss das für Heidi eine enorme Erleichterung gewesen sein, auch wenn sie es nicht zugeben konnte: Gott sei Dank, das Kind ist nur krank, nicht komplett verdorben, nicht verrückt, nicht böse. Nicht: schlecht erzogen, verwöhnt und verweichlicht. Nur ein bisschen kaputt, ein wenig beschädigt, von Geburt an.

Hoffentlich geht es dem Kind gut, hoffentlich geht es Charlie gut.

Und Heidi auch. Die kleine Schwester kann das schon, sie weiß es nur noch nicht. Sie kann das schon: allein eine Reise antreten, allein fliegen, sie hat's nur noch nie gemacht. Man muss es irgendwann zum ersten Mal tun. Heidi hat halt nie gedacht, dass sie das je wird müssen, aber jetzt, wo Martin weg ist … Sie wird sich daran gewöhnen. Müssen. Heidi glaubt ja fest, dass er zurückkommt, aber Erika glaubt das nicht. Heidi glaubt, er kommt zurück, wenn sie es nur will. Sie glaubt, dass Martin wieder da ist, weil er auf Lukas aufpasst, weil er wieder in der Wohnung schläft, während sie unterwegs ist, um Charlotte zu finden, weil er ein paar seiner Sachen mitgebracht hat. Heidi hat alles so hergerichtet, dass Martin jetzt wieder zu Hause ist, alles in seinem Sinn, sein

Lieblingsessen in Boxen eingefroren, der neue «Spiegel» und die neue «Zeit» auf dem Tischchen neben dem Sofa, wo sie immer lagen. Sie hat das Haus so hinterlassen, als würde Martin noch darin wohnen. Heidi glaubt, wenn sie nur dabei bleibt, wenn sie nur weiter so tut, als sei alles in Ordnung, dann ist es auch Ordnung. Sie glaubt, man muss nur Geduld haben.

Aber das bei Martin ist keine Wiederkehr, Erika glaubt es nicht. Er kommt nicht zurück. Sie hat Martin gesehen kürzlich, in Frankfurt, in einer Bar. Er sah Erika nicht. Er war mit dieser anderen Frau unterwegs, über die Heidi immer wieder Andeutungen macht, ganz lockere, unbeschwerte, so als sei das nichts. Wie hieß die noch mal. Aus der Ferne glaubte Erika einen Moment, es sei Heidi, ah, schau, tatsächlich, sie sind wieder zusammen unterwegs. Aber dann kam sie näher und sah: Es war nicht Heidi. Es war eine ganz gute Kopie – Jamie hieß die – von ihr, nicht mal so viel jünger, nur sportlicher, schicker, viel lockerer. Das konnte man gleich sehen. Klein und dünn wie Heidi, das war wohl Martins Typ, sogar die Frisur war ähnlich, aber die Haare waren heller, länger, durcheinanderer, weniger stur. Heidi färbt ja immer zu dunkel, so ein dunkler Haarhelm auf dem Kopf macht älter, aber das wird sie ihr nicht sagen. Diese Jamie trug ein kurzes, ganz simples Kleid und Boots und hatte Muskeln an den Beinen, die man sogar im Sitzen sehen konnte, so Hollywood-Beine, wie sie die Stars haben von ihren täglichen Personal Trainings. Auch ihre Arme waren muskulös, und sie gestikulierte wild damit herum. Alles sehr unheidisch. Erika registrierte diese Dinge, sie musste sich das merken, sie würde das ja irgendwann vielleicht erzählen. Sie musste es sein, diese Jamie, die Frau, wegen der Martin eine Auszeit brauchte, wie Heidi es nannte, und den Garten verkommen ließ.

Sah nicht aus wie eine Auszeit, die Art, wie er sie ansah, wie er auf dem Tresen ihre Hand streichelte, völlig ungeniert, als gäbe es Heidi gar nicht. Er strahlte sie an. Sah nicht aus, als vermisste er sein altes Leben. Erika zog sich zurück, ein Mann rempelte sie hart an und ging einfach weiter, sie wollte ihn anfauchen, du blödes Arschloch, kannst du nicht –?, aber das hätte vielleicht Martins Aufmerksamkeit auf sie gelenkt, Erika sah zu, dass sie Deckung bekam, in einer Nische, von wo aus sie ihnen noch ein paar Minuten zusah, wie sie sprachen, sehr angeregt, sehr vertraut, mit viel Lächeln und Lachen und Berühren, es funkte und vibrierte zwischen ihnen, sie hatten sich richtig gern, man konnte es sehen. Erika verließ die Bar und rief den Mann an, mit dem sie hier verabredet war, und sagte, die Bar sei voll, sie sollten sich besser gleich anderswo treffen. Sie beschloss, Heidi nichts davon zu erzählen, und das tat sie auch nicht. Heidi hat schon genug Sorgen, mit Charlotte, schon wieder.

Sie wird das durchstehen, wie Erika es durchgestanden hatte, oder anders, aber durchstehen wird sie es. Sie wird lernen, Dinge allein geregelt zu bekommen, über ihren Schatten, ihre Ängste zu springen. So, wie sie das gerade macht, ist es schon mal nicht schlecht. Mal ein anderer Mensch sein als der, zu dem sie sich selbst geformt hat, von dem sie glaube, das sei's jetzt, die könne es jetzt für immer sein, da brauche man nichts mehr dran schrauben.

Erika ist ein bisschen stolz auf ihre kleine Schwester. Für sie war das ja leicht – sie war immer selbständig, immer autonom, sie hat ihre Dinge immer selber in die Hand genommen. Typisch älteste Tochter. Aber für Heidi hat immer Manfred alles gemacht, Manfred hat sie an der Hand genommen, Manfred hat sich gekümmert, bis er nicht mehr konnte. Er schaffte es gerade noch, am Leben zu bleiben, bis Heidi zurück aus Wien kam. Er schaffte es noch, seine Nichte kennenzulernen und sie ein paar Jahre wachsen zu sehen. Er wartete, bis Heidi Martin hatte. Dann ließ er zuschnappen, was immer er mühevoll offen gehalten hatte. Auch bei ihm war es plötzlich gekommen, unangekündigt, unvermutet. Heidi sagte noch: Erika, da stimmt was nicht, was Erika schon wusste, schon länger gemerkt hatte. Sie versuchten noch, Manfred zu helfen, ihn zu retten, sie überredeten ihn noch, sich einweisen zu lassen. Wir machen das morgen, wir gehen gemeinsam hin. An dem Morgen fanden sie ihn dann: doppelt gestorben, mit offenen Pulsadern und einer Überdosis Schlaftabletten. Sie fanden ihn in seiner Badewanne, er war schon kalt. Und Heidi war ein Zwilling ohne Zwilling. Sie hätten ihn nicht allein lassen dürfen, sie verzeiht sich das nie, und Heidi verzeiht sich das auch nicht, und deshalb muss sie jetzt Charlotte finden.

HEIDI STIEG IN DAS FLUGZEUG, die Gangway hoch, sie wusste Ilse und John in der Nähe, sie kannte jetzt jemanden, und Ilse und John wirkten völlig unängstlich. Die Stewardessen waren unfassbar schön und grüßten freundlich mit einer kleinen Verbeugung. Heidi betrat das Flugzeug und versuchte, nicht daran zu denken, dass es eine Kapsel aus Stahl war, luftdicht und ohne Fluchtmöglichkeiten, sie durfte daran nicht denken, die Klaustrophobie stieg in ihr hoch, sie musste sich zwingen, an was anderes zu denken. Sie sah sich die anderen Menschen an, sie sahen einigermaßen entspannt aus, keiner wirkte, als sei er auf dem Weg in den sicheren Tod. Alles schien normal, eine Stimmung wie im Kino, bevor der Film beginnt, Entschuldigung, ich muss dahinten an meinen Platz. Es gelang ihr, sich Lukas vorzustellen, das Kind Lukas, wie es mit einem großen Eimer Popcorn zwischen ihr und Martin im Kino sitzt, in den roten, weichen Sesseln des vertrauten Multiplexkinos, voller Neugier. Das Bild beruhigte sie. Als sie ihren Platz gefunden und sich hingesetzt hatte, sah sie wieder nach, ob ihr Reisepass noch in der Innentasche mit den Reißverschlüssen steckt, sicher zum fünften Mal. Es dauerte, bis alle saßen, bis alle angeschnallt waren, bis die Stewardessen die Sicherheitsanweisungen verlesen hatten, bis das Licht heruntergedimmt wurde und das Flugzeug sich in Bewegung setzte. Noch immer wurde niemand in ihrer Nähe nervös. Sie war sich nicht sicher, ob sie ihren Kopfhörer benutzen durfte, sah aber vor sich Leute, die Stöpsel in den Ohren und ihre Handys leuchtend auf den Knien liegen hatten, und tat es ihnen gleich. Sie war nervös, als das Flugzeug abhob, als der Start sie in den Sitz drückte, als der Flieger nach oben stieg, in den Himmel. Kaum jemand schien es wahrzunehmen, für alle anderen schien das völlig normal, jeder von denen hatte das schon öfter erlebt; sie nicht, und sie versuchte, sich das nicht anmerken zu lassen. Es gab Bildschirme vor jedem Sitz, viele der anderen sahen sich bereits Filme an oder spielten Videospiele, lasen oder hatten die Augen geschlossen. Als sie die Flughöhe erreicht hatten, schnallten sich sofort die Ersten ab und gingen in den Gängen auf und ab, als sei überhaupt nichts, als seien sie nicht kilometerhoch in der Luft, in einer tonnenschweren Maschine. Die Stewardessen eilten vor und zurück, sie trugen jetzt Schürzen über ihren bunten Kleidern, es begann, nach Essen zu duften, warm und beruhigend, nach einem der Currygerichte, die ihr auf dem Bildschirm gezeigt wurden. Sie konnte sehen, wie in den vorderen und hinteren Reihen begonnen wurde, das Essen auszuteilen. Sie klappte ihren Tisch herab, aber es dauerte. Als sich dann von vorne ein Stewart näherte, bemerkte Heidi, wie er die Arme über der Brust kreuzte, mit bedauerndem Blick, irgendwas war. Das Chickencurry war aus.

«Sorry, no more options.» Auf der blauen Alufolie, die das Gericht bedeckte, das sie schließlich bekam, stand «Mediterranean Pork Stew», und als sie die Folie abzog, roch es abstoßend. «Mediterranean» bedeutete in diesem Fall wohl kroatisch oder serbisch oder albanisch, eines dieser Länder am Mittelmeer, die in Food-Blogs eher selten vorkommen, weil dort der Kommunismus jegliche Küchenkunst ruiniert hatte. Sie aß den Stew dennoch, auch den entsetzlichen Salat, das lahme Brötchen und die Butter, den Industrie-Brie und den Streuselkuchen. Sie trank Wasser, um das alles runterzuspülen, und schluckte eine Pille aus der Xanax-Packung, die Erika ihr gegeben hatte.

Sie ging auf die Toilette, nachdem ihre Essensreste abserviert worden waren, dann wickelte sie sich und die Tasche mit den Reißverschlüssen in die Fleecedecke. Ach, man konnte sogar die Rückenlehne ein bisschen runterlassen. Sie setzte sich den Kopfhörer auf, und das letzte Adele-Album hüllte sie ein wie eine Extradecke. Sie hat es schon so oft gehört, es ist wie ein vertrautes Zimmer. Die Musik hatte sie von Charlotte, hör mal rein, Mama, ich glaub, das ist was für dich. Heidi fühlte sich gar nicht mehr so verunsichert, fremd und fehl am Platz, sondern beinahe wohlig; die Angstfresserpille vielleicht. Und sie dachte an Charlotte, und wie sie sie in den Arm nehmen würde, wenn sie sie sähe, und wie sie ihr sagen würde, dass alles gut sei und werden würde und dass sie das hinkriegen, und darüber dämmerte sie ein.

Sie wachte auf, weil jemand sie antippte, damit sie ihre Lehne hochstellte. Es dauerte ein paar Sekunden, bis sie ihren Verstand fand, der ihr sagte, wo sie war. In einem Flugzeug. In der Luft, aber sie war zu verschlafen, um sich zu ängstigen. Es war noch dunkel, aber es wurde schon Frühstück serviert. Sie hatte Mühe, wach zu werden, hinter ihren Lidern drückte bleierner Schlaf, lockte sie zurück in den Traum, sie wollte sich zurücksinken lassen in diese schöne Bewusstlosigkeit. Eine Stewardess klappte ihren Tisch herunter und stellte das Frühstückstablett darauf. Sie rieb sich die Augen klar. Es dauerte, bis sie die Frage der Stewardess verstand:

Ach, Kaffee bitte, Kaffee, danke. Sie trank den Kaffee, öffnete die Packungen mit der Butter, dem Aufstrich, ihre Hände waren zu groß. Sie war so müde. Sie trank den dünnen Kaffee. Irgendwo weiter vorne schrie ein Baby. Der Himmel vor dem Fenster schien heller zu werden. Sie strich Butter und Erdbeerkonfitüre auf das Brötchen und aß es langsam. Eineinhalb Stunden noch, dann waren sie da. Sie durfte sich nur nicht die dichte Metallschachtel vorstellen, in der sie gerade saß, und die Luft, die während der letzten Stunden darin veratmet, verbraucht worden war. Lukas, das Kino, die roten Sitze, Lukas' leuchtende Augen.

Eineinhalb Stunden noch, dann war sie hier raus. Dann war sie in einer riesigen, fremden Stadt; auch keine beruhigende Vorstellung, die sie mit der Idee vertrieb, dass vielleicht ihr Rucksack nicht ankommen würde. Passierte ja ständig. Sie hat so viel gelesen über Koffer, die auf andere Kontinente geflogen werden als ihre Besitzer. Der Rucksack übernahm ihre Gedanken, löste andere Sorgen ab, die Angst vor der Landung, davor, dass der Flieger beim Aufsetzen explodieren und sie am Ende dieses langen Fluges doch noch in einem Feuerball verglühen würde.

Vor diesem fremden Land, vor diesem riesigen Flughafen, in den sie schließlich, nachdem das Flugzeug wie durch ein Wunder mit einem kleinen Rumpler intakt am Boden angekommen war, durch Gänge und Röhren gespült wird: in einem Strom von Menschen, überwiegend Asiaten, ein paar Europäer sind auch dabei, sie hält sich an John und Ilse, die sie gerne mitschleifen. Rolltreppen rauf, Rolltreppen runter, lange Gänge lang, der Strom teilt sich an einer Stelle in Transfer und Exit, sie gehen Richtung Exit, und Heidi, die sich von John und Ilse beschützt fühlt, als wär sie ebenfalls ihr Kind, lässt sich in den Strom hinter ihnen hineinfallen, mittreiben. Ilse trägt einen kleinen, knallroten Rucksack, leicht im Auge zu behalten. Baggage Claim, da muss ihr Rucksack sein, ihr Rucksack wird da sein, ganz bestimmt, die deutsche Familie ist immer in Sichtweite, der Strom treibt sie tatsächlich direkt zur Kofferausgabe, sie geht hinter John, Ilse und Theo her, und die führen sie gleich zur richtigen Schleife, über der ein elektronisches Schild ihren Flug anzeigt, ihre Flugnummer.

Alles klar bei dir, Heidi? – Danke, alles bestens. – Wie fandst du deinen ersten Flug? – Interessant, aber ich hab das meiste davon verschlafen. – Klug! – Aber ich bin schon froh, dass es vorbei ist.

Ein paar einzelne Koffer kreisen bereits auf dem Laufband. Sie tastet nach ihrer Zippumhängetasche, nach ihrem Pass, und dort, wo der Pass sein sollte, ist nichts, sie spürt, wie alles Blut in ihren Kopf steigt, ihre Hand fängt panisch an zu wühlen, wo ist der Pass, er wurde ihr gestohlen, um Gottes … Aber da ist er, an seinem Platz, alles in Ordnung, was für eine Erleichterung. Ihr Kreislauf normalisiert sich wieder. Sie muss sich ab nun daran erinnern, dass gar nichts passieren kann, dass dieser Pass da ist und sich nur manchmal ein bisschen versteckt. Und für den äußersten Extremfall hat sie zur Sicherheit eine Kopie des Passes in ihrem Rucksack und eine weitere im Kuvert mit den Reiseunterlagen, das in einem anderen Fach ihrer Handtasche steckt.

Die Koffer auf dem Band werden dichter, die deutsche Familie gerät in Bewegung, John macht einen Schritt auf das Band zu und zieht einen prallen, rotschwarzen Tramperrucksack herunter, der Sohn stellt sich vor ihn hin, das scheint noch nicht alles zu sein. Zum Glück. Heidi hofft, dass ihr Rucksack vor dem letzten Gepäckstück von John und Ilse erscheint, damit sie sich weiter an sie hängen kann, damit sie nicht allein hier stehen bleibt, was sie gleich wieder nervös macht. Ilse zieht ein zweites Gepäckstück vom Band, noch einen Tramperrucksack, während Heidi nervös und zittrig neben einem dicken, schwitzenden Mann steht.

Wir warten auf dich, falls deiner als Letztes kommt, keine Angst! Ilse lächelt ihr aufmunternd zu, sie scheint Heidis Angst zu spüren. Aber, Gott sei Dank, was für ein Glück, weiter hinten spuckt soeben die Gummischleuse in der Wand etwas aus, das Erikas Lkw-Planen-Rucksack sein könnte, ja, ist er, prallvoll, verschlossen mit einem alten Sicherheitsgurt und einer breiten Schnalle. Ihr Gepäck, Halleluja, es ist da. Heidi ist so froh, ihren Koffer zu sehen, eine massive Erleichterung überschwemmt sie. Ihr Gepäck, das nicht verlorenging, obwohl es das könnte: ein freundliches, kleines Glück in diesem ganzen unübersichtlichen Desaster, das ihr Leben geworden ist, mit dieser einsamen Odyssee in ein völlig fremdes Land als vorläufigen Höhepunkt. Sie zieht den Rucksack vom Band, und fast gleichzeitig greift John nach einem Rucksack ein paar Meter dahinter.

Haben wir schon alles? Gut, dann gehn wir zur Einreise, bist du bereit?

Heidi hievt ihren Rucksack auf den Flughafentrolley, den Ilse gerade vollpackt, und ja, sie ist bereit.

Obwohl es im Moment gar nicht so fremd aussieht. Gut, man sieht hier naturgemäß viele Asiaten, aber sonst könnte diese Halle hier auch in Deutschland stehen; Stahl, Glas, Elektronik, englische Hinweistexte. Sie hat sich das anders vorgestellt, fremder, dunkler, unheimlicher. Sie folgt ihren neuen Freunden Richtung Einreise, für die scheint das alles kein Problem zu sein. Die Einreise ist ein offener Warteraum mit ein paar Schaltern, hinter denen humorlos aussehende Männer in Uniform sitzen. Heidi trägt in ihrer Tasche ein dickes Kuvert mit Reiseunterlagen, darunter einen Einladungsbrief des Reisebüros, mit dem sie, die Reisebüro-Freundin Ulla hat's versprochen, ganz unkompliziert ein Einreisevisum bekommt. Sie hat ihr die Reise organisiert wie eine Mutter ihrem etwas doofen Kind. Aber he, hier ist sie jetzt, und im Schlepptau dieser Familie wirkt sie auch nicht so sehr wie die unerfahrene alleinreisende Frau, die sie jetzt ist. Heidi weiß gerade nicht, ob sie das mit Stolz erfüllen soll oder mit Scham. Frauen allein unterwegs: Solche Frauen hat sie früher bemitleidet, Frauen, die alles allein machen müssen, weil sie keinen Kerl abkriegen. Merkwürdig, dass sie jetzt auch so eine sein soll, wenn auch nur eben jetzt, auf dieser Reise. Allerdings fühlt sie nun auch was anderes: einen ganz archaischen kleinen Stolz, dass sie es auch allein kann. Das hat sie allein geschafft, ist geflogen, für ihre Tochter. Sie wird es bis in ihr Hotel schaffen, und dann kommt Georg, und sie ist keine alleinreisende Frau mehr, und dann werden sie Charlotte finden. Es gibt WLAN, sie hat eine Nachricht von Lukas, der ihr eine gute Reise wünscht, und dass toitoitoi sie Charlie findet, du schaffst das, Mutter. Charlie: So nennt er sie, sie nennt ihn Lukas.

Heidi schickt Martin und Lukas eine Nachricht, dass sie gut gelandet ist und einen überraschend angenehmen Flug hatte, und wie geht es euch? Einen Moment lang fühlt sie sich extrem stark, weltläufig, eine Frau, die ihrer Familie eine

Nachricht schickt von einem anderen Kontinent: Es geht mir gut! Und, merkwürdig: Es geht ihr wirklich gut, auch wenn sie nervös ist, dass man ihr aus irgendeinem Grund die Einreise verweigert. Aber da wird sie aufgerufen und bekommt ihren Pass mit dem Visum, thank you, goodbye.

Danach sind die Schlangen vor der Pass- und Visumskontrolle endlos. Heidi sucht sich die eine aus, die am lockersten und zügigsten aussieht, wie immer wird sie ausgebremst durch eine Person, die besonders lange braucht, weil sie nicht alle Unterlagen dabeihat oder sonst wie suspekt ist oder was immer. Letztlich ist es immer egal, in welcher Schlange man steht, meistens ist es die falsche. Man kann nicht wissen, ob man sich in die richtige Schlange einreiht, nie. Ilse, John und ihr Sohn sind gerade nirgends zu sehen, sie mussten bei der Einreise länger warten. Geh du schon mal vor, wir sehen uns schon noch. Sie haben sich unterhalten, während sie auf ihre Visumsstempel warteten, die drei leben in Frankfurt, John ist Bibliothekar, Ilse Investmentbankerin, was Heidi überrascht hat. John nennt sie Mutti. Es ist ein Witz, oder es war mal lustig, aber es ist offensichtlich schon so lange her, dass der Witz weg und das Mutti an Ilse picken geblieben ist. Heidi hat den beiden erzählt, warum sie ganz allein hierhergeflogen ist. Sie zeigten Interesse, ja Mitgefühl, und Mutti hat Heidi ihre Karte gegeben, mit ihrer Nummer darauf: Ich habe Whatsapp, wann immer ich an einem Netz bin, kannst du mich erreichen, falls irgendwas sein sollte, falls wir irgendwas tun können.

Ja, genau, das sind sie: Falls-wir-irgendwas-tun-können-Menschen. Das ist nett, aber meistens sinnlos.

Heidi steht mit ihrem Rucksack in der Schlange und hält Ausschau nach ihnen, sie sind nirgends zu sehen. Ihr Rücken tut ihr weh, unten. Ein dumpfer Schmerz vom langen Sitzen im Flugzeug und dann in der Wartehalle. Ein Familienerbe, Erika hat auch ständig Rückenschmerzen, an derselben Stelle. Heidi tritt von einem Bein auf das andere. Sie versucht, den Schmerz aufzulockern, abzuschütteln. Es gibt immer noch WLAN. Irgendwas ist auf ihrem Handy aufgeploppt, eine Message von Britta, Bad News: Reg dich nicht auf, aber ich glaube, am Ende der Gasse tut sich was, ich habe eine Baufirma gesehen, die Grabovsky ist dran, ich hoffe, es geht dir gut.

Das ist gerade sehr weit weg. Martin soll sich darum kümmern. Heidi will endlich durch diese Passkontrolle durch sein. Sie will raus. Und sie will das ganze fremde, beängstigende Wurlen da draußen überspringen und in ihrem Hotel sein, hinter einer Tür mit einem Schloss. Sie hat sich das Hotel im Internet angesehen, es sah sauber und sicher aus. Sie würde sich gern auf ihren Rucksack setzen, findet es aber stillos, wie sieht das aus. Sie ist ja kein Teenager mehr. Sie denkt an zu Hause, an ihr Haus und ihren Sohn und ihr Bett, und bekommt sofort grauenhaftes Heimweh. Sie darf sich das nicht erlauben. Sie muss an Charlotte denken, warum sie hier ist. An Georg, und wie es sein wird, ihn wiederzusehen, nach so vielen Jahren. Sie versucht, Charlotte zu spüren. Ob sie in der Nähe ist. Früher konnte sie ihr Kind spüren, sie waren sich sehr nah, auch wenn sie entfernt waren. Sie wusste meistens, ob es Charlotte gut ging oder nicht.

Sie zwingt sich, Charlotte zu spüren, ihre Präsenz. Ja, sie ist hier irgendwo, denn wenn sie hier nicht ist, wo dann? Sie liebt sie so sehr. Charlotte ist hier irgendwo, und vielleicht spürt auch sie die Präsenz ihrer Mutter. Spürt, dass sie nicht mehr allein ist, in dieser Fremde. Ich bin hier, Charlotte: Sie schickt dieses Mantra durch diese Halle hinaus, ich bin hier, Charlotte, es beruhigt sie. Ich bin hier. Sie ist hier und es geht ihr gut, weil sie es geschafft hat bis hierher. Ganz allein. Weil sie raus ist aus der fliegenden Maschine, aus dem Panikattackengenerator. Sie hat das überstanden. Sie wird auch dieses überstehen. Nach zwanzig Minuten darf sie endlich an den Schalter treten, ein hohes Pult, das ihr fast bis zum Kinn reicht. Hinter dem Pult kontrolliert ein Mann mit ausdruckslosem Gesicht ihren Pass und das Visum darin. Er tippt irgendwas in seinen Computer. Es dauert, dauert, dauert. Es macht Heidi nervös. Was, wenn man sie jetzt zurückschickt? Ich bin hier, Charlotte. Kann ja sein. Ich bin hier, Charlotte. Andererseits hat es bei allen anderen vor ihr auch gedauert. Sie wird nicht zurückgeschickt, sie wird weitergewunken. Ich bin hier, Charlotte. Sie packt ihren Pass mit dem Visum sorgfältig in die Innentasche mit dem Zipp. Nur jetzt nicht schlampig werden, auch das Handy gut einzippen.

Dann wird sie ausgespuckt in eine riesige Halle. Sie folgt dem EXIT-Schild, erblickt einen Ausgang. Eine hohe, gläserne Tür, die offen steht und in der sie in eine von einem Geländer begrenzte Schleuse gesogen wird, in einen dichten, atemraubenden Pulk aus Hunderten Menschen, hinein in eine unvorstellbare, feuchte, klebrige Hitze, die Luft ganz dick und übelriechend. Heidi erinnert sich ihrer Klaustrophobie, ich bin hier, Charlotte, Schweiß, Abgase, viel zu wenig Sauerstoff, und daran, dass die Klaustrophobie ihr Atemnot bereitet, und daran, dass sie sich jetzt keine Panik leisten kann. Ich bin hier, Charlotte. Schon gar keine Ohnmacht, keine Chance. Niemand wird sie hier auffangen. Sie muss jetzt stark sein. Da draußen irgendwo wartet jemand auf sie. Ulla vom Reisebüro hat ihr einen Fahrer organisiert, der sie ins Hotel bringt. Ulla hat alles gebucht, sie muss gar nichts tun. Sie muss sich nur finden lassen und in einen Wagen steigen. Ich bin hier, Charlotte, und ich bin stark. Die Platzangst zieht sich zurück, während sie in dem Gedränge die vielen Männer abscannt, die sich hinter dem Geländer quetschen, jeder mit dem Drang in die erste Reihe. Jeder von denen muss jemanden hier finden. Oh Gott, es ist so laut hier.

Dann hört sie, dass jemand ihren Namen ruft, Mutti Ilse, sie ist ein Stück hinter ihr und zwängelt sich vor zu Heidi, umarmt sie, mach's gut und finde deine Tochter! Ja, danke, und euch eine gute Reise! John und Theo winken ihr zu. Es ist so eng. Zu viele Leute auf zu wenig Raum. Viel zu viele Leute. Ich bin hier, Charlotte, ich bin hier.

Der Pulk trägt Heidi von Ilse weg. Hin zu dem Geländer, hinter dem die Männer stehen und Zettel und Kartons in der Hand halten. Sie wedeln damit über ihren Köpfen. Auf den Kartons stehen Namen, gedruckt oder in großen Edding-Buchstaben. Dutzende. Was, wenn niemand auf sie wartet, was, wenn es kein Schild mit ihrem Namen gibt? Aber da, da, ja!, entdeckt Heidi ihren eigenen Namen. In Großbuchstaben auf ein A4-Blatt ausgedruckt, HEIDI MEIER und das Logo von Ullas Reisebüro. In Heidi sinkt schlagartig die Angst und macht Dankbarkeit Platz. Ja, jemand wartet auf sie. Sie ist am richtigen Ort. Sie existiert. Das Blatt wird von der Hand eines kleinen, jugendlich wirkenden Mannes mit gutgeschnittenem, schwarzem Haar gehalten. Er trägt ein blau-beige gestreiftes Hemd mit kurzen Ärmeln und offenem Kragen. Er schaut angestrengt in die Menge, sie winkt ihm zu und lächelt. Als er sie entdeckt, winkt und lächelt er zurück. Er sieht mit fragendem Blick auf das Schild, und sie nickt und tippt sich mit dem Zeigefinger an die Brust: Das bin ich, das bin ich, ich bin da.

Sie ist angekommen, an der korrekten Stelle, sie ist nicht verlorengegangen in dieser Menschenmasse. Heidi lässt sich auf den Mann zuschieben. Sie hält ihre Tasche an sich gedrückt. Er winkt und lächelt, Heidi lässt sich in die Richtung treiben, in die der Mann deutete, bevor er sich nach rückwärts schiebt und von den anderen Männern mit den Schildern verschluckt wird – oh Gott! Sie findet ihn wieder am Ende des Geländers, mit dem Schild und einem großen Lächeln. Er sieht nett aus. Jung und freundlich und vertrauenswürdig. Sie spürt die Hitze, die Feuchtigkeit, hinter dem Mann fahren Autos vorbei, Mopeds, Menschen mit Gepäck drängeln sich an ihr vorbei, der Strom droht, sie wieder mit sich mitzureißen. Der Mann mit dem Schild gibt ihr die Hand. Er heißt Bien. Bi-en. Er spricht ein gutes Englisch mit starkem Akzent. Er sagt ihr, sie solle hier warten, er hole den Wagen. Sie winkt ab, nein! Sie will lieber mitkommen, sie hat Angst, ihn zu verlieren, und er scheint das zu spüren. Jedenfalls nickt er, nimmt ihren Rucksack und geht voran, über eine Straße, über ein Stück Parkplatz und hebt ihren Rucksack in den Kofferraum eines großen deutschen Autos. Sie nimmt auf dem Rücksitz Platz, er macht die Tür zu, und sie ist erst mal sicher.

ZUM GLÜCK LERNT HERMANN auf seinen Reisen nicht nur Frauen kennen. Fast jeden Winter sagt er Lea und Georg und dem Hirschen tschüss und verabschiedet sich für ein paar Wochen an einen wärmeren, einladenderen Ort. Und lernt dort Leute kennen. Hermann ist ein großer Kennenlerner, ein charmanter Socializer, der bei praktisch jedem sofort andockt. Besser: Jeder und jede will bei ihm andocken. Alle mögen Hermann, er strahlt eine große Wärme aus, sein Lächeln ist unmittelbar, authentisch und gewinnend. Man glaubt ihm alles. Man merkt nicht, dass er ein Schwindler ist, nein, kein Schwindler, aber er meint die Dinge nicht so ernst, wie sie bei seinem Visavis ankommen. Er redet mit jedem so, aber das weiß man erst mal nicht. Die meisten Frauen verstehen seine Wärme und seine Zugewandtheit als Commitment, und das ist ein Missverständnis, das sie erst begreifen, wenn sie sehen, wie er sich einer anderen Frau zuwendet. Meistens ist es dann zu spät, sie sind verliebt, die Abschiede verlaufen tränenreich und traurig. Georg hat schon so viele Frauen die Glastür des Wirtshauses von innen aufdrücken sehen, allein, mit ihrem Riesenrucksack über der Schulter oder einem Rollkoffer, in verschiedenen Stadien der Traurigkeit. Wütend ist selten eine, Hermann versteht es, den Frauen das Gefühl zu geben, dass sie besser sind als er, dass es seine Schuld ist, dass er ja so gerne würde, aber emotional ein Krüppel ist, dass er es ja verzweifelt versucht, aber leider scheitert. Hermann verstreut sich, er möchte nicht von einer geliebt werden, sondern von allen, und wenn sie das begreifen, dass sie ihm nicht mehr bedeuten als irgendeine andere, dass sie nur gerade da sind und sonst nichts, reisen sie irgendwann wieder ab.

«Ist hier noch frei?»

«Depp», sagt Hermann.

Hermann sitzt am großen Tisch in der Gaststube, an dem er meistens sitzt und sich mit irgendwelchen Gästen unterhält, neuen oder Stammgästen oder den Frauen, die wahrscheinlich nur wegen Hermann kommen. Hermann gehört zur Familie. Stammgast ist er auch. Und Personal. Alles eigentlich, je nachdem, was es gerade braucht. Georg setzt sich zu ihm, mit zwei frisch gezapften Seiderln Bier.

«Ich muss mit dir reden.»

Hermann schaut ein bisschen skeptisch. Soll er rausgeschmissen werden? Nein, Georg würde ihn nicht rausschmeißen, niemals. Lea vielleicht, die kann manchmal zickig werden, vor allem, wenn wieder mal eine Frau mit ihm in seinem Zimmer wohnt, ein paar Wochen lang. Andererseits: Sie braucht ihn. Er kann Dinge, die sie nicht kann und Georg schon gar nicht. Georg ist ein guter Koch und ein guter Vater und ein idealer Wirt. Georg weiß, wie man mit Gästen umgeht: prompt, freundlich, aber nicht aufdringlich. Er hat es Hermann mal erklärt. Im Grunde sei es so, sagt Georg: Männer wollen schnell ein kaltes Bier vor sich stehen haben, Frauen möchten einen weißen Spritzer und ein sauberes Klo in der Nähe. Wenn man diese Grundbedingungen gut erfüllt, sind alle erst mal zufrieden, sagt Georg, dann hat man als Wirt das Wichtigste schon mal geleistet, alles Weitere ist dann Kür. Wenn dann auch noch das Essen zügig kommt, gut ist und der Preis stimmt, kannst du relativ sicher sein, dass sie wiederkommen und dich warm weiterempfehlen.

Und über das hinaus hat der Hirschen eben zudem noch Hermann. Er macht den Charme wett, der Georg ein wenig fehlt. Obwohl Georg ja in diesem Gasthaus aufgewachsen ist. Oder vielleicht deswegen – weil das Wirtshaus auch sein Zuhause war, und daheim braucht man nicht übertrieben nett zu sein. Georg ist im Grunde ein liebenswürdiger, freundlicher Mensch, aber er ist kein Kommunikator, er sieht seinen Platz in der Küche. Die Küche, früher der Platz der Mutter, während der Vater im Schankraum gestanden, Bier gezapft, Wein eingeschenkt und mit den Gästen Schmäh geführt hatte. Und auch den einen oder anderen Teller an die Tische brachte, wenn grad kein anderer sich dafür zuständig fühlte. Als dem Vater 2007 plötzlich das Herz stehenblieb, hat Georg gemeinsam mit der schwangeren Lea in wenigen Tagen entschieden, dass er seinen Platz im Wirtshaus einnehmen wird. Georg war überrascht gewesen, wie schnell Lea seiner Idee zugestimmt hatte, dass sie so schnell bereit war, ihr Leben komplett neu aufzustellen: nicht nur das Kind, auch noch der Ortswechsel: Aber sie hätten sowieso eine neue, größere Wohnung finden müssen, sie war sowieso nicht mehr so ganz zufrieden in Wien, sie wusste nicht so recht, was sie anfangen sollte mit ihrem Leben, wohin sie beruflich wollte. Lea wollte das Kind ja auch, damit sich was änderte, irgendwie legte sich alles vor sie hin wie ein Full House beim Poker. Und das wurde es dann ja irgendwie auch. Full House zumindest, die drei Kinder, das Gasthaus mit den Gästezimmern, die Mutter und Hermann.

Resident Guest Hermann, wie er sich nennt. Manchmal

auch Resident DJ, wenn er spätnachts, wenn nur noch Stammgäste oder Junge da sind, mit seinem Handy Musik macht, Spotify-Disco, nicht zu laut, wegen der Übernachtungsgäste. Wobei es bei ihm früher oder später immer auf Reggae hinausläuft. Er hat sogar so ein Discolicht besorgt, das buntes Licht auf die Wände der Gaststube wirft, im Rhythmus der Musik. Tüte rauchen und Reggae hören, in den Bart grinsen und ein bisschen sitztanzen. Der Bart wird schon grau, die Haare rundherum auch, aber im Herzen bleibt der Hermann jung.

Georg setzt sich mit zwei Seiderln Bier zu ihm und erzählt ihm die Lottegeschichte. Der Hermann kennt die Lotte besser, als er Georg gegenüber zugeben möchte, er hat schon den einen oder anderen Joint mit Lotte geraucht, wovon ihr Vater aber nichts wusste. Und Lea auch nicht, und es konnte ruhig so bleiben. Das war, bevor sie wussten, was Marihuana und andere Drogen bei Lotte anrichteten, hätte Hermann das gewusst, hätte er das nicht gemacht, und auch deshalb hofft er, dass Georg nie davon erfährt. Er fühlt sich schuldig, wegen dieser drei Joints, mitschuldig, an Lottes Zusammenbruch, Monate später. Dass Georg ihn jetzt um Hilfe bittet, ist gut. Er hat das Gefühl, er kann da vielleicht wieder was gutmachen. Und, ja, er war ja erst vor zwei Jahren in Vietnam.

«Soll ich vielleicht mitkommen?»

«Nein, darum geht's nicht. Bleib da und hilf Lea. Schau auf die Mutter und geh mit dem Hund. Aber …»

Aber kennt er vielleicht wen in der Gegend, der bei der Suche nach Lotte helfen könnte, den man fragen könnte? Natürlich kennt Hermann jemanden, tatsächlich, in Ho-Chi-Minh-Stadt, einen Franzosen namens Jules, ein Künstler wie er selbst, der dort seit mehr als zehn Jahren lebt, an einer deutschen Schule unterrichtet und sich in der Stadt gut aus- und viele Leute kennt, und wenn jemand dort helfen kann, dann Jules, und ja, Hermann schickt ihm sofort eine E-Mail und eine Whatsapp auch, Jules wird sich melden, sobald er wach ist, gar keine Frage.

«Noch ein Seiderl?»

«Ja, eins geht immer noch, oder.»

«Wie geht's dir?»

«Geht so. Stresst mich, das alles. Macht mir Sorgen.»

«Kann ich verstehen. Aber es wird alles okay sein mit Lotte. Sie ist einfach jung und deppat.»

«Jung, deppat und nicht gesund. Das macht mir Angst.»

«Sie ist nicht dumm.»

«Ja ... Was ist eigentlich mit der Thaler Uschi?» Georg möchte von was anderem reden.

«Ach, nix. Nur ein Flirt. Nichts.»

«Gut.»

«Ja. Wann fliegst du?»

«In drei Tagen.»

«Ich bring dich zum Flughafen.»

«Super, wollte dich eh schon fragen.»

Dann ging er schlafen, erschöpft und nervös und sorgenvoll.

DAS TAXI FÄHRT aus dem Mopedstrom hupend von der Straße ab, auf einen kleinen Parkplatz vor einem Hotel. Das Hotel ist komplett strange. Es hat ein großes, mit goldenen Stuckgirlanden verziertes Marmorportal. Rechts an den Parkplatz grenzt, hinter einer Reihe Büsche, ein himmelblauer Pool mit gurgelnder Gegenstromanlage, der nur von einer weiteren Buschreihe von der Straße getrennt ist, auf der vielspuriger Mopedverkehr pulst. Der Fahrer hält ihr die Tür auf. Heidi steigt aus dem Taxi, ihre Handtasche fest unter den Arm geklemmt. Der Lärm der vorbeirasenden Mopeds ist unbeschreiblich, der Abgasgestank ebenso. Obwohl sich langsam der Abend auf die Stadt senkt, ist es heiß, schon das Aussteigen treibt ihr den Schweiß aus allen Poren. Ein Hotelbursche in rotgoldenem Sakko kommt lächelnd auf sie zugelaufen und hebt ihr Gepäck aus dem Kofferraum, bevor sie irgendwas sagen kann. Sie würde ihre Sachen lieber selber nehmen. Heidi kramt aus ihrer Tasche ein paar Dongscheine, ihre Geldtasche und ihren Pass hat sie sorgfältig in der inneren Zipptasche eingesteckt. Sie hat viel von Überfällen auf Touristen gelesen, von Ablenkungsmanövern und falschen Freunden. Allerdings eigentlich nicht in Bezug auf Vietnam, da wurde allenfalls vor auf Mopeds vorbeifahrenden Handtaschenentreißern gewarnt. Trotzdem, man weiß nie. Sie gibt die Scheine dem Taxifahrer, der sie zwischen beide Hände nimmt, die er zu einer Art Gebetshaltung formt, er dankt mit einer leichten Verbeugung. Thank you, Madam, thank you. Hat sie ihm zu viel gegeben?

Heidi folgt dem Pagen ins Hotel, es ist kühl hinter der Glastür. Die Hotellobby ist von unten bis oben mit weißem Marmor verkleidet. Links steht eine große Polstergarnitur, hinter der Gepäckstücke lagern, rechts geht hinter einem durchlässigen, geschnitzten Paravent eine Art Gastraum ab.

«Hello, I have a reservation, Heidi ...», sagt Heidi.

Die junge Frau an der Reservation heißt sie lächelnd willkommen, sie hat ein breites Gesicht unter ihrer Ponyfrisur.

«Can I have your passport, please?»

Heidi öffnet die zwei Zipps ihrer Tasche. Sie reicht den Pass der jungen Frau, die ihn aufklappt und etwas in den Computer tippt. Das Foyer wirkt sauber, frisch geputzt, tatsächlich erspäht Heidi weiter hinten eine ältere Frau in rosa Schürzenkleid, die mit einem Lappen Oberflächen abwischt. Die Rezeptionistin drückt ihr eine abgegriffene Plastikkarte in die Hand, darauf ist mit Filzstift die Zahl 1110 geschrieben: floor eleven, room ten. Sie deutet auch auf ein Glas, das am Tresen steht und winzige kopierte Zettel enthält.

«WiFi.»

«Ah, thank you», sagt Heidi. Die Frau ist so nett. Heidi fühlt sich viel weniger fremd, als sie es vor der Reise erwartet hat. Sie ist an einem Ort angekommen, der Ort ist begreifbar und real, keine Angstvorstellung mehr. Es ist nicht so schlimm. Sie wird angelächelt, man ist freundlich zu ihr. Es ist gar nicht schlimm. Die Frau erklärt ihr, dass es drüben im Gastraum Frühstück gibt, von sieben bis halb zehn, sie wünscht Heidi einen guten Aufenthalt.

Der Page wartet mit ihrem Gepäck schon an einem Aufzug mit goldenen Türen, er drückt ihr die Tür auf und sie fahren in den elften Stock.

Der Lift hält, sie gehen nach rechts, auf ein riesiges Fenster zu, durch das weit unten die breite, stark befahrene Straße zu sehen ist, ein Gewimmel, aus dem schimmernde Wolkenkratzer ragen.

This way, Madam, sagt der Page. Er hält die Karte an die letzte Tür rechts vor dem Fenster, drückt sie auf und geht voran, mit Heidis Koffer, den er auf eine Ablage stellt.

«Thank you», sagt Heidi.

Der Page erklärt ihr die Klimanlage.

«Thank you», sagt Heidi.

«You're welcome», sagt der Page, mit einem komischen Akzent, und verlässt das Zimmer, mit leichtem Zögern.

Sie hätte Trinkgeld geben sollen. Oh Gott, was denkt er jetzt von ihr. Sie kramt in ihrer Tasche. Vielleicht sollte sie ihm nachlaufen, aber er ist schon weg.

Heidi steht allein in dem Hotelzimmer. Zum ersten Mal. Sie war noch nie allein in einem Hotelzimmer. Sie ist noch nie allein weggefahren. Sie hat, um ihre Reiseangst vor sich zu verbergen, bisher alle Leute, die allein wegfahren, die allein in Hotelzimmern übernachten müssen, engagiert bemitleidet, um davon abzulenken, dass sie nicht nur nicht ohne Begleitung verreisen will, sondern dass sie es gar nicht kann. Und jetzt ist sie hier: allein. Und sie konnte es: weil sie musste. Niemand ist da, der das Zimmer und seine Ausstattung kommentiert, niemand, der die Aussicht lobt, und niemand, der ihren Kommentar über Ausstattung und Sauberkeit hören will. Sie ist allein.

Heidi lässt sich auf das breite Doppelbett sinken und sieht

sich um. Das Zimmer ist groß, relativ schmucklos und sieht sauber aus. Durch einen zarten weißen Vorhang fällt Licht aus einem riesigen Fenster direkt vor ihrem Bett, links und rechts hängen schwere lila Vorhänge. Sie zieht den weißen Vorhang weg, das Fenster gibt den Blick auf die Straße frei, die von hier oben wie ein Boulevard aussieht. Es ist jetzt dunkel draußen. Auf der einen Seite ein hohes, modernes Bürogebäude, mit dem Schriftzug einer Bank im zwanzigsten Stock, einige der Fenster sind erleuchtet. Und an der Straße explodiert Licht aus dem Gebäude, das Licht fließt aus einem großen Restaurant auf einen kleinen Platz davor, auf dem sie Menschen sitzen sieht, unter einem weiteren leuchtenden Schriftzug. Palmen wachsen vor den Gebäuden aus der Straße, dazwischen parken Autos ein. Neben ihnen fließen jetzt wieder die Mopeds, sie sind jetzt fast nur noch als Lichter erkennbar, ein Gewimmel aus weißen Lichtern links, roten Lichtern rechts. Auf der rechten Seite sind die Gebäude niedriger, überwachsen von dicken Kabelsträngen, die von Masten über Dächer fließen und an höheren Gebäuden vorbei. Weit vor ihr verdichtet sich wieder der Strom der weißen Lichter, offenbar steht dort gerade eine Ampel auf Rot. Weit hinten ein Wolkenkratzer, auf dessen Dach Lichtsäulen durcheinander in den schwarzen Himmel wirbeln, eine Disco vielleicht. Sie macht ein Foto von dem Geblinke vor ihrem Fenster, die Spiegelung umreißt ihre Gestalt mit dem Handy. Sie whatsappt es an Erika, an zwei Freundinnen, an Lukas und an Martin. Dann legt sie das Handy weg und sieht sich um.

Es gibt eine große Dusche mit Glastür im Badezimmer, eine Toilette und ein in eine Marmorplatte eingelassenes Waschbecken. In einer flachen Schüssel liegen kleine, in weiße Folie verpackte Hygieneartikel. Sie könnte irgendwo auf der Welt sein, nichts in diesem Raum ist anders als es in Frankfurt oder Wien oder Ammelingen an der Our wäre. Der Gedanke beruhigt Heidi, aber er macht ihr auch Angst. Die Welt ist zu groß. Sie könnte in diesem Badezimmer verlorengehen, in einem der Abermillionen gleichen Badezimmer in allen Teilen der Welt, und der Welt würde es nichts ausmachen. Niemand würde es merken, jetzt vergleichsweise. Entsetzliches Heimweh breitet sich in ihr aus, eine stumpfe Einsamkeit. Fast alle, die sie lieben, sind viele tausend Kilometer entfernt, und sie ist hier, ganz allein. Das kleine Fenster des Badezimmers zeigt nach hinten, gestattet einen deprimierenden Blick über die heruntergekommenen Höfe hinter den blanken, blinkenden Fassaden. Heidi setzt sich auf den Klodeckel und schluchzt. Sie ist zu weit weg von daheim, zu viele Kilometer, zu viele Stunden. Was ist, wenn Lukas etwas passiert, während sie da ist, diesem schutzlosen Fünfzehnjährigen? Erst kürzlich wurde so ein zarter Vierzehnjähriger an einer Kreuzung von einem abbiegenden Laster überrollt. Der Freund eines Freundes von Lukas. Das Kind geriet mit seinem Fahrrad in den toten Winkel und war sofort tot. Lukas schlich tagelang völlig betreten herum, Heidi war tief betroffen. Er hatte den Buben gekannt, nicht gut, aber vom Sehen. So was kann jederzeit passieren, jeden Tag, ihr kleines Kind kann verletzt werden, sterben, gerade, während sie versuchte, ihr größeres zu retten, das vielleicht gar nicht gerettet werden muss, das vielleicht nur rücksichtslos ist und egoistisch. Ihr kleines Kind ist ganz allein, sie ist nicht da, wenn irgendwas passiert, ist sie nicht da. Schlechtes Gefühl überschwemmt Heidi. Sie ist kurz davor, Lukas anzurufen um ihn zu warnen, vor der Straße, vor den Lastwagen, vor der Stadt, vor dem Leben, vor allem. Dann wird ihr klar, wie spät es zu Hause gerade ist, dass Lukas in der Schule und dass er fünfzehn ist, dass das sowieso keinen Sinn hat. Das hat sie doch schon bei Charlotte gelernt, bei Manfred, das müsste sie doch wissen. Man muss die Angst kontrollieren, sonst überlebt man nicht. Sonst darf man keine Kinder haben, keinen Mann, keine Freunde – wenn man sich von der Angst auffressen lässt, dass einem die Menschen, all das Glück jederzeit genommen werden kann.

Heidi reibt sich die Augen klar. Sie atmet, es ist gut. Sie erinnert sich an dieses merkwürdige Mantra, das ihr heute geholfen hat: Charlotte, ich bin da, sie wäscht sich das Gesicht, sie geht in das Zimmer und sie merkt, dass sie Hunger hat, richtigen, nagenden Hunger. Ich bin da, Charlotte, und ich habe Hunger. Sie ist unterzuckert, sie braucht was zu essen, dann wird es wieder gut. Sie sieht von ihrem Zimmer aus die Lichter der Restaurants, die sich etwas entfernt auf der anderen Straßenseite aneinanderreihen. Andere würden da jetzt einfach rübergehen. Aber sie kann das nicht. Sie kann da nicht allein hin. Es gibt eine Minibar, darauf steht ein Teller mit etwas Obst, in der Minibar sind ein paar Schokoriegel, Nüsse, Cola, zwei Flaschen Wasser, zwei Bier. Sie stellt alles auf den Tisch, außer der Cola und dem Bier. Für heute ist das ihre Verpflegung, für heute reicht das. Ich bin da, Charlotte. Morgen kommt Georg, dann wird alles anders. Morgen kommt dein Vater, Charlotte. Bald ist Georg da, es ist nur eine Nacht. Sie wird nicht lang allein sein. Sie muss nur diese Nacht überstehen. Sie hat schon mehr überstanden, viel mehr.

CHARLOTTE HAT ROTES HAAR. Es war das Erste, was man von ihr sah, als sie auf die Welt kam, ihr rotes Haar. Blutig, von schmieriger Feuchtigkeit verklebt, aber eindeutig rotes Haar, wie Manfreds, man sah sofort, was später leuchten würde: ihre ungewöhnlich dichten orangen Haare, bereits bei der Geburt zwei, drei Zentimeter lang, diese Haare waren schon in Heidis Bauch gewachsen. Dahinter kam ein normales Neugeborenes nach, verquollen, zerquetscht, blutig und mit verklebten Augen wie alle Säuglinge, die eben durch eine Vagina gedrückt worden waren von einer brüllenden Mutter. Etwas kleiner als andere Säuglinge, das war ein bisschen ein Problem. Sie wurde erwartet von ihrem bleichen jungen Vater und einer ungerührten, strengen Hebamme, die Anweisungen bellte. Ihre Mutter und ihr Vater liebten sie sofort, sie hatten sie schon geliebt, als sie sie noch gar nicht kannten, nur ihr Tritteballett und ihren Herzschlag. Aber sie hatten sich das anders vorgestellt, die Geburt, idyllischer. Und sie hatten sich Charlotte anders vorgestellt, haarlos oder mit dunklem Flaum von Georg. Sie war rot, von oben bis unten. Ihr Haar machte sie in der ersten Sekunde ihres Lebens zu etwas Besonderem. Und wie man ihr sofort anmerkte, dass sie nicht hier sein wollte. Sie schrie, als die Hebamme sie an den Füßen in die Luft hob, ganz normal. Aber sie hörte nicht auf zu schreien, auch nicht, als sie an Heidis Brust lag, und sie schnappte nicht nach Heidis Brust, nicht an ihrem ersten Tag und an allen anderen auch nicht. Sie war zu früh gekommen, und sie schien es zu bereuen. Sie wog nur zweieinhalb Kilo, aber sie konnte ihre Lippen zusammenpressen, wenn man sie zu füttern versuchte, ihre Lippen, ihre Augen, ihr ganzes, winziges Gesicht war zusammengepresst, alles zu, nichts sollte zu ihr durch, in sie hinein. Sie öffnete den Mund nur, um zu schreien. Stundenlang, nächtelang. Am Anfang machte es Heidi nichts aus, dass Charlotte nicht zu schreien aufhörte, wenn sie sie an sich drückte, es machte ihr nichts aus, dass Charlotte nicht trank, wenn sie sie an ihre Brust legte. Heidi war fünfundzwanzig, es war ihr erstes Kind, sie kannte sich nicht aus mit Babys, sie wusste nicht, wie Säuglinge sich zu verhalten haben.

Die Hebamme wusste es, aber Heidi wollte es sich nicht sagen lassen, sie schnappte ihr schreiendes, rothaariges Kind und schnürte es sich in dem Tuch, das ihre Schwester ihr geschickt hatte, um die Brust. Georg half ihr, während er ihre Sachen zusammenpackte, es war nicht viel, sie waren nicht darauf vorbereitet gewesen, dass ihr Kind fünf Wochen früher auf die Welt kommen würde, warum auch, sie waren jung und gesund und robust, die Schwangerschaft war komplikationsfrei verlaufen, wie man das bei jungen, gesunden Müttern erwarten darf.

Aber Charlotte hatte ihre eigene Idee vom Leben, schon in Heidis Bauch offenbar, und danach schien sie sich und Heidi nicht zu verzeihen, dass sie zu früh aus diesem Bauch herausgerutscht war, dass Heidi sie nicht daran gehindert hatte. Nur Georg konnte sie beruhigen, bei ihm hörte sie zu schreien auf, von ihm ließ sie sich still flüstern, sah ihn an, mit ihren kleinen Augen unter dem roten Flaum, wenn er sie herumtrug und sanft auf sie einquatschte, von ihm ließ sie sich einen Schnuller geben und füttern mit der Babyflasche voll Heidis abgepumpter Milch. Nicht von Heidi. Auf der Flasche lachten kleine Bären, die nicht schrien. Bei Heidi schrie Charlotte, bis sie vor Erschöpfung einschlief, und wenn sie wieder aufwachte, schrie sie weiter, schrie, wenn Heidi sie wickelte und wenn sie mit ihr spazieren ging. Sie schrie, wenn sie anderen Frauen begegnete, die Kinder hatten, die nicht schrien. Diese Frauen waren offenbar bessere Mütter, Mütter, deren Babys friedlich und still an den Mutterbrüsten nuckelten, als sei das ganz normal. Es sah auch ganz normal aus bei den anderen, aber Charlotte sah das nicht so. Charlotte schrie im Supermarkt, beim Hebammenbesuch und dann bei der Kontrolle der Kinderärztin, die dem Kind eine gute Gesundheit attestierte, nichts fand, das das Schreien gerechtfertigt hätte, und sie mit guten und sehr vagen Ratschlägen nach Haus schickte. Leichte Bauchmassagen, viel Herumtragen, immer gut Aufstoßen lassen nach dem Füttern. Ich gebe Ihnen diese Broschüre mit. Die Broschüre hatte den Titel «Mein Schreibaby», aber nichts, das darin empfohlen wurde, schlug bei Charlotte an. Sie schrie am Tag und in der Nacht. Georg war nicht da, arbeitete in der Bar, und seine Tochter schrie. Sie hörte nur zu schreien auf, um kurz und unruhig zu schlafen. Sie schrie fünf Wochen lang, ziemlich genau bis zum Tag ihres eigentlichen, vorberechneten Geburtstermins. Dann schrie sie nur noch, wenn sie Hunger hatte, Bauchweh, müde war, wie ein normales Baby, und dazwischen schaute sie still in die Welt und lächelte bald und viel. Aber die fünf Wochen reichten, um das Verhältnis zwischen ihr und Heidi zu prägen und auch die Beziehung zwischen Heidi und Georg. Sie reichten, um Heidi das Gefühl zu geben, dass ihre Tochter in die falsche Familie hineingeboren worden war, zur falschen Zeit. Dass sie die falsche Tochter zugewiesen bekommen hatte, da war ein Irrtum passiert. Dass Charlotte nicht hier sein wollte, nicht an diesem Ort, nicht bei Heidi, nicht bei dieser Mutter.

Später hat sich Heidi oft gefragt, ob das alles, was später in Charlotte aufbrach, damals schon in ihr drinsteckte, ob es das schon war, das aus ihr schrie in ihren ersten Lebenswochen. Als Charlotte zu schreien aufhörte, wurde es besser, und Heidi vergaß vorübergehend, was sie gefühlt hatte, an diesen Tagen: die Kluft zwischen ihr und ihrer Tochter, die Distanz. Es wurde besser, eine lange Zeit lang. Charlotte wurde ein Kind, das lächelte, lachte, kicherte und fröhlich war, ein Kind, das putzig war, ein rothaariges Kind, das ein bisschen anders war als die anderen Kinder, aber nicht weniger süß, noch süßer eher. Zumindest die meiste Zeit, dann nicht mehr.

Ihr erstes Piercing stach sich Charlotte mit dreizehn. Sie stach es sich selbst, im Badezimmer ihrer damaligen Freundin Kira, mit einer Sicherheitsnadel, durch die Oberlippe. Heidi brach in Tränen aus, als sie den Ring in Charlottes Lippe entdeckte, etwas schief durchgestochen, die Haut um den Ring war rot und schon entzündet. Charlotte blieb von Heidis Geheule völlig unberührt, sie lachte ihre Mutter aus, jetzt sei nicht so spießig, Mama! Sie schnappte sich ihre Jacke vom Garderobenhaken und wollte durch die Haustür entkommen, hinaus aus dieser muffigen Engstirnigkeit, aber Heidi fand ihre Kontrolle wieder und packte sie am Arm und brüllte sie an. Fragte warum. Versorgte die Entzündung. Fragte, warum Charlotte so was macht, warum sie sich selber so schaden will? Nützte natürlich nichts. Eine Woche später kam Charlotte mit einem Nasenring heim, so einem, an denen sie Stiere herumführen, und Heidi heulte wieder, und Charlotte lachte wieder, und so ging es dann weiter; bis es nicht mehr weiterging.

GOTT, SIE HABEN SICH LANGE nicht gesehen. Heidi hat erwartet, dass Georg vielleicht ein bisschen fett geworden sein könnte. Blass und teigig, wie viele dieser ehemaligen, alternden Punks, die Haare gehen ihnen aus, aber sie tragen immer noch die gleichen Sachen wie vor dreißig Jahren. Dieselben mitunter. Und sie haben meistens auch noch dieselben Frauen wie früher, immerhin. Sie gehen aus dem Leim, ihre Haare sind noch so strähnig wie eh und je, nur eben auch dünner und grauer. Nicht, dass in Rebenborn viele von denen wohnen würden, aber. Und gerade Georg, wo der ja Tag für Tag in der Küche steht, Köche sind ja auch meistens eher beleibt.

Aber Georg nicht. Georg war früher, vor ihrer Zeit wohl ein bisschen Hippie, dann war er ein paar Jahre lang Punk oder besser Post-Punk. Jetzt ist er eigentlich wieder ein Hippie.

Hagerer als früher ist er, immer noch kompakt, mit langen, hinten zu einem Dutt gedrehten grauen Haaren, weiß fast. In seinem Gesicht sieht sie Falten, wo er früher keine hatte. Aber das Lächeln ist noch das gleiche. Das Lächeln erkennt Heidi sofort. Dieses Lächeln zündet gleich in ihr, wühlt irgendwo unter der Oberfläche herum. Sie hat es natürlich immer wieder mal gesehen in den letzten Jahren, aber jetzt eben schon eine längere Zeit nicht mehr. Das gemeinsame Kind ist groß, es gibt keinen Grund mehr, sich zu treffen.

«Heidi.»

Schon ein paar Jahre nicht.

«Hallo Georg.»

Sie küssen sich etwas schüchtern, Wange links, Wange rechts, unbeholfen, ihre Nasen streifen aneinander, sie lachen verlegen.

«Ist schon eine Zeitlang her.»

«Hab ich mir auch gerade gedacht.»

«Du hast dich nicht verändert.»

«Du schon. Grau bist du geworden.»

«Ich bin ein alter Mann.»

«Nicht alt. Nur grau.»

«Du hast dich gar nicht verändert.» Das stimmt, findet Heidi. Hat sie nicht. Nicht so sehr jedenfalls. Sie schaut auf sich. Jeden Tag Waage. Zwei- bis dreimal die Woche Gymnastik, auf dem Teppich vor dem Fernseher. Jeden Donnerstag Yoga mit Erika. Es ist ihr gelungen, sich so eine juvenile Quirligkeit zu bewahren, das hält jung, die meisten Leute wirken überrascht, wenn sie ihr Alter sagt. Sie ist klein, das hält niedlich. Sie ist gerne niedlich, war es immer. Zu niedlichen Frauen sind die Leute netter, hilfsbereiter. Klein sein allein reicht nicht, es muss auch das Drumherum stimmen: der Auftritt, das Lächeln, die Frisur – in ihrem Fall eine kecke Kurzhaarfrisur, praktisch, aber nicht zufällig. Die Stimme muss passen, die Art, wie man spricht, wie man antwortet, wie man zögert. Heidis Stimme ist warm und rund, kugelig manchmal, glucksend, wenn sie begeistert sprudelt, aber eigentlich spricht sie langsam und lächelnd. Sie antwortet mit Bedacht, wenn sie etwas gefragt wird, gerne auch mit leicht geneigtem Kopf. Sie versucht, möglichst oft zu lächeln, wann immer es geht und nicht völlig unpassend ist; sie hat gelesen, dass das die Mundwinkel vor dem Absacken bewahrt. Sie trägt fast nur flache Schuhe, oft Sneaker, Jeans, Blusen. Das steht ihr, sie war immer ein Turnschuhmädchen. Sie achtet darauf, so dünn zu bleiben, wie sie mit fünfzehn war, die Waage darf nie mehr als fünfundvierzig anzeigen, wenn sie es doch tut, gibt's einen Tag lang nur Salat und das Abendessen fällt aus. Sie will auf keinen Fall zunehmen, sie will dünn und niedlich bleiben. Niedlichkeit ist, vor allem in ihrem Alter, ein Alleinstellungsmerkmal, und Heidi hat es kultiviert. Sie war die Jüngste in der Familie, das Nesthäkchen, und bleibt es, zumindest innerlich: Niedlichen Frauen lässt man eher was nach, hilft ihnen gern, verzeiht ihnen problemlos, nimmt ihnen Beschwerliches ab, ohne dass sie darum bitten müssen. Niedlichkeit ist Heidis Signatur-Eigenschaft, sie weiß es, und sie setzt es ein, wenn es notwendig ist. Jetzt zum Beispiel. Georgs neue Frau, die lange, burschikose Lea, die hat sicher kein Problem damit, allein wohin zu fliegen, die kann so was, die hat das sicher schon oft gemacht. Mit solchen Dingen kennt die sich aus. Vielleicht könnte Heidi das auch, wenn sie größer geboren wäre, wenn es ihr das Schicksal schwerer gemacht hätte, sich solche Lästigkeiten vom Hals zu halten. Hat es aber nicht. Sie musste nie was allein machen. Bis jetzt.

Georg steht noch immer in der Tür ihres Hotelzimmers, auf dem Marmorboden, hinter ihm die Wand mit der goldenen Verzierung, die ihn umrahmt wie ein Sonderpreisschild bei Aldi.

«Komm rein.»

Er kommt rein, tatsächlich wirkt er noch schlaksiger als früher, viel sehniger. Macht der jetzt auch Sport? Machen alle Männer jetzt Sport? Braucht der auch eine Auszeit? Heiliger.

Ist er vielleicht deswegen so bereitwillig mitgekommen? Eine alte, altmodische Bauchtasche hängt an seiner Hüfte, er trägt helle, ausgebeulte Jeans, so niedrige, abgenutzte Wanderschuhe, ein dünnes, kariertes Hemd mit kurzen Ärmeln.

Er geht ins Zimmer, während sie die Tür hinter ihm schließt.

«Genau wie meins.»

Er steht ein bisschen blöd herum, dann setzt er sich auf das Bett. Nicht auf den violetten Sessel am Fenster, auf das Bett.

Er fragt sie, wie es ihr geht, sie sagt so lala, und dass das für sie alles komplett neu und zum ersten Mal ist, sie fragt ihn, wie es ihm geht, er sagt: Okay.

Heidi setzt sich auf das Sofa. Sie wirkt angespannt und verkrampft.

Georg denkt, dass das ja heiter werden kann. Er hat's jetzt eigentlich nur noch mit krampfigen Frauen zu tun, daheim und hier. Der Raum, die Stille, das hallende Schweigen ist unbehaglich. Es ist kalt im Zimmer, die Klimaanlage ist zu hoch eingestellt.

Die Erinnerung, die Georgs Lächeln ausgelöst hat, ist weg. Sie wissen nicht viel miteinander anzufangen. Sie haben nichts gemeinsam außer einem Kind, das er kaum kennt. Heidi geht es nicht gut.

«Da sind wir nun. Kein guter Anlass, leider», sagt Georg.

«Nein. So eine Scheiße», sagt Heidi und weiß nicht, warum. So redet sie sonst nicht. Sie ist nervös. Alles ist scheiße. Alles scheiße, scheiße, scheiße. Sie findet ihre Zuversicht gerade nicht, ihr Grundvertrauen ist wieder weg, irgendwo. Sie fängt zu weinen an, es lässt sich nicht kontrollieren, es fällt aus ihr heraus, wie die Kotze damals aus Charlotte herausgefallen ist, oft, oft, oft.

Georg steht auf, setzt sich neben sie aufs Sofa. Ach Gott jetzt, kann sie sich nicht zusammenreißen. Was erwartet sie denn jetzt von ihm. Er weiß nicht recht, was er machen soll. Er legt zögerlich seinen Arm um Heidi, zieht sie an seine Schulter, sie schluchzt in sein kariertes Hemd. Er findet das nicht angenehm. Sie soll damit aufhören.

«Wir finden sie. Das wird schon wieder.»

«Was, wenn wir sie nicht finden? Wenn sie tot ist?»

«Ach, Unsinn. Sie ist nicht tot. Ich spür das.»

Heidi sagt, dass sie gar nichts spürt. Dass sie spüren will, dass Charlotte da ist, unbedingt, und dass sie nichts spürt. Georg denkt, Gott, dieses Pathos!, und sagt, dass das halt einfach alles etwas viel für sie ist, kein Wunder. Sagt irgendwelche Beruhigungsplattitüden, die er von irgendwoher zaubert, nur damit er irgendwas sagt, damit sie aufhört, aber sie heult immer weiter. Sie heult laut und exaltiert. Unangenehm. Sein Hemd ist schon ganz nass. Himmel. Sie soll sich nicht wie ein Kind benehmen, gerade jetzt nicht.

Und Heidi einfach nur: Verzweiflung. All die Angst und die Panik, die sie sich in den Stunden allein hier, in der letzten Nacht nicht erlaubte: Das explodiert jetzt alles in Tränen und Rotz. Sie fühlt nichts als Panik und Verlorenheit und Fremdheit. Und vollkommene Überfordertheit.

«Sie *ist* da irgendwo», sagt Georg und versucht, nicht genervt zu klingen, «und wir werden sie finden und heimbringen. Und uns um sie kümmern. Es wird alles wieder gut.»

Er redet mit ihr wie mit einem Kind, das sich das Knie aufgeschlagen hat. Gerade, dass er nicht versucht, ihren Schmerz wegzupusten.

Seine offensichtliche Genervtheit überschattet jetzt ihre anderen Gefühle. Wie geht's denn dem? Sie will sagen: Woher er das denn wissen will, wieso er sich da so sicher ist, dass er Charlotte ja gar nicht richtig kennt, dass er all das, was mit Charlotte schon war, ja kaum mitgekriegt hat, dass er es nicht erlebt hat, was das mit ihr gemacht hat, die Kraft der Psychose, die Gewalt der Störung, wie es sich anschleicht, zuerst kaum zu bemerken, wie es sich verdichtet im Aufblitzen der Paranoia, in Beschuldigungen, in handfestem Verfolgungswahn: Er hat überhaupt keine Ahnung.

Bloß: Sie ist dennoch froh, dass Georg da ist. Der abwesende Vater, der schlechte Vater, der Vater, der sich nie kümmerte, der Vater, dem seine neue Familie mehr bedeutete, der Ferienvater, der Vater von anderen, wichtigeren Kindern, Kindern, die ihm näherstehen als Charlotte. Es ist gut, dass er jetzt da ist, dass sie nicht allein ist, dass sie ein kariertes Hemd zum Hineinheulen hat, als wär's ein Taschentuch.

Und Georg so: Tja. Ja. Scheiße, ja. Aber er fühlt sich nicht verantwortlich für Heidi. Er spürt Verantwortung für Lotte, eine Verpflichtung, jetzt für sie da zu sein, sie jetzt zu finden, was auch immer nötig ist. Ein bisschen schlechtes Gewissen auch, ja. Aber gegenüber Heidi ist er nicht verpflichtet. Was zwischen ihnen war, ist nicht mehr. Er kennt sie, aber es ist nicht warm. Er hat Mitleid mit ihr, er fühlt keine Nähe.

Und er hat Hunger.

«Ich brauche was zu essen», sagt Georg. «Und Zigaretten. Und Geld.»

Heidi sagt, dass sie gefrühstückt hat. Im Hotel, nicht besonders, aber essbar.

«Du rauchst immer noch?»

«Ja.» Schon die Frage. Genau das mag er an ihr nicht. Sie ist wie seine Mutter. Das kann ja toll werden. Und er reagiert auf sie genau wie auf seine Mutter: «Ich rauche immer noch, ja.» Er könnte sofort mit ihr streiten. Nein: Er möchte sofort mit ihr streiten.

Sie merkt das offenbar und sagt nichts mehr.

«Okay», sagt Georg, und dass er jetzt rausgeht und irgendwo was isst. Ob sie mitkommt.

Sie druckst rum.

Georg fragt, ob sie denn schon mal das Zimmer verlassen hat, seit sie hier ist.

Sie druckst weiter rum und sagt ja, sie war unten am Frühstücksbuffet.

Er fragt, ob sie schon draußen war, seit sie angekommen ist, und sie schüttelt den Kopf.

«Traust dich nicht, oder was.»

«Ja, und?»

Sie traut sich tatsächlich nicht. Er muss sich immer wieder klarmachen, dass sie nie vorher allein irgendwo war. Dass das letzte Mal, dass sie allein wo war, wahrscheinlich Wien war, damals, als sie sich kennengelernt haben. Er ist ihr Scheißbabysitter, ihr Kindermädchen. Er wird gleich wieder ärgerlich. Sie löst in ihm einen ähnlichen Zorn aus wie seine Mutter. Wahrscheinlich hat sie ihn deshalb erst so magnetisch angezogen – und dann so abgestoßen. Weil sie ist wie seine Mutter. Es ist irgendwie total logisch, und er möchte keinen Augenblick weiter darüber nachdenken. Er hat Hunger. Und er will raus aus diesem Zimmer.

«Was ist jetzt, kommst du mit?»

«Na gut, ja. Aber nicht so weit, in Ordnung?»

Sie hat Schiss. Sie hat richtig Angst.

«Du hast Schiss … Heidi ist 'ne Schisserin!»

«Bin ich nicht.»

Heidi erinnert sich jetzt auch daran, warum sie nicht mehr mit Georg zusammen ist. Er nervt. Er ist ein Besserwisser.

«Wir können ja unten an der Rezeption fragen, ob sie was in der Nähe empfehlen», sagt Georg.

Na gut, sagt Heidi noch einmal, nimmt sich ein paar Dollar aus dem Safe, zieht das Ladekabel und packt das Handy ein, während Georg sein Zeug aus seinem Zimmer holt.

Sie fahren mit dem Lift die zehn Stockwerke hinunter.

«Weißt du, wie viele Mopeds es in Saigon gibt?», fragt Georg.

«Wie kommst du jetzt darauf?»

«Einfach so. Also, wie viele?»

«Weiß ich nicht. Und eigentlich will ich es gar nicht wissen. Fünfhunderttausend?»

«Mehr als sieben Millionen. Sieben Millionen Mopeds! Das musst du dir mal vorstellen! Auf zehn Millionen Einwohner.»

«Mir sind Autos lieber.»

«Würde ein bisschen eng werden hier.»

Unten lässt sich Georg von der Rezeptionistin ein Restaurant empfehlen. Heidi schaut zum Fenster auf die Straße hinaus, sie spürt, wie die Panik in ihr hochsteigt. Sie will da nicht raus. Vis-à-vis sieht sie ein paar Läden, Restaurants mit unaussprechlichen Namen, eins, das Papa's Chicken heißt. Sie hat es gestern schon gesehen, aber sie hat sich nicht hinüber getraut. Erstens die Straße. Zweitens allein in einem Restaurant. Wo man drittens vielleicht kein Wort Englisch versteht, das sie ja selbst schlecht spricht, und dann am Ende unbekannte, ungenießbare Speisen bekommt, die weiß Gott was mit einem anstellen ...

Die Rezeptionistin hat Georg auf einem kleinen Stadtplan etwas eingekreist. «Scheint nicht weit zu sein», sagt Georg, «das finden wir. Über die Straße, die Gasse da vorne rein und dann die erste rechts.»

«Ich weiß nicht», sagt Heidi.

Die Tür des Hotels öffnet sich automatisch. Sie sagt sich, dass es sicher schlimm wird, sie holt tief Luft, tritt hinaus: Und es ist noch viel schlimmer. Der Geruch von verbranntem Benzin steigt ihr in die Nase, sie stellt sich vor, wie ihre Lunge sich mit schwarzem Rauch füllt.

«Früher trugen ...», sagt Georg. Sie kann ihn nicht verstehen. Es ist zu laut.

«Was?»

«Früher trugen sie auf den Mopeds keine Helme! Jetzt ist offenbar Helmpflicht! Und früher hatten sie auch keine Atemmasken!»

Ich will auch eine Maske, denkt Heidi, und dass sie zurückwill, in die kühle, saubere, stille Luft ihres Zimmers. Aber Georg marschiert schon an den Straßenrand. Es ist zu laut, zu intensiv, zu schmutzig, zu heiß.

«Wir gehen jetzt da rüber», sagt Georg. Etwa tausend Mopeds fahren in beiden Richtungen vor ihnen vorbei. Entsetzlich. Die Luft ist auch viel zu dick. Sie hat das Gefühl, dass die Luft nur aus giftigen Schadstoffen besteht, sie spürt, wie jeder Atemzug sie vergiftet. Da ist zu wenig Sauerstoff in dieser Luft. Sie wird ersticken. Eine Maske. Sie braucht wenigstens so eine Maske. Irgendwas zwischen ihrem Mund und dieser Luft, ihrer Lunge und diesem Schmutz. Taschentuch, Taschentuch, schnell, Taschentuch. Sie zieht ein Papiertaschentuch aus ihrer Tasche und drückt es sich über Mund und Nase. Ich kann nicht!

AM ERSTEN ABEND, bevor Georg kam, war Heidi auf ihrem Zimmer geblieben, whatsappte mit Martin und Lukas und schrieb Nachrichten an Charlotte, die unbeantwortet blieben, die sie vermutlich gar nicht erreichten. Sie schrieb eine Nachricht in die «Find-Charlie»-Gruppe: dass sie jetzt in Ho-Chi-Minh-Stadt sei, dass sie Charlottes Freunde bitte, weiterhin jede Spur, jede noch so winzige Idee einer Spur hier in der Gruppe zu teilen, alles, auch wenn es unsinnig scheine, sie werde hier reinsehen, wann immer sie Internet hätte.

Sophie las die Nachricht als Erste, sie schrieb: «Ja, klar, ich melde in der Sekunde, in der ich irgendwas mitkriege: Viel Glück!» Ein paar andere schlossen sich Sophie an und wünschten Heidi ebenfalls viel Glück bei der Suche, Bogdan schickte ein Daumenhoch, so nette junge Menschen, wirklich. Sie las Nachrichten über die Asylkrise und die nicht enden wollenden politischen Streitereien darüber. Normalerweise hätte ihr das Sorge bereitet, sie hätte vielleicht mit Erika darüber geredet, trotz der immer zu extremen Positionen, die Erika einnahm, als enttäuschte SPD-Wählerin, die immer kurz davor war, aus lauter Wut die Linken zu wählen, die ihr dann aber doch immer nicht hip genug waren, immer zu DDR, zu Gorleben, zu Wagenknecht, diese fanatische Irre, hast du ihre Augenbrauen gesehen, die wähle ich sicher nicht. Aber Grenzen, Fluchtwege, Asylfrage, das war alles gerade sehr weit weg. Die Menschen, die nach Deutschland wollten, kamen einem nicht sehr viele vor, wenn man in Saigon zum Fenster rausschaute.

Es wurde früh dunkel, sie ließ den Vorhang offen und versuchte, nicht daran zu denken, dass sie hier allein war. Keine Seele in der Nähe, die sie kannte. Aber Charlotte war vielleicht in der Nähe, vielleicht war Charlotte im Nebenhaus, wer weiß. Sie postete das Foto von der Aussicht, von dem rotweißen Mopedstrom vor ihrem Fenster auf Facebook, mit den Worten: «Nacht in Saigon». Sie betrachtete das Foto auf Facebook und die Likes, die sofort hereinkamen, als hätte es jemand anders gepostet, eine verwegene, mutige Frau, die einfach mal nach Vietnam flog, um ihre Tochter zu suchen, und als es in ihr einsickerte, dass das wirklich sie war, dass sie das gemacht hatte, dass sie hier war, in einem zwanzigstöckigen Hotel in Ho-Chi-Minh-Stadt, allein, da fühlte sie sich besser. Stärker. Sie war diese Frau.

Sie wurde weiter ermuntert von den begeisterten, überraschten und beeindruckten Reaktionen ihrer hundertdreiundvierzig Freunde, viele davon Kommentare und ein paar Nachrichten – Du bist in Vietnam? Ehrlich wahr jetzt? Mit wem? Was machst du da? –, das machte, dass sie sich zum ersten Mal seit Tagen besser fühlte. Irgendwie sicherer. Sie fühlte sich weniger allein in dieser kleinen Welt in ihrem Smartphone, in der Wärme des Zuspruchs, der daraus strahlte, und dem sanften Licht, das es ins Zimmer warf. Dann zog sie sich aus, zog ihr Nachthemd an, schüttelte ihr Polster auf, deckte sich zu, sagte Lukas und Martin per Whatsapp gute Nacht, als sei das ganz normal, las zwei Seiten in ihrem Taschenbuch, nahm eine halbe dieser Tabletten, die Erika ihr gegeben hatte, und sank bald in den Schlaf, schlief tief bis kurz nach sechs und wachte auf, in einem fremden Zimmer.

Und wusste nicht, wo sie war. Und war schlagartig wach, als es ihr bewusst wurde. Alle, die sie kannte, schliefen jetzt tief, in ihren deutschen Betten. Georg würde in ein paar Stunden ankommen und dann. Ja, dann. Georg würde hoffentlich wissen, was dann. Hoffentlich. Sie sah ihre Whatsapp-Nachrichten durch, es war nichts Wichtiges dabei, und sah die neuen Kommentare und Likes auf Facebook, bis ein mörderischer Hunger sie unter die Dusche und dann hinab in den Frühstücksraum trieb, wo sie sich den Bauch mit fetten weißen Toastscheiben vollschlug, die sie durch eine Röstmaschine schickte und luxuriös mit Käse- und Schinkenscheiben belegte oder mit Konfitüre aus kleinen Plastikdöschen bestrich. Eine holländische Familie saß am Nebentisch, ein chinesisches Paar vor ihr aß aus Schüsseln Suppe mit einem Berg Kräuter darauf. Suppe? Wo gab es Suppe? Sie wollte auch Suppe. Sie fand fertig gerichtete Suppenschüsseln mit Nudeln und Kräutern und schöpfte heiße Brühe in eine davon. Sie war hungrig, sie war so hungrig.

JULES IST GROSS und breit und glatzköpfig, er hat ein nettes Lächeln und spricht ein lustiges, buntes Englisch. Er schwitzt, sein Gesicht ist gerötet. Heidi hat gleich Vertrauen zu ihm, als sie runter ins Foyer kommt, wo Georg ihm gerade die Hand schüttelt. Ein junger Mann ist bei ihm, Vietnamese, Anfang zwanzig vielleicht, schwer einzuschätzen, aber vielleicht ungefähr Lottes Alter, seine Haare sind kurz geschnitten und er trägt eine sachliche, schmale Brille. Jules stellt ihn vor, er heißt Huy, er lächelt und wirkt sehr freundlich. Huy könnte Jules' Sohn sein, das Alter würde passen. Oder sein junger Geliebter? Ist Homosexualität in Vietnam erlaubt? Vielleicht ein Student. Oder sein Fahrer.

Georg zeigt ihm auf seinem Handy gerade ein Foto von Lotte. – Kannst du es mir schicken? Wie ist hier das WiFi? – Georg hat den kleinen WiFi-Zettel hinten in seiner transparenten Handyhülle stecken und diktiert ihn Jules. Dann schickt er ihm das Foto. Welches Bild war das?, fragt Heidi, und Georg zeigt ihr ein Foto auf seinem Handy, das er gemacht hat, als er und Lea letztes Jahr in Berlin waren, um bei Tim Raue zu essen und Lotte zu treffen. Sie sieht schön aus auf dem Bild, ein bisschen zu mager, aber sie strahlt irgendwie, es schien ihr gut zu gehen. Ihre Haare sind glatt und kinnlang, knapp neben der Mitte ihrer Stirn gescheitelt. Sommersprossen auf ihrer Nase, ihrem Alabastergesicht, der Mund hellrot geschminkt. Sie posiert ein wenig auf dem Bild, die Arme keck abgewinkelt, die Hände in den Seiten. Sie grinst. Sie hatten wohl Spaß.

Schönes Bild, sagt Heidi, sie geht trotzdem in ihre Fotogalerie und zeigt Jules noch ein paar andere, die er mit seinem Handy von ihrem abfotografiert. Jules will sie auf seine Social-Media-Seiten stellen, er wird seine Freunde aus der Gegend bitten, die Fotos zu sharen, wenn es für Heidi und Georg okay ist. Ist es.

«Und wenn ihr bereit seid, fahren wir jetzt eine Runde durch die Stadt. Ich kenn da ein paar Orte, wo ein europäisches Mädchen hingehen würde. Und wo man sich eine lange, rothaarige Deutsche merken würde», sagt Jules.

Heidi ist nicht mehr so blass wie am Abend davor, nachdem Georg sie überredet hat, mit ihm rauszugehen. Sie waren keine halbe Stunde draußen, vielleicht fünfzehn Minuten. Etwa zehn davon standen sie unweit des Hotels am Straßenrand, Heidi mit dem Taschentuch über Mund und Nase gepresst, unter dem sie hervorkeuchte, dass sie das nicht kann, nein, sie kann da nicht rüber. Gib mir die Hand. Nein! Schau wie es die anderen machen: Man geht einfach langsam durch, man wird nicht überfahren, niemand wird überfahren, da schau, da drüben geht gerade wer, wir machen das jetzt auch so.

Sie bewegte sich nicht. Er stand mitten in dem Lärm, in dem Gestank, und hasste das alles jetzt schon. Er hätte nicht mit ihr hierherfahren sollen. Er hätte sich allein auf die Suche machen sollen oder mit Hermann oder Lea, nicht einmal seine Mutter hätte so ein Theater gemacht wie diese hysterische Vorstadtdeutsche.

Schließlich hatte er sie dazu gebracht, ihm an seiner Hand

über die Straße zu folgen, langsam zwischen den Mopeds hindurch, es war nicht angenehm, aber ungefährlich, alle hupten, machten aber einen Bogen um sie, kein riskantes Abbremsen in letzter Sekunde, alles organisch, sie schwammen quer durch zum anderen Ufer. Als sie angekommen waren, ihre Hand schraubstockgleich um seine, drehte er sich zu Heidi um, mit triumphierendem Blick, schau, geschafft, war doch gar nicht so schwer, aber sie war leichenblass, mit dem Taschentuch über dem Mund. Kurz vor der Ohnmacht, so geschockt und verängstigt, dass sie nur noch flüstern konnte. Georg hasste, hasste, hasste es. Heidi, mit weit aufgerissenen, angstvollen Kinderaugen: Ich kriege keine Luft, ich kann nicht atmen, ich kriege keine Luft! Oh fuck, dachte Georg. Und Heidi röchelte, halb erstickt, im Kameliendamenmodus, quasi bereit, sofort abzunippeln: Bring mich heim!, bring mich ins Hotel!, ich halte das nicht aus! Ich auch nicht, dachte Georg, Herrgott, ich auch nicht.

ABER JETZT IST JULES DA, und er will helfen. Sie wird da rausmüssen. Der Schock steckt ihr noch in den Knochen, aber auch ordentlich Scham: Georg war not amused über ihren Zusammenbruch am Straßenrand und danach, er war genervt und hielt es nicht zurück. Er brachte sie zurück ins Hotel, setzte sie aufs Bett, drückte ihr eine Wasserflasche in die Hand und ging dann los, Geld und Zigaretten holen. Aß irgendwo was, an einem dieser Straßenimbisse, und schwärmte übertrieben davon, als er zurückkam. Ihr brachte er Schokolade mit und krustiges, paniertes Sesam-Huhn in einer Styroporbox von Papa's Chicken auf der anderen Straßenseite. Er hat auch eine Mango gekauft, kleine Bananen, eine Coke. Obwohl sie gesagt hatte, sie brauche nichts.

Als er an ihre Zimmertür klopfte, war ihr schon alles peinlich, sie entschuldigte sich, aber er war geladen, und das musste raus: Dass das so nicht gehen würde, dass das so keinen Sinn hätte und dass sie besser daheimgeblieben wäre, wenn es so weitergeht.

«Ich verstehe, dass das neu und schwierig für dich ist, aber das, was wir hier machen, ist größer und wichtiger als deine Angst.»

«Ich weiß.»

«Entweder du überwindest deine Ängste, oder du fährst besser gleich wieder nach Hause.» Georg war wirklich böse.

«Ich will das Kind finden», sagte Georg, «und ich kann dabei nicht ein anderes Kind mitschleppen, das geht nicht. Ich brauche eine Partnerin. Es geht um unsere Tochter, es geht um Lotte, krieg das gebacken, oder fahr wieder heim in dein Reihenhaus.»

Das war ein bisschen heftig. Bisschen viel Pathos. Heidi hätte gerne zurückgegeben, aber sie war nicht in der Position, nicht nach der Sache vorhin. Also nickte sie das schuldbewusst weg.

«Du hast ja recht. Tut mir leid. Ja, ich reiß mich zusammen. Ist mir doch bewusst, was auf dem Spiel steht, deshalb wollte ich ja herkommen, war ja meine Idee. Ist halt alles neu für mich.»

«Genau, war ja deine Idee, du sagst es.»

«Aber es ist eben auch meine erste große Reise», sagt Heidi, «du weißt nicht, wie das ist. Ich bin zum ersten Mal allein unterwegs.»

«Du bist nicht allein», sagt Georg, «aber ich will auch nicht allein sein.»

Sie sagte: Okay, ja. Er sagte: Verdammt noch mal, wir schaffen das. Sie sagte: Ja, wir schaffen das. Danach konnten sie endlich normal reden.

Und jetzt ist Jules da, will mit ihnen durch die Stadt fahren, und jetzt muss sie das beweisen. Jetzt gehen Georg und Heidi wieder da hinaus. Aber mit Jules ist es einfacher: Jemand, der hier lebt, jemand, der sich auskennt, weiß, was und wo es sicher ist, der sie an der Hand nehmen wird. Jemand, vor dem sie sich nicht blamieren möchte, als die zickige, hysterische Landeitouristin. Jules wird ein Auto haben, wahrscheinlich ist dieser Huy ja sein Fahrer.

Sie verlassen das Hotel, wieder schlagen die Hitze und der Lärm zu, aber diesmal lässt sie sich davon nicht umwerfen. Es ist auch schon nicht mehr ganz so schlimm; man scheint sich daran zu gewöhnen. Auf dem Parkplatz steht ein großer SUV, Jules geht auf den SUV zu und hinüber auf die Fahrerseite. Heidi geht auf die Tür auf der anderen Seite zu, aber da steht Jules vor dem Wagen, lacht und winkt ab. Verdeckt hinter dem großen Auto stehen zwei Mopeds, Hondas, Zweisitzer, und bei einem davon öffnet Jules eine kleine Kiste, die hinten am Gepäckträger befestigt ist.

Was bitte? Heidi betet, irgendwas in der Art, aber kein Gott steht ihr bei.

Jules nimmt einen roten Helm heraus, hält ihn Heidi hin und sagt, dass sie den besser aufsetzt.

«Nein», sagt Heidi.

«Okay» sagt Jules, und dass sie natürlich gern auch mit Huy fahren kann.

«No, I don't want to go with a motorbike!», brüllt Heidi, gegen den neu aufbrausenden Lärm der Mopedflut. Irgendwo muss eben wieder eine Ampel auf Grün geschaltet haben. Sie sieht, wie Georg die Augen verdreht, mit einem Geht-das-schon-wieder-los-Seufzer.

Jules lächelt sie sehr freundlich an und sagt etwas, das Heidi so versteht, dass es die einfachste und schnellste Art der Fortbewegung und er ein sehr sicherer Fahrer sei. Er stülpt sich einen silbernen Helm über den kahlen Schädel, der jetzt aussieht wie eine Discokugel, zu groß für dieses kleine Moped. Er lächelt. Er wirkt irgendwie so, als erlebte er das nicht zum ersten Mal.

Ihr ist zum Heulen, schon wieder, aber sie will nicht schon wieder heulen. Sie ist erwachsen. Sie ist hier, um ihre Tochter zu finden. Sie will sich dennoch nicht auf dieses Moped setzen.

«Komm jetzt, mach schon», sagt Georg. Er lächelt nicht. Er ist genervt. Er hält einen Helm zwischen den Händen, einen grünen.

«Wir sind doch früher auch Moped gefahren, erinnerst du dich nicht?» Und wie sich Heidi erinnert. Sie erinnert sich auch, dass sie wahrscheinlich nicht hier wäre, wenn sie damals nicht mit Georg mit diesem Moped auf diesen Weinberg gefahren wäre und sich mit ihm auf diese Decke gelegt hätte.

Heidi sieht ihn verzweifelt an. Wie alt ist sie, achtundvierzig? Kindisch wie eine Teenagerin.

«Du bist schon auf einem Moped gefahren, oder? Oder zumindest mitgefahren?», sagt Jules.

«Ja, ist sie», sagt Georg.

«Ja, aber …», sagt Heidi.

«Gut», sagt Jules. «Steig nur auf dieser Seite auf und ab, damit du dich nicht am Auspuff verbrennst. Da, siehst du? Und halte dich gut an mir fest.»

Und bevor Heidi weiter protestieren oder doch noch in Ohnmacht fallen kann, sieht sie, wie sich Georg hinter Huy einfach auf das andere Moped schwingt, während er die Schnalle des grünen Helms schließt. Er wirft ihr einen Blick zu: Du schaffst das, wir haben das besprochen, du schaffst das. Huy startet das Moped, und schon biegen sie in den Strom der Straße ein.

«Okay, steig auf», sagt Jules und startet mit dem Fuß sein Moped, «schnell, sonst verlieren wir sie», und Heidi steigt auf. Wuttränen steigen in ihr auf, obwohl sie sich überwindet. Sie hat Dinge geschafft, von denen er überhaupt keine Ahnung hat, die viel ärger waren als das hier. Er hat keine

Ahnung, der Arsch. Sie klemmt sich die umgehängte Handtasche vor den Bauch, zwischen sich und Jules, klammert sich an ihm fest, und Jules sagt «ready?», und sie nickt in seinen Rücken hinein, obwohl sie nichts weniger als ready ist. Dann fließen auch sie in den Strom hinein und mit ihm mit.

Wie man auf einem Moped fahren kann: auf dem Rücksitz; zum ersten Mal in einer sehr großen, sehr, sehr fremden Stadt. Nichts ist, wie man es kennt. Alle Menschen sind fremd, ihr Aussehen, ihre Sprache, die Art, wie sie leben, wie sie sich fortbewegen, die Masse, in der sie auftreten und offenbar doch nicht untergehen. Zu zweit, da vorne noch zwei, die man kennt. Man fließt durch die Stadt wie Plankton. Die Angstschreie, die in den ersten Minuten aus einem herauszubrechen versuchen, als das Moped sich in die Straße hineinbewegt, ziehen sich zurück. Mittendrin in dem Verkehr wirkt plötzlich alles nicht mehr so bedrohlich, man fließt mit, kein Fremdkörper am Rand mehr, der versucht, in dieses System einzudringen, und dabei riskiert, dass es ihn zerquetscht. Wenn man sich auf einem Moped im System integriert, auf einem Moped mitfließt, ist man sicher: Das Tier hat einen unzerkaut geschluckt und schwimmt jetzt mit einem davon. Wie Jonas im Wal. So ähnlich. Auf dem Moped wird man Teil dieses Ganzen, man gehört dazu. Man ist nicht mehr so fremd, nicht mehr so anders, wenn man sich fortbewegt wie die anderen.

Jules und sie und das Moped sind eine Zelle dieses großen Tiers, das brüllend durch die Straßen kriecht, ein Gebrüll aus Zweitaktmotoren und Hupen und Farben und Hitze und Eindrücken, die ihr um die Ohren fetzen.

Heidi erst: Ahhhhhhhhhhh! – Aber dann entspannt sie sich, weil sie keine andere Wahl hat. Die meiste Angst nützt sich ab, und auch Heidis Angst lässt los, wird kleiner, leichter, gibt die Sicht frei auf das, was rund um sie passiert, die anderen Menschen um sie herum, die bunten Helme, die leuchtenden Schriften. Sie biegen auf eine breite, ruhigere Straße ein, die durch einen Park führt, in dem Kinder zwischen hohen, schlanken Bäumen spielen. Über der Straße hängen eine pink leuchtende Blumendekoration und Transparente, die Ankündigungen zu enthalten scheinen.

Jules biegt ab, die Straße verschmälert und belebt sich, der Strom wird dichter, der Pulk aus Menschen an den Rändern ebenfalls. Die Frauen auf den Mopeds tragen lange bunte Schürzen über ihren Kleidern und Shorts, sehr merkwürdig. Dazwischen Palmen und Bäume, Reklameschilder. Mopeds, auf denen meterhoch Dinge transportiert werden, Kisten, Vitrinen, Stoffballen. Die Armut der Leute, die am Straßenrand kauern, verkaufen, überleben. Wie leben die? Die ältere Frau mit der rosa Hello-Kitty-Maske und dem handycheckenden Jugendlichen auf dem Rücksitz: In was für einem Zimmer wacht die morgens auf? Neben wem? Oder mit wie vielen anderen? Heidi wird wieder bewusst, warum sie hier ist. Nicht, um auf einem Moped zu sterben, sondern um ihr Kind zu finden, und ihr ist auch klar, dass es ein Luxus ist, dass sie das kann: um die halbe Welt fliegen, um eine erwachsene Tochter mit Problemen zu retten. Für die meisten Leute um sie herum, die Familien auf den Mopeds, die Leute, die an den Ständen und den Imbissen ihren vermutlich kargen Lebensunterhalt verdienen, wäre das vermutlich nicht im Entferntesten vorstellbar. Die armen Leute. Während sie durch die Stadt gefahren wird, damit sie ihr Kind findet. Ihr Blick durchsucht die

Menschenpulks an den Straßenrändern nach roten Haaren, die aus den schwarzen herausleuchten, aber da ist nichts. Jules dreht sich nach ihr um, alles okay? Ja, besser, geht. Sie umrunden riesige Statuen, weitere Straßen, weitere Werkstätten, Imbisse, vollgestopfte Verkaufsnischen, in denen sich Waren stapeln und dicht von der Decke hängen. Wohnboxen, wacklige Balkone, bunte Markisen, Leuchtschriften, Schaufenster mit westlicher Kleidung an westlichen Schaufensterpuppen und überall auf den Gehsteigen essende Leute auf kleinen, bunten Plastikstühlen an kleinen Tischen, allein oder in Gruppen: Es scheint Hunderte, Tausende solcher Straßen zu geben, und sie schauen alle gleich aus. Dicke Stränge aus Dutzenden, Hunderten Stromkabeln kriechen die Hausecken hoch, spannen sich über schmale Gassen und kriechen an den Häusern auf der anderen Seite weiter. Wackelige Marktstände unter abenteuerlichen Sonnenschirmen. Heidi wird bewusst, dass sie wahrscheinlich in der letzten Stunde mehr Menschen gesehen hat als in den letzten zwanzig Jahren zusammen. Sie fahren in Seitenstraßen, die dann in einen neuen, breiten Mopedstrom einmünden, dann biegt Huy vor ihnen nach rechts ab, und sie überqueren auf einer Brücke einen großen Fluss. Ist das der Mekong?

Heidi weiß es nicht, und sie möchte Jules nicht vom Fahren ablenken, so sicher fühlt sie sich jetzt auch wieder nicht. Sie würde gern ein Video machen oder zumindest ein Foto, sie würde gern irgendwem zeigen, was hier los ist, wie es hier zugeht und ausschaut. Und: Was sie sich hier traut, auf was sie sich hier eingelassen hat, Heidi aus der Reihenhaussiedlung in Rebenborn. Aber sie wagt es nicht, aus Angst, ihr Handy dabei zu verlieren. Lukas ist in ihrem Handy, der Kontakt zu ihm, Lukas' Möglichkeit, seine Mutter zu sprechen, der Draht zu Martin und Lotte, Charlotte ist da drin, die «Find-Charlie»-Gruppe, alles in diesem kleinen Gerät in ihrer Tasche. Es ist nicht nur ein Handy. Ihr halbes Leben ist da drin.

Unter ihnen Schiffe, kleine Boote, vor und hinter ihnen die anderen Mopeds, dazwischen eingeklemmt ein paar Autos, wie aufgefressen, verschluckt von der Scooter-Boa. Auf der Brücke sieht sie ein Paar, blondes Haar, rotes Haar. Sie ruckelt gefährlich auf dem Rücksitz, will schon Jules zum Anhalten bewegen, aber die Person mit den roten Haaren ist, wie sie dann erkennt, gar keine Frau. Sie spürt ihr Herz schlagen. Jules zeigt in eine Richtung und brüllt etwas, das Heidi nicht versteht. Sie verlassen die Brücke und die bisherige Mopedader und fließen in eine neue, Huy und Georg sind jetzt hinter ihnen. Dann fährt Jules plötzlich rechts in eine schmale Gasse, in einen Markt, links und rechts Menschen, Frauen, Kinder, Jules fährt viel zu schnell, und jetzt brüllt Heidi doch, panisch: «Vorsicht!» Aber Jules lacht nur, dann bremst er und schaltet den Motor ab. Gott sei Dank.

Jules parkt das Moped zwischen zwei Marktständen.

«Wait here», sagt er.

Alles ist eng, arm und schmutzig. Heidi steigt ab, ziemlich zittrig, Huy und Georg bremsen sich neben ihnen ein, Huy geht mit Jules zwischen den Ständen durch. Wo gehen sie hin? Georg befreit sich von seinem Helm, er lächelt, ihm hat das wohl gefallen

«Alles okay bei dir?», sagt Georg. «Hast du es überlebt?»

«Ja», sagt Heidi, «kurz habe ich geglaubt, ich hätte Charlotte gesehen.»

Sie will ihm heimzahlen, dass er sie zu dieser Fahrt gezwungen hat, auf dieses Moped. Sie hat keine Freude an alledem, nur dass er es weiß. Sie sind nicht aus Jux hier, sollte er es vergessen haben. Georg lächelt nicht mehr. Er hat es nicht vergessen, nein.

Jules kommt zurück und winkt ihnen: kommt. Sie gehen hinter ihm her. Da ist ein kleiner Hof, ein paar Kinder sitzen an Tischchen herum, sie tragen Schuluniformen, ein paar junge Menschen sind zu sehen, die meisten keine Asiaten. Jules spricht mit einem älteren Mann, der ebenfalls europäisch aussieht, vielleicht auch ein Amerikaner. Das scheint irgendein Hilfsprojekt zu sein. Der Mann winkt einen der jungen Männer zu sich, erklärt ihm etwas, Jules zeigt ihm das Foto von Lotte, aber der Junge schüttelt den Kopf. Nie gesehen, nein. Jules fragt ihn, ob er eine Idee hat, wo man jemanden wie Lotte suchen könnte, und der Junge denkt kurz nach, dann fragt er Jules etwas.

Jules greift in seine Tasche und holt einen Notizblock heraus und einen Stift, der Junge schreibt etwas darauf, es dauert einen Moment, zwischendrin überlegt er und notiert dann wieder etwas. Jules nickt und bedankt sich.

«Wir fahren weiter», sagt Jules, «ich habe noch ein paar Adressen.»

Sie setzen ihre Helme wieder auf und fahren weiter mit den Mopeds. Weiter durch die Stadt, die unendlich zu sein scheint. Heidi fühlt sich schon viel sicherer, sie vertraut Jules. Und bis auf das eine Mal, als vor ihnen ein Moped fährt, auf dem der Beifahrer eine drei Meter lange Eisenstange über der Schulter transportiert, hat sie kaum noch Angst. Nur die Eisenstange. Wenn der Mann plötzlich bremsen würde, würde die Eisenstange Jules' Kopf pfählen und ihren gleich mit.

Fahr woanders, bitte, brüllt Heidi, und Jules lacht und zieht das Moped nach rechts, raus aus der Todesgefahr.

Auf dem Markt, der auch auf der Liste steht, kauft sich Heidi, nachdem sie erfolglos herumgefragt haben, eine von diesen Stoffmasken, mit bunten Comicfiguren darauf.

Du weißt, dass die Frauen diese Masken nicht wegen der schlechten Luft tragen?

Nicht?

Auch, aber vor allem wegen der Sonne. Hast du die Schürzen gesehen? Und dass viele Handschuhe tragen und lange Ärmel?

Ja.

Sie wollen nicht braun werden. Sie wollen so hell wie möglich bleiben.

Ach. Interessant. Auf die Idee wäre ich nicht gekommen.

Siehst du, sagt Jules.

Sie setzt die Maske trotzdem auf.

Sie fahren noch ein paar Adressen an, Hostels und Jugendherbergen, Bars und Restaurants, in denen weiße Touristinnen arbeiten, aber niemand kann sich an ein rothaariges deutsches Mädchen erinnern.

Nachdem sie stundenlang durch die heißen Straßen gekurvt sind, fahren sie zu einem Hostel. Es sieht billig aus, wie all die Hostels, die sie schon gesehen haben, auch dieses ist vom Fußboden bis zur Decke mit hellbraunem, falschem Marmor ausgekleidet, man könnte die ganze Lobby einfach mit einem Gartenschlauch ausspritzen, man müsste nur den kleinen, mit Blumen geschmückten Schrein rechts neben der Rezeption kurz wegräumen. Vis-à-vis stehen ein paar braune Loungestühle um einen Glastisch, sonst nichts. Junge Menschen gehen ein und aus. Die junge Frau an der Rezeption hört sich Jules' Fragen an, betrachtet das Foto, dann nickt sie.

Himmel, sie nickt! Was ist, was ist? Ja, da war eine junge Frau mit roten Haaren, ein Mädchen, sie war nicht allein, ein junger Mann war bei ihr.

«Und? Ist sie noch da?»

«I'm not completely sure», sagt die junge Frau, aber sie glaube, sie seien abgereist. Sie glaubt, sich daran zu erinnern, dass sie ausgecheckt haben. Wie denn der Name des Mädchens sei?

Sie schaut in den Computer.

«Nichts unter diesem Namen, sorry.»

«Einen Toby, Tobias, so in der Art?»

«Bitte, wie?» Sie buchstabieren ihr alle Möglichkeiten, sie tippt, sie schüttelt den Kopf.

«Kreditkartenabrechnungen?»

Die Frau tippt wieder im Computer herum, starrt konzentriert auf den Bildschirm, schüttelt den Kopf.

«Viele zahlen bar hier. Sorry, so sorry.»

«Haben sie was gesagt, wo sie hinwollen?», fragt Georg.

«I don't know, I am so sorry, I really don't know.»

«Hat sich die Frau irgendwie merkwürdig verhalten?»

Die Frau hinter dem Computer schaut überfordert aus. Sie scheint die Frage nicht so recht zu verstehen. Sind nicht alle jungen Weißen irgendwie merkwürdig?

Heidi bohrt weiter. «Wollten sie in Saigon bleiben oder wollten sie woandershin?»

Georg schaut sie an, als sei sie ein bisschen doof. Woher soll die Frau denn das wissen. Heidi schaut böse zurück, mit einem Wir-sollten-bitte-alles-versuchen-Blick, sie könnten ja was erwähnt haben.

«I don't know, sorry, I don't know.»

Verdammt, sie haben sie verpasst. Sie sind erschöpft.

Auf den braunen Stühlen sitzen nun ein paar junge Leute, sie zeigen auch denen die Fotos auf ihren Handys, aber sie sind erst gestern angekommen, sie wissen nichts.

«Bleibt ihr doch noch ein bisschen hier und fragt die Leute», sagt Jules. «Wenn ihr was erfahrt, ruft ihr mich an, ihr habt meine Nummer. Sonst holen wir euch – sagen wir sechs? – um sechs ab, und wir gehen was essen. Ihr müsst was essen.»

Und so machen sie es dann. Heidi und Georg fragen alle Leute, die in das Hostel rein- und aus dem Hostel rausgehen. Und ein junges schwedisches Paar kann sich an die beiden erinnern, ja, die waren da, sie haben sie ein paar Tage lang immer wieder gesehen. Aber vor zwei oder drei Tagen zogen sie plötzlich aus.

«Nein, tut mir leid, wir wissen nicht, wohin», sagt der Schwede. «Die beiden haben mit niemand gesprochen. Waren ganz unter sich. Sie hielten sich fern, sie wollten irgendwie nichts mit uns anderen zu tun haben.»

«Wirkte die Frau paranoid?»

«Paranoid? Ich weiß nicht», sagt die Schwedin, «kann ich nicht sagen. Ich hab sie zweimal beim Frühstück gesehen. Sie saßen hinten in der Ecke.»

Ist ihr sonst was aufgefallen?

«Nein, tut mir leid.»

Und das war's. Mehr erfahren sie nicht in diesem Hostel, obwohl sie noch ein paar Leute fragen. Sie kommen hier nicht weiter.

Heidi wirkt verzweifelt. Georg ist erschöpft.

Um sechs kommt Jules, sie erzählen ihm, was sie erfahren haben: «Es tut mir leid, dass sie weg sind», sagt er. «Aber es ist eine Spur.»

«Sie war hier», sagt Heidi, «vielleicht ist sie noch in der Nähe.»

«Und es ging ihr offenbar einigermaßen okay», sagt Georg.

«Ich weiß nicht», sagt Heidi, «das Zurückziehen, dass sie nicht mit anderen sprach, ich weiß nicht.»

«Ich glaube, wir können heute nicht mehr viel tun», sagt Jules, «wir gehen jetzt was essen.»

Sie setzen die Helme wieder auf. Es ist schon dunkel, die Sonne fällt hier früh vom Himmel. Sie fahren wieder, Heidi ist resigniert, traurig, sie hat Sehnsucht nach ihrem Kind, Mitleid mit Charlotte, es passiert wieder, es hat wohl schon angefangen.

Bilder der kranken Charlotte durchbohren ihren Kopf, der Charlotte auf den starken Sedativen, der Charlotte direkt nach dem ersten brutalen psychotischen Schub. Sie war siebzehn. Jemand hatte angerufen, von Charlottes Handy, sie war seit zwei Tagen nicht heimgekommen, hatte Heidis Anrufe nicht angenommen und ihre SMS nicht beantwortet. Es war nicht das erste Mal. Heidi rief nicht mehr die Polizei, wenn so was war. Sie versuchte, Charlotte zu erreichen, und wenn es zu lange dauerte, ging Martin an die Orte, an denen Lotte sein konnte. Martin war kurz davor gewesen, sich ins Auto zu setzen und loszuziehen, als der Anruf kam. Charlotte? Aber es war nicht Charlotte. Es war eine Krankenschwester, die Charlottes Handy gefunden hatte und klug genug gewesen war, den Mamabutton zu drücken. Ein Wunder, dass Lotte dort nicht Dummfotze hingeschrieben hatte, denn so in etwa war ihr Verhältnis zu jener Zeit gewesen. Die Schwester nannte ihnen das Krankenhaus, in das Charlotte gebracht worden war, verletzt, stark blutend, es gehe ihr gut, aber sie sollten kommen. Lotte hatte in irgendeinem Park das Messer von irgendwem in die Hand bekommen, sie war nicht ganz bei sich, hatte vermutlich getrunken, gekifft oder, wie Heidi in jenem Moment annahm, was anderes, Stärkeres genommen, und sie hatte angefangen, sich aufzuschneiden, die Haut ihrer Oberschenkel, ihre Unterarme, sie hatte tiefe, stark blutende Schnitte, bis ihr endlich wer das Messer aus der Hand winden konnte. Es war ein schreiendes, brüllendes, panisches Durcheinander, wie Heidi später von einem Mädchen erfuhr, das dabei gewesen war. Es war dasselbe Mädchen, das so helle und genug bei Sinnen gewesen war, den Notarzt zu rufen. Sie war mit ein paar anderen bei Charlotte geblieben, bis der Rettungswagen in Sicht kam, hatte Charlotte gehalten und beruhigt, war nicht wie andere verschwunden, wie das Messer, das weg war und nicht wiederauftauchte.

Sie war schon genäht worden, als Heidi und Martin ankamen, sie war leicht sediert, man hatte ihr Blut abgenommen und ein Drogenscreening gemacht. Die Rettungsmannschaft hatte in dem Bericht geschrieben, die junge Frau sei völlig außer sich gewesen und habe die Helfer beleidigt und getreten und versucht, ihre Rettung zu verhindern, in einer Art Angstpanik. Das Drogenscreening ergab, dass sie 0,3 Promille Alkohol im Blut hatte und eine geringe Menge THC. Sonst nichts. Der Moment, an dem der Arzt Heidi damit konfrontierte, dass diese Substanzen – jedenfalls in dieser geringen Konzentration – Charlottes Zustand definitiv nicht hatten bewirken können, war auch der Moment, in dem Heidi begriff, dass mit Charlotte viel mehr nicht stimmte, dass ihre Gene versaut waren, es war der Moment, in dem sie wünschte, es wären nur Drogen gewesen, nur Rebellion, nur Pubertät und falsche Freunde, nur Aufmucken, schlechtes Benehmen und miese Laune.

JULES HAT IHR DEN HELM abgenommen, in der Kiste verstaut und ist dann ein paar Schritte auf die andere Seite der Gasse gegangen. Heidi hat an diesem Nachmittag so viel gesehen, ihre Sinne sind schon überreizt, aber das hier lässt ihren Horizont explodieren: Überall am Rand des Marktes stehen kleine Tische, Dutzende, Hunderte, an denen auf roten Plastikstühlchen Männer, Frauen und Kinder sitzen. Familien, dicht an dicht. Die Tische sind überladen mit Plastiktellerchen, die teilweise gefährlich weit über den Tischrand ragen, dazu Serviettenhalter, Becher und Bierhumpen voller Eis, aus denen Strohhalme ragen, Bierflaschen, Schüsseln mit Speisen, die Heidi nicht einmal identifizieren kann. Leere Flaschen stehen unter den Tischen. Überall Menschen, alte und junge, Kinder und Greise, Mütter mit Babys im Schoß, Paare und ganze Sippen, fast nur Asiaten, unter zerfledderten Markisen und Lichterketten aus grellen Glühbirnen. Hier stehen keine Mopeds, Jules hat seines einem jungen Mann übergeben, der ihm eine Plastikkarte in die Hand gedrückt hat und mit dem Gefährt verschwunden ist, in eine der neonhellen Garagen, die in den Seitengassen leuchten. Zwischen den Ständen wird unter grellem Licht an improvisierten Garküchen Essen zubereitet und gekocht, Schüsseln und Schalen stehen herum, am Boden, auf dem schmutzigen, nassen Asphalt, in großen und kleinen Plastikeimern, die Lebensmittel und Müll enthalten, dreckiges und sauberes Kunststoffgeschirr. Kisten und Körbe voller Flaschen und noch mehr Müll und noch mehr Plastikgeschirr und noch mehr Lebensmittel. Eimer fließen über von den Wasserschläuchen, das Wasser quillt über die schmutzige Straße, alles ist nass, klebrig und schlammig. Es raucht und dampft über großen Herdplatten und aus riesigen, verbeulten Blechtöpfen. Männer und Frauen tragen Tabletts hin und her, zwischen Tischen und den Leuten hindurch und hinter den Tischen in die Räume hinein, die sich auftun, und in denen noch mehr Leute an noch mehr Tischen sitzen. An verschiedenen Ständen wird gekocht.

Huy redet jetzt auf einen Mann ein, der mit einem Tablett vor einer der Garküchen steht. Der Mann nickt und lächelt und deutet auf eine Galerie im ersten Stock, zu der eine Treppe hinaufführt. Dann läuft er die Treppe hoch und winkt von oben.

Da, da! Table!

Jules bedeutet Heidi und Georg, ihm zu folgen, sie gehen hinauf, oben ist alles noch heller, noch voller, noch schmutziger. Der Mann zeigt auf einen blauen Tisch: here, here. Es ist ein Kindertischchen mit diesen winzigen Kinderstühlchen, wirklich, hier sollen sie sich hinsetzen? Der Tisch sieht klebrig aus, die Stühlchen auch. Der Mann vom Imbissstand steht jetzt neben ihnen und macht ihnen fuchtelnd klar, dass sie sich setzen sollen, sie wirft Georg einen verzweifelten Blick zu, aber er sitzt schon, schon wieder, Heidi hat offenbar überhaupt nichts mehr zu sagen, ihre Wünsche zählen nichts. Sie hockt sich resigniert auf das Stühlchen, ihr passt es noch einigermaßen, aber Georg wirkt auf seinem Stuhl überdimensioniert, wie damals Martin bei den Elternabenden in Lukas' Kindergarten. Die Erinnerung zwickt sie, diese Erinnerung ist plötzlich nicht mehr schön, wie solche Erinnerungen früher waren, als Martin noch zu ihr gehörte, als es die gemeinsame Vergangenheit eines noch immer glücklichen Paares war. Sie sind gerade kein glückliches Paar, der Gedanke schabt kurz und unangenehm in ihr.

Heidi und Georg beobachten von oben, wie Jules und Huy wieder an den Imbiss treten und mit dem Mann reden, der dort mit Gemüse herumwerkt, sie deuten auf diese Schüssel und auf andere, schauen in Töpfe, reden, nicken. Jules brüllt etwas zu ihnen herauf, das sie nicht verstehen.

«What, sorry?», fragt Georg.

Jules brüllt noch mal: «Anyone Vegetarian? No? Great!»

Er redet weiter auf den Mann ein, der jetzt Nudeln auf eine heiße Platte wirft, mehr Gemüse, das er aus Plastikeimern greift und mit einem großen Messer zerhackt, zusammen mit anderen, fremden Lebensmitteln, die vor ihm in transparenten Kunststoffdosen aufgereiht sind. Tellerchen mit Muscheln, gebratenen Fleischstücken, undefinierbarem Meeresgetier.

Oh Gott, Heidi will das alles nicht essen. Es ist so unhygienisch hier. Kann sie nicht von irgendwo einfach ein Sandwich kriegen, hätten sie nicht einfach in einen McDonald's gehen können? Sie hat gesehen, dass es die hier gibt.

Ein Junge kommt, er ist vielleicht zehn oder elf, und stellt Gläser voller Eis auf den Tisch. Eis! Um Himmels willen! In ihrem Reiseführer, den sie im Flugzeug studierte, wurde vor Eis ausdrücklichst gewarnt: nur Flaschenwasser, kein Eis, kein Salat.

Huy fragt, was Heidi und Georg trinken wollen, er spricht ein gutes Englisch. Georg sagt, er hätte gern ein Tiger Beer, Heidi will eine Cola, aber dann überlegt sie es sich anders: Doch auch ein Bier.

Es scheint Georg zu überraschen, er hat sich eine Zigarette angezündet und schaut sich um. Das Licht ist viel zu grell. Es sind viel zu viele Leute hier. Es ist so schmutzig. Hinter der Garküche öffnet sich ein kleiner Raum: Weitere Plastikschüsseln stehen am Boden, auch darin Lebensmittel und obskure Flüssigkeiten. Zwischen einem Regal mit noch mehr Schüsseln und einem großen Kühlschrank sitzt auf einer Kiste ein Junge, er trägt kurze Hosen und löffelt etwas von einem Teller. In der anderen Ecke steht ein Tisch, an dem ein Mädchen Muscheln putzt: Sie trägt Shorts, sie ist blond, keine Asiatin. Heidi tippt Georg an und zeigt auf das Mädchen, aber Jules hat sie auch entdeckt. Und ist schon bei ihr, spricht mit ihr, zeigt ihr etwas auf seinem Handy, bestimmt das Bild, sie sieht es sich an und schüttelt den Kopf. Jules spricht weiter mit ihr, sie scheint nachzudenken und sagt ihm dann etwas, dann sagt Jules was, dann gibt er ihr ein kleines schwarzes Notizbuch und einen Stift, sie wischt sich die Hände an einem schmutzigen Tuch ab und schreibt dann etwas in das kleine Buch. Jules fragt sie was, sie sagt was, Jules sagt was, sie nickt. Heidi sieht, wie ihr Jules dankt, dann arbeitet sie weiter.

Jules und der Mann vom Imbissstand kommen an den Tisch, sie bringen Schüsseln voller Kräuter, Schüsselchen mit seltsamen Dingen darin und einem Stapel Reispapier.

«Was hat sie gesagt?», fragt Heidi Jules.

Jules schüttelt nur den Kopf. Sie kennen das schon.

Der Mann vom Imbiss kommt wieder, mit kleinen Bierflaschen und einem Coke, das er vor Huy stellt. Dann bringt er einen Teller mit einer Art Omelette darauf, mit Meeresfrüchten und Sprossen, das sieht noch am vertrautesten aus, dazu Näpfchen mit Flüssigkeiten und Soßen. Und eine Schüssel, gefüllt mit undefinierbarem Essen, die Jules Heidi nun in die Hand drückt, zusammen mit einem Paar Stäbchen: Try this. Die Schüssel ist warm, Heidi erkennt grünes Gemüse, Sprossen, eine seltsame Soße, etwas bei dem es sich, wie ihr Huy erklärt, um geschreddertes Reispapier handelt, dazwischen runde braune Dinger, Bohnen oder Nüsse, könnten auch Käfer sein. Es sieht ziemlich grässlich aus. Sie will das nicht essen, auf keinen Fall. Es sieht aus wie Müll. Es riecht auch merkwürdig. Alle um sie herum schauen sie erwartungsvoll an, Jules, Huy und der Imbissmann. Heidi schüttelt den Kopf. Jules verdreht die Augen, mit einem übertrieben resignierten Seufzer, der nicht völlig gespielt wirkt. Auch die Vietnamesen an den Tischen rund um sie herum schauen, Heidi bemerkt es jetzt.

Sie ist die feige, heikle, deutsche Touristenzicke. Na gut, sie taucht vorsichtig ihre Stäbchen in das Gemisch. Die anderen blicken gespannt. Doch, sie hat schon mal Vietnamesisch gegessen! In einem Asiarestaurant in Frankfurt! Das sah aber ganz anders aus. Sie zwickt sich was von dem Essen in der Schüssel zwischen die Stäbchen, kostet, versucht dabei ihre Papillen auf taub zu stellen. Aber. He. Das schmeckt erstaunlich. Es schmeckt gut. Es ist knackig und cremig gleichzeitig, die Soße ist richtig gut, sie beißt auf etwas, das vermutlich ein Shrimp ist, auch gut. Das grüne Gemüse schmeckt frisch und gut gewürzt. Sie möchte nicht unbedingt wissen, was da alles drin ist, aber es schmeckt.

«Wie ist es?», fragt Georg.

«Eigentlich lecker», sagt Heidi.

«Lecker sagt man nicht», sagt Georg und nimmt sich mit seinen Stäbchen etwas aus Heidis Schüssel.

«Ach, wirklich?», sagt Heidi, «wusste ich gar nicht.»

«Nur Piefke sagen lecker», sagt Georg.

«Ach so.»

«Aber okay, das ist wirklich gut», sagt Georg.

Es gibt auch ein Nudelgemisch mit einer Art Mayonnaise und Wachteleiern in einem Plastikeimerchen am Tisch. Alle essen mit ihren Stäbchen aus dem Eimer, auch aus Heidis Schüssel, und normalerweise würde Heidi sich all die Keime und Bakterien im Detail vorstellen, die dabei in ihr Essen, ihren Mund, ihren Organismus gelangen, aber irgendwas in Heidi hat jetzt einfach abgeschaltet, und sie nimmt einen Schluck von dem Bier aus der Flasche, wird sie schon desinfizieren, irgendwie, sie wird schon nicht sterben.

ALS SIE AM ABEND von der Mopedtour zurück ins Hotel kommen, hat Heidi eine Nachricht auf dem Handy, von Lukas. Charlotte hat mit ihm Kontakt aufgenommen. Mit Lukas! Mit ihrem Bruder. Nicht mit ihrer Mutter.

Heidi ruft ihn an, nachdem sie an Georgs Zimmer geklopft und ihm aufgeregt die Nachricht vorgelesen hat. Sie hat das Gespräch auf Lautsprecher gestellt.

«Lukas, was? Was hat sie gesagt?»

«Chill, Mutter», sagt Lukas, «hallo Mutter.»

«Hallo Schätzchen, sorry, ich kann nicht chillen, wie geht's dir?»

«Mir geht's super.»

«Was ist mit Charlotte, von wo hat sie angerufen?»

Heidi rennt durch Georgs Zimmer wie eine Wahnsinnige, zickzack.

«Ich weiß nicht. War von einer unbekannten Nummer ...»

«Hast du die Nummer?»

«Nein, keine Nummer», sagt Lukas, «sorry, Mum.»

«Und, was war mit ihr, wie klang sie?»

Und Lukas sagt, was mit ihr ist: Sie klang komisch, manisch, redete sehr schnell, sagte, es geht ihr supersuper, sprach von einem Toby, aber sie wären ein bisschen pleite.

«Ist wohl ihr Freund oder so, mit dem sie unterwegs ist.»

«Ja, weiß ich.»

«Ah, okay.»

«Aber du hattest nicht den Eindruck, dass es ihr supersuper geht, stimmt's?»

«Ich weiß nicht. Sie klang schon ein bisschen überdreht.»

Heidi läuft noch immer hin und her, von der Tür des Badezimmers ums Bett herum zur Zimmertür und wieder zurück.

«Wieso hat sie nicht mich angerufen?»

«Ich weiß nicht, Mama. Sie sagte irgendwas, sie hat das Gefühl, du seist hinter ihr her, willst sie wieder wegsperren.»

«Och Gott, oje. Ach Gott. Sie ist wieder drin.»

«Sorry, Mama.»

«Nein, danke, dass du es mir sagst.»

Georg stoppt sie schließlich in ihrem Staffellauf, nimmt sie an der Schulter, drückt sie sanft aufs Bett.

«Chill. Alles okay, Heidi», flüstert er.

«Und hat sie gesagt, wo sie ist?»

«Sie sagte, sie ist unterwegs, sie will nach ..., warte, ich hab's sogar aufgeschrieben, nach Nommpen oder so», sagt Lukas.

«Phnom Penh, Kambodscha?», fragt Georg.

«Weiß ich nicht, wo das liegt», sagt Lukas.

«Und sie hat dich um Geld angebettelt?»

«Nein, Mama. Sie hat nur gesagt, dass sie pleite sind.»

«Hast du ihr gesagt, dass ich mit ihrem Vater hier bin, um sie zu finden?»

«Ja.»

«Was hat sie gesagt?»

«Oje hat sie gesagt, na ja, okay – sie hat gesagt: Scheiße.»

«Hast du ihr gesagt, dass ich mir sehr große Sorgen mache?»

«Ja, hab ich ihr gesagt.»

«Was hat sie gesagt?»

«Mama, ich weiß es nicht so genau, dass ich mir keine Sorgen machen soll und dass ich dir nicht erzählen darf, dass sie angerufen hat.»

«Ich bin so froh, dass du es mir trotzdem erzählst. Danke.»

«Ich bin kein Kind mehr, Mama. Ich weiß, was mit ihr los ist.»

«Du bist ein guter Junge.»

«Jaja. Findet sie. Findet Charlie.»

NOCH EINMAL FRÜHSTÜCKEN sie im Hotel. Georg ist aufgekratzt, die Reise, die vor ihnen liegt, macht ihn nervös. Heidi trinkt Tee, sie ist überraschend gelassen. Sie haben sich am Abend noch mit Jules beraten. Er hat nachgedacht. Er hat ihnen geraten, einen Wagen zum Mekong zu nehmen und dann auf dem Mekong nach Phnom Penh zu fahren, mit einem Schnellboot sind sie in ein paar Stunden da, es kostet nicht viel. Es geht mit dem Boot bis Tan Chau, an die Grenze, sie bekommen dort Visa on Arrival und fahren dann mit demselben Boot weiter, er hat das schon mal gemacht, ist kein Problem. Sie haben es sich auf der Karte und im Netz angesehen und beschlossen, das so zu machen. Die Fahrt nach Chau Doc, von wo die Boote fahren, dauert auch nur ein paar Stunden. Heidi hat Bien angerufen, auf der Nummer, die er Heidi zugesteckt hat, nachdem er sie am ersten Tag im Hotel abgeliefert hat. Kann er sie nach Chau Doc fahren? Er muss das mal mit der Agentur checken, wegen des Wagens, er ruft zurück. Sie haben nervös auf seinen Rückruf gewartet und sich schon Alternativen überlegt, als Bien sich meldete: Ja, er bekommt einen Wagen, er holt sie um sechs Uhr früh ab und bringt sie an den Fluss, von wo am Nachmittag ein Boot nach Kambodscha fährt. Die Fahrt nach Chau Doc dauert ungefähr sechs Stunden. Es kostet fünfzig Dollar, okay? Okay.

Bien kommt pünktlich, sie haben schon ausgecheckt, Georg hat noch eine Zigarette geraucht, draußen, an einem der Tische, praktisch mitten im Verkehrslärm. Sie laden ihre Rucksäcke in den Wagen. Hast du alles? Ja, ich glaub schon, ich hoffe. Sie fahren los, aus der Stadt hinaus, was ewig dauert. Sie sind eingeklemmt zwischen den Mopeds, Gehupe rund um sie herum, Bien hupt mit. Ist das Frühverkehr? Nein, ist hier immer so. Die Stadt ist so groß, dicht, dicht, dicht, erst allmählich lichtet es sich und sie merken, dass sie an den Rand kommen. Bien spricht ein sehr gutes Englisch, hat er von Youtube gelernt, sagt er.

Was ein Moped braucht, damit es fahren kann: Benzin. Öl. Oder Benzinölgemisch. Kühlwasser. Intakte Reifen. Luft darin. Jemanden, der es fährt. Jemanden, der nicht zu müde ist, es zu fahren.

Sie sind fast aus der Stadt raus. Sie kommen jetzt schneller voran. Die Fahrbahn hat sich irgendwann aufgeteilt: in zwei gegenläufige Autostreifen, links und rechts davon je ein Mopedstreifen. Am Straßenrand drängen sich Werkstätten neben Verkaufsständen, wie in der Stadt, aber sie sind größer hier, dürfen sich hier mehr Platz nehmen. Je weiter sie fahren, desto größer werden die Abstände zwischen den Gebäuden. Überall stehen kleine Verkaufsvitrinen, vor und zwischen den Werk- und Raststätten, in denen alles angeboten wird, was ein Moped benötigt, wenn es nicht mehr fahren kann: Benzin in alten Glasflaschen, wahrscheinlich, vermutet Georg, schon mit Öl gemischt. Neue Reifen, Zündkerzen, Auspuff. Batterien, Klebeband, Öl. Baby Wipes, um die Hände abzuwischen, nachdem man das Moped repariert hat. Alles, was man zum Weiterfahren braucht.

«Poor People», sagt Bien, als sei er keiner von ihnen. Ist er auch nicht. Er fährt in einem Auto, während die rechts von ihnen auf Mopeds fahren. Sie müssen oft sehr weite Strecken mit dem Moped fahren, sagt Bien, sie haben kein Auto, sie fahren Hunderte Kilometer mit dem Moped, wenn es nötig ist, um zu arbeiten, um wieder nach Hause zu kommen, um etwas zu besorgen in einer anderen Stadt oder um Verwandtschaft zu besuchen. Hunderte Kilometer. Deshalb hängen in den Raststätten zwischen den Tischen Hängematten, sie hängen auch an Pfeilern und extra dafür in die Erde betonierten Pfählen, im Schatten von Wellblechdächern und Markisen. Manchmal sind sie viele Tage unterwegs, sagt Bien, sie müssen dazwischen ruhen, essen und schlafen.

Georg ist beeindruckt von der unversauten Einfachheit der Vorgänge, der Abläufe. Man hat Hunger, man isst; man ist müde, man schläft; das Moped fährt nicht mehr, man bleibt stehen und tankt es auf oder repariert es. Georg überlegt sich, ob das auch für den Hirschen eine Idee wäre, solche Hängematten, auf denen die Motorradfahrer, die auch bei ihm in der Gegend herumfahren, einen Mittagsschlaf machen können. Sie haben eine Hängematte, aber nur so für sich und für die Kinder, vielleicht sollten es viele sein, neben dem Gastgarten oder um den Gastgarten herum. Er muss das mit Lea besprechen. Ist doch eine gute Idee. Außer vielleicht, dass es dort, wo der Hirschen steht, acht Monate im Jahr zu kalt ist, um draußen in einer Hängematte zu liegen. Noch, der Klimawandel ändert das gerade auf beunruhigende Weise. Zu viel Sonne für die Gegend, es regnet zu wenig, es ist viel zu trocken, vor allem der Wald bekommt viel zu wenig Wasser, die Felder auch, die Bauern jammern. Er sieht sich die Leute an, die in den Hängematten tief schlafen: Ein verwöhnter europäischer Motorradfahrer könnte in so einer Hängematte wahrscheinlich gar nicht schlafen, der braucht ein weiches Bett und ein Federkissen. Oder gerade kein Daunenkissen, weil er gegen Federn allergisch ist. Ein verwöhnter europäischer Sonntagsfahrer ist auch nie so erschöpft. Georg denkt daran, wie er mit seinen kleinen Babys in der Hängematte lag und Mittagsschlaf machte. Ist auch schon lange her. Sie fehlen ihm, und er fühlt eine tiefe Sehnsucht nach zu Hause und allem, was zu Hause ist. Seine Leute, sein Haus, sein Hund. Der Wald, der Garten, im Hochsommer, wenn es ein paar Tage lang so heiß ist wie hier und die kleinen Mostbirnen mit einem Plopp in die Wiese fallen, und wie der Sturm die Apfelbäume schüttelt, als wär's ein Kinderbilderbuch. Amselgezwitscher, Bienengesumme, der Geruch seiner erhitzten Kinder. Er hat Sehnsucht nach ihrer Weichheit, ihren Umarmungen, ihrem Gelächter. Es ist eine Märchensehnsucht, er weiß es. In Wirklichkeit verbringt er kaum Zeit mit den Kindern, viel zu wenig Zeit. Er arbeitet zu viel, vor allem im Sommer, in der kurzen warmen Saison, die es in dieser Gegend nur gibt, und in die er dann all seine Kraft investiert, in der er den Gästen, die dann kommen, all sein Können vorführen will. Manchmal sieht er seine Kinder tagelang kaum, obwohl sie zugleich im gleichen Haus sind. Er muss viel mehr Zeit mit seinen Kindern verbringen.

Draußen beginnen jetzt Reisfelder vorbeizuziehen, es ist wunderschön, es gibt auf der Welt kaum etwas, das weicher und grüner wirkt, als ein Reisfeld. Es macht den Geist still, auf ein Reisfeld zu blicken, viele Reisfelder, die vorbeirauschen. Hinten sieht man einen Berg mit schneebedeckter Spitze. Das Land ist so schön. Auf den Feldern arbeiten einzelne Menschen, gebeugt, mit diesen flachen, spitzen Hüten, wie auf einem Kalenderblatt. Überall auf den Feldern stehen kleine, bunt bemalte Häuschen, einzeln, paarweise, ganze Gruppen.

«Was ist das?», fragt Heidi.

«Gräber», sagt Bien. «Die Bauern haben früher ihre Toten auf den Feldern begraben, ihre Familien liegen hier.»

«Würdest du deine Mutter in deinem Garten begraben wollen?», fragt Georg. «Ich nicht. Machen sie das immer noch?»

«Nein, diese Gräber sind alt», sagt Bien. «Man darf seine Familie nicht mehr auf dem Feld begraben. Man darf den Reis nicht verkaufen, wenn man es dennoch tut. Es gibt jetzt Friedhöfe am Rande der Dörfer, aber die Menschen haben das nicht so gern. Sie haben ihre Toten lieber in der Nähe.»

Sie sehen es, beim Vorbeifahren: Friedhöfe, die aussehen wie Miniaturdörfer, mit lauter kleinen Totenhäuschen.

Dann werden die Straßen wieder enger, die Häuser dichter: Was heißt Häuser, das sind keine Häuser, das sind Baracken, baufällig, elend, an den Straßenrand gedrängt, zwischen zwei Straßen mitunter oder zwischen Fahrbahn und Fluss, wo immer sich irgendwie gerade ein bisschen Platz ergab. Die Leute trocknen ihr Getreide auf der Straße, am Rand, Reis und andere Körner, die Autos und Mopeds vor ihnen fahren vorsichtig daran vorbei, machen einen Bogen, auch Bien weicht aus. Man nimmt Rücksicht aufeinander, auf die Armen. Es kann jeden treffen. Man wird alt und man ist arm, eine Altersvorsorge gibt es hier nicht, nur die Kinder hat man, die Kinder müssen sich um die Alten kümmern, die Kinder müssen die Alten versorgen. Familien, die nur Töchter haben, sind arm dran, sagt Bien. Die Töchter müssen vernünftig heiraten, sagt Bien, damit später auch die Alten versorgt sind. Das Konzept der Liebesheirat ist der reine Luxus, denkt sich Heidi und Georg so ähnlich auch. Es macht Heidi nachdenklich. Sie erwartet zu viel. Sie erwarten viel zu viel. Sie sind viel zu viel gewöhnt. Georg fragt Bien, ob er verheiratet ist. Nein, sagt Bien, er hat noch keine Frau gefunden. Wie alt ist er? Siebenunddreißig, sagt Bien. Später sagt Heidi, sie glaubt, er ist schwul. Hast du seine Haare gesehen? So schöne Haare. Und seine muskulösen Arme. Er ist sicher schwul. Sie wissen immer noch nicht, ob Homosexualität legal ist in diesem Land oder nur geduldet oder nicht mal das.

Die Frauen sehen trotzdem selbstbewusst aus, emanzipiert, auch wenn sie nicht aus Liebe heiraten, sondern aus Pflichtbewusstsein ihren Eltern gegenüber und aus Not. Sie tragen Hosen, sie arbeiten wie Männer. Hat Charlotte das alles auch gesehen? Sieht sie, wie gut es ihr zu Hause geht, wie privilegiert sie ist, spürt sie es hier? Dass sie eine verwöhnte, europäische junge Frau mit guter Krankenversicherung ist und eigentlich keine Sorgen hat? Sie müsste nur ihre Medikamente nehmen, die sie praktisch umsonst bekommt, nachdem sie von gut ausgebildeten, wohlmeinenden, interessierten Ärztinnen und Ärzten alle Hilfe bekam, die sie brauchte? Hoffentlich hat Lotte gesehen, wie gut es ihr geht.

Je weiter sie ins Land fahren, desto öfter sehen sie die Spuren des Krieges, den die Amerikaner hier geführt haben. In der Stadt hat man von diesem Krieg kaum etwas bemerkt, man sieht es nur an ein paar Veteranenspots, Cafés und Bars, in denen alte Amerikaner sitzen und an den Theken stehen, ehemalige Soldaten, die es immer wieder zurücktreibt, aus welchen Gründen auch immer. Wahrscheinlich haben sie irgendwann bemerkt, dass sie das Land lieben, die freundlichen Menschen, die ihnen überraschenderweise verziehen haben. Bien fragt sie, ob sie die Tunnel von Cu Chi gesehen haben, ob sie die noch besichtigen wollen? Aber nein, dafür haben sie leider keine Zeit, sie müssen ihre Tochter finden. Sie sollten die Tunnel sehen, sagt Bien, irgendwann. So viel Leid, das diese Partisanen ausgehalten haben. So tapfere Männer und Frauen.

Als sie am späten Nachmittag in Chau Doc am Fluss ankommen, fährt kein Schnellboot mehr. Oh nein, bitte nicht. Sie hätten genauer nachfragen sollen, sie haben Bien zu naiv vertraut. Sie sind frustriert und verärgert, aber Bien, der sie zur Anlegestelle brachte, ist so untröstlich, dass sie es sich weniger anmerken lassen, als sie gerne würden, beide. Was sie auf dem Weg hierher gesehen haben, macht, dass sie sich zusammenreißen, dass sie dieses bisschen blöde Schicksal akzeptieren, in Europa würden sie sich aufregen, aber wie. Bien hilft ihnen, ein kleines Hotel in der Nähe der Bootsstation zu finden, sehr preiswert. Zum Abschied gibt es Umarmungen, gute Wünsche, Selfies und ein Trinkgeld. Bien lächelt und winkt, als er das Hotel verlässt. Neben der Rezeption steht ein Sofa mit transparentem Folienüberzug, Heidi hat so was bisher nur im Film gesehen. Die Zimmer sind billig, gefliest und sehr einfach. Heidi bemüht sich, nicht in die Ecken zu sehen, sie fürchtet sich vor Kakerlaken. Aber es gibt WLAN, sie stecken die kleinen Papierstreifen, die auch hier an der Rezeption stehen, in ihre Handyhüllen.

Keine Neuigkeiten von oder über Lotte in ihren Smartphones, aber Lea schreibt, dass der Thaler letzte Nacht vor dem Gasthaus randaliert hat, er brüllte wie ein Irrer, sie weiß nicht, ob es wegen der Uschi und dem Hermann war, sie hofft nicht, sie hofft, er war einfach nur besoffen. Georg hofft es auch.

Sie wagen es kaum, ihre Rucksäcke hinter der schlecht gesicherten Tür allein zu lassen, aber sie können auch nicht den Abend in diesen Zimmern verbringen. Also packen sie alles ein, was wichtig ist, und gehen hinunter auf die Straße. Es gibt Suppe und gegrilltes Schweinefleisch in Reispapier, dazu die Abenddämmerung und erschöpftes Schweigen, in einem Restaurant, mit einer Terrasse, von der man über den Fluss blicken kann, Häuser auf Pfählen, kleine Boote. Es ist noch nicht der Mekong, wie ihnen schließlich klar wird, aber morgen werden sie auf diesem Fluss zum Mekong und dann auf dem Mekong nach Kambodscha fahren, ihre Tochter finden, endlich ihre Tochter finden.

DER MORGEN BRINGT KAFFEE und Toast und reife, süße Mango. Der Frühstücksraum ist zu stark klimatisiert. Sie reden nicht, sie haben beide schlecht geschlafen, sie wollen hier weg, schnell. Ihre Sachen haben sie gar nicht ausgepackt, nur ihre Zahnbürsten. Sie lagen beide in ihren Betten, mit ihren Handys, der Verbindung zu den Menschen, die sie lieben und vermissen. Georg bezahlt die Zimmer, und sie marschieren mit ihren Rucksäcken zur Anlegestelle. Sie haben schon Tickets für die Blue Cruiser, Bien hat ihnen tags zuvor geholfen, welche zu kaufen, besser man hat schon welche, vielleicht ist das Boot morgen voll. Das Boot ist voll, als es ablegt, mit ihnen an Bord und ihrem Gepäck im Bauch. Es gibt einen großen, klimatisierten Innenraum, es sieht aus wie in einem Regionalzug, die Sitze paarweise hintereinander, aber sie setzen sich draußen auf eine der Bänke. Sie werden bald an der Grenze sein. Hinter und vor ihnen rauscht das Land vorbei, noch sind sie in Vietnam, aber nicht mehr lange.

Heidi sitzt im Fahrtwind, sieht die Dörfer am Ufer vorbeiziehen, beobachtet die anderen Leute, die ebenfalls draußen sitzen. Alles Touristen, fast nur Paare, eher jünger, die älteren sitzen lieber drinnen, die scheuen wohl die Zugluft. Vis-à-vis von Heidi sitzt eine Frau mit Rückenschmerzen. Alle sollen sehen, dass sie Rückenschmerzen hat, sie lässt sich massieren von ihrem Mann. Sie ist, wie Heidi feststellt, die Hälfte eines Paares – genau die Hälfte. Es gibt Frauen, die sind weniger als die Hälfte, und solche, die sind mehr: Sie ist exakt fünfzig Prozent. Sie ist ein schönes Stück älter als er. Er hat Kraushaare und einen biederen Bart und ist vielleicht so Anfang dreißig. Sie ist Ende vierzig, ihre Haare sind lockig und dünn. Heidi kann ihren Akzent nicht genau zuordnen, Australier vielleicht oder Neuseeländer. Sie küssen und streicheln sich die ganze Zeit. Es gibt keinen Moment, an dem sie sich nicht berühren oder festhalten. Vielleicht haben sie sich das mal versprochen, in irgendeiner spirituellen Zeremonie: dass sie sich nie mehr aus den Augen lassen. Hätt ich vielleicht auch tun sollen, denkt Heidi, aber mir waren ja noch andere Dinge im Leben wichtig als mein Mann, das hab ich jetzt davon. Sie haben harmonierende Tattoos, was Spirituelles von der rechten Hand den Unterarm entlang. Heidi denkt: Vorgestern hat er ihr gesagt, dass er mit der Tutorin seines Seminars schläft, hat sie akzeptiert und mit ein paar Mantras wegmeditiert, aber zufällig gleich darauf diese fürchterlichen Rückenschmerzen gekriegt, die sie jetzt den Rest der Reise verfolgen. Sie wird ihm das Leben zur Hölle machen, ohne dass er es ihr je beweisen kann. Sie hat einen Nasenring, einen Ohrring und viele Ringe an den Fingern. Sie macht irgendwas mit Heilen, denkt Heidi, aber bei ihr selber funktioniert's irgendwie nicht so.

Sie sind jetzt an der Grenze angekommen. Alle müssen an einer Anlegestelle aussteigen, ihre Pässe werden eingesammelt. Sie gehen durch ein geschmücktes Tor in einen schönen Garten, es sieht aus wie ein Park, nicht wie eine Grenzstation. Links hinter dem Eingang stehen Reihen von Bänken, man sagt den Leuten, sie sollen sich da hinsetzen, sie werden dann aufgerufen.

Heidi ist nervös. Was, wenn das doch nicht klappt mit dem Visum? Georg ist auch nervös, aber er gibt es nicht zu. Bien hat ihnen versichert, dass es überhaupt kein Problem ist, nach Kambodscha einzureisen, vor allem nicht für europäische Touristen. Er hat nicht gesagt, warum, aber es ist klar: Die bringen Geld, lassen es da. Und manche heiraten eine kambodschanische Frau und versorgen damit ihre ganze Sippe. Ist vielleicht nicht romantisch, ist aber halt so. Das Leben, die Armut, die Notwendigkeiten. Romantische Liebe ist kein globales Konzept, es ist ein Luxuskonstrukt des reichen Westens, von Leuten, die sich so was leisten können. Die die Wahl haben. Manchmal ist es allerdings auch problematisch, die Wahl zu haben, und man trifft so oft die falsche Entscheidung. Sucht sich den Falschen aus, bekommt mit dem Kinder. Viele von Heidis Freundinnen sind geschieden, fast die Hälfte. Sie hat vielleicht auch die falsche Entscheidung getroffen. Bloß hatte sie vielleicht auch nicht so richtig eine Wahl. Allerdings mehr, als die Frauen hier, viel mehr. Aber sie war auch nicht völlig frei gewesen in ihrer Entscheidung. Sie hatte ein kleines Kind, sie lebte bei ihrer nervigen Mutter, sie wollte da weg, und Martin war da und bereit, sie wegzuholen, und sie ließ sich wegholen von ihm. Er war ein netter, freundlicher, gutaussehender Mann in ihrem Alter, der einen gut bezahlten, damals noch angesehenen Job hatte, lieb zu ihrem Kind war und nicht trank. Er war eine vernünftige Entscheidung, und sie hat sie getroffen. Liebt sie ihn? Ja, sicher. Wollte sie noch mit ihm schlafen? Schon, halt nicht mehr so oft, aber das ist ja wohl normal, oder. War ja nicht lieblos, nur etwas sexlos vielleicht. Ihr machte das ja nicht so viel aus, solang alles andere stimmte. Ihm vielleicht mehr, so wie es gerade aussah.

Siehst du die?, flüstert Georg. Ja, natürlich sieht Heidi die. Diese deutschen Paare, vier, um genau zu sein. Offenbar eine Gruppe. Deutsche Männer und asiatische Frauen, sie sehen nicht kambodschanisch aus, eher Thai, oder vielleicht Koreanerinnen. Am ehesten Thai. Sie sind schon älter, auch die Frauen, nicht ganz so alt wie die Männer, und die Frauen sprechen alle ein makelloses Deutsch. Einer der Typen sieht richtig widerlich aus.

Heidi flüstert: «Das ist so einer, der seiner Frau die Bankomatkarte gibt, aber nicht den Code, sodass sie immer nur für fünfundzwanzig Euro einkaufen kann, genauso viel, wie man ohne Code bekommt.»

«Wie kommst du auf so was?»

«Ich habe einen Laden», sagt Heidi.

Wahrscheinlich vergiftet seine Frau ihn langsam. Hoffentlich vergiftet sie ihn, Heiliger, wie der mit ihr redet. Sie ist das offenbar gewohnt, es scheint sie nicht zu stören, oder sie lässt es sich zumindest nicht anmerken. Einer der Männer kauft in der Grenzstation Bananen von einer schönen jungen Frau, die damit herumgeht, mit einem irrsinnig süßen Kind im Schlepptau, zwei oder drei Jahre alt, das tanzt und lacht. Eine der Thaifrauen fragt ihn, wie viel sie genommen hat für die Bananen. Und empört sich dann: Was, wirklich, das ist ja viel zu viel! Sie sind echte Deutsche geworden, durch und durch. Auch ihre Kleider sind deutsch und ihre Haare und ihre Schuhe. Vielleicht ist ihnen das wichtiger als Liebe. Beziehungsweise, sie können es sich einfach nicht aussuchen. Beziehungsweise ist Liebe für'n Arsch, bringt einen nirgends hin, versorgt einen nicht im Alter und die Familie auch nicht. Wahrscheinlich ist Freundschaft letztlich wichtiger, die Menschen, die bleiben, wenn die Liebe vergeht.

DIE GRENZKONTROLLE VERLIEF problemlos und schnell, sie haben jetzt einen neuen Stempel im Pass, alle sind wieder in das Boot gestiegen, das nun weiterfährt. Georg hat sich in den klimatisierten Innenraum gesetzt. Heidi geht auch mal rein.

«Was liest du da?»

«Meinen Reiseführer. Den Teil über die Roten Khmer.»

«Fürchterlich.»

«Ja. Unvorstellbar.»

«Die Killing Fields. Was Menschen anderen Menschen antun.»

«Kaum auszuhalten.»

Er liest weiter. Er will nicht darüber reden.

«Wir müssen darüber reden», sagt Heidi.

«Über die Roten Khmer?»

«Nein, über Charlotte. Wo sie sein wird nachher.»

Das haben sie tatsächlich nicht. Unter anderem deswegen, weil Georg davon überzeugt war, dass Heidi sich um sie kümmern würde, weil sie es immer gemacht hat, weil sie immer wusste, wie das geht, wie man mit ihr umgeht, in so einem Schub, wenn die Krankheit akut zupackt. Weil sie das alles schon erlebt hat, weil sie die Anzeichen kennt, die Symptome, mit den notwendigen Maßnahmen vertraut ist. Sie kennt sich aus.

«Nicht in Berlin?»

«Ich glaube nicht, dass sie das kann. Sicher nicht so bald.»

«Dann bei dir erst mal?»

«Du meinst: bei mir, so wie immer?»

Oh, sie will streiten.

«Du sagst das, als wär's ein Problem», sagt Georg.

«Vielleicht, weil es das ist. Du tust so, als sei es allein meine Sache», sagt Heidi.

«Nein, das mach ich nicht. Dann wäre ich nicht hier.»

«Aber nachher. Nachher willst du es wieder mir umhängen. Das ganze furchtbare Gefühlsdurcheinander. Das Reden. Das Überzeugen. Ihr klarzumachen, dass sie was ändern muss, dass sie die Medikamente wieder nehmen muss, die sie hasst, von denen sie glaubt, dass sie taub und stumpf und dumm machen. Die Psychiatrie. Mit denen dort verhandeln, denen klarmachen, was geht und was nicht. Sich um all das kümmern und Charlottes ganzes Elend aushalten, das soll dann alles wieder ich machen. Das bleibt dann wieder an mir hängen.»

«Ich dachte, du willst das so.»

«Ach, du dachtest, ich will das? Du meinst, ich mach das gern, so hobbymäßig, so wie andere Hinterglasmalerei machen?»

«Ich bin jetzt hier, oder?»

«Ja, weil sie zufällig auch dein Kind ist, was du zum ersten Mal zu begreifen scheinst. Aber offenbar siehst du das nur als Phase an. Danach soll es weitergehen wie immer schon. Du gehst zurück in dein schönes Landleben, zu deiner anderen Familie, deiner intakten, und Heidi wird sich um alles kümmern. Die nimmt das ja alles gern auf sich. Der macht das ja Spaß, eine psychotische Tochter zu betreuen.»

«Wie ...»

Sie stand einfach auf und ging wieder hinaus ins Freie, in den warmen Fahrtwind. Ließ ihn sitzen mit seinen Einwänden, mit seinen Rechtfertigungen. Mit ein paar neuen Gedanken, die das in ihm freisetzte. Und mit ein paar neuen Sorgen.

DER KAMBODSCHANISCHE FAHRER hat ein breites Lächeln, schöne Zähne. Jules hat ihn organisiert, über einen Freund in Phnom Penh. Guter Jules, danke, Jules. Der Mann ist sehr freundlich, begrüßt sie überschwänglich. Heidi und Georg treffen ihn vor dem Hotel in Phnom Penh. Heidi ist müde, erschöpft, frustriert. Sie hat sehr schlecht geschlafen, nach der Ankunft in der neuen fremden Stadt, nach der langen, anstrengenden Reise. Ihr Nacken schmerzt und sie fühlt sich erkältet, sie hätte vielleicht doch nicht so lange im Fahrtwind des Bootes sitzen sollen.

Auch Georg hat nicht gut geschlafen. Verstörende Nachrichten von zu Hause. Die Polizei hatte in Leas alter Wiener Einzimmerwohnung, die sie an Flüchtlinge vermietet hatte, die Tür aufgebrochen – eingetreten, eingedrückt oder mit dem Rammbock rein – und einen der beiden Flüchtlingsburschen, die dort wohnten, verhaftet. Der war wohl illegal da und sollte jetzt nach Slowenien abgeschoben werden. Die alte Nachbarin Gerda hatte Lea angerufen: Die Einsatzpolizei war da!

In voller Kampfmontur waren sie gekommen, erzählte Lea, ein ganzer Mannschaftswagen. Sie marschierten ins Haus rein, klingelten an der Wohnungstür, und als die Flüchtlinge nicht aufmachten, riefen sie eins der Handys drin an, hörten es klingeln hinter der Tür und traten einfach die Tür ein. Traten sie ein? Ja, oder mit dem Rammbock, jedenfalls ist alles kaputt. Haben den einen, Enis, verhaftet, als wär er ein Verbrecher. Unten gehen derweil die Dealer vorbei und verticken Drogen an kleine Kinder, oben verhaften sie Flüchtlinge. Die fackeln nicht mehr, hatte Lea gesagt. Die machen Nägel mit Köpfen. Die wollen jetzt allen zeigen, wer jetzt das Sagen hat. Ich mach mir Sorgen. Lea schickte ihm ein Foto von der eingedrückten Tür mit dem herausgerissenen Schloss, das ihr Gerda gewhatsappt hatte.

Musst du was tun, fragte Georg. Lea sagte, Gerda kümmere sich darum. Immerhin, Lea spricht mit ihm, das Schicksal der Flüchtlinge, die Wut über diesen Einsatz und das, was ihrer Tür angetan wurde, lenkt sie aber von ihrem Ärger über ihn ab. Dennoch. Es ist sehr beunruhigend. Diese Regierung zeigt jetzt, was sie vorhat und gegen wen. Wenn das so weitergeht. Er macht sich auch Sorgen, es ist alles sehr beunruhigend.

Und dann ist der Morgen schon schwül in Phnom Penh, die Luft ist schlecht. Jede Straße ist von Autos und Tuk Tuks, diesen Mopedrikschas, verstopft. Heidi wünscht sich, sie wäre zu Hause, in ihrer stillen Wohnstraße, auf ihrem weichen, sicheren, sauberen Sofa, in Martins Arm, neben ihr Lukas, der irgendwas mit seinem Phone macht. Sie müssen endlich Lotte finden, sie will nach Hause.

Der Fahrer sagt, er heißt Jim. Der heißt ganz bestimmt nicht Jim, denkt Georg, er ist es nur leid, doofen Touristen seinen echten Namen zu buchstabieren, wieder und wieder. Hundertprozentig heißt er nicht Jim.

Jim deutet in eine Richtung, da um die Ecke steht sein Wagen. Er spricht deutsch, er hat eine Zeitlang in Ostdeutschland gelebt, hat dort Kfz-Mechaniker gelernt. Heidi sagt, dass er immer noch ganz toll deutsch spricht, Georg sagt, wirklich super. Jim scheint sich darüber zu freuen,

«Ich hatte auch einmal eine Autowerkstatt, aber es hat nicht gereicht, leider, mit dem Geld.»

«Ach, das ist schade.» Georg weiß nicht so recht, was er sagen soll. Schade, was für ein blödes Wort.

«Fahren Sie öfter Leute durch Kambodscha?»

«Ja, ich fahre Touristen, davon kann ich gerade leben. Und mein Kind versorgen und meine Eltern. Die Eltern sind krank. Das Kind habe ich allein. Es ist sehr schwer.»

«Wirklich, ganz allein?»

«Ja, ganz allein. Die Frau ist weggegangen. Es ist schwer, mit dem Kind, mit der Arbeit.»

Er zaubert ein Foto von seinem Kind aus dem Seitenfach und gibt es Georg. Es ist ein sehr hübsches Kind mit strubbeligen Haaren, es steht unter einer Palme, an der Hand einer älteren Frau, und es lächelt.

«Sehr süß, wie alt?»

«Sieben Jahre alt. Heißt Lenny.»

«Wo ist Lenny, wenn Sie fahren?»

Jim erzählt, dass das Kind bei seiner Mutter ist, obwohl die krank ist, er lebt sonst allein mit seinem Sohn, seine Frau ist nicht mehr da. Sie hat ihn und Lenny verlassen, er muss sich ganz allein kümmern. Es ist schwer, weil er so oft nicht da ist, manchmal mehrere Tage, wenn er Touristen herumfährt.

Er nickt es lächelnd ab, als Heidi und Georg ihm später erklären, warum sie hier sind, dass sie keine Touristen sind: Ja, natürlich. Für ihn sind sie Weiße, die sich von ihm in seinem Auto durchs Land chauffieren lassen, ist gleich: Touristen. Wieder steigen sie in einen Toyota, einen kleinen Kombi, etwas verbeult, aber sauber und klimatisiert. Sein Auto? Jim antwortet ausweichend. Er lässt sie beide hinten einsteigen, Georg will höflich sein und vorne neben ihm sitzen, aber Jim macht keine Anstalten, den Beifahrersitz freizuräumen, auf dem Zeitschriften und eine große Tasche liegen. Der Verkehr in Phnom Penh ist furchtbar, ganz anders als in Saigon, hier fließt nichts, hier steht alles. Es gibt viel mehr Autos und diese Tuk Tuks, alle blockieren sich gegenseitig, nur die Mopeds schlängeln sich dazwischen durch und ein paar lebensmüde Radfahrer.

Heidi stellt fest, dass es ihr in Saigon irgendwie besser gefallen hat, obwohl Phnom Penh kleiner ist und übersichtlicher. Aber sie hat sich gefürchtet, am Abend davor, die Gassen sind viel dunkler, viele der Seitengassen unheimlich unbeleuchtet. Viel weniger Leute auf der Straße, sie fühlte sich unsicher, drückte ihre Tasche sehr fest an sich. Sie gingen nur um die Ecke in ein Lokal, das ihnen Hermann empfohlen hat, als Georg ihm schrieb, dass sie nach Phnom Penh müssen. Er war hier natürlich auch schon mal, er hat ihnen auch das Hotel empfohlen, in dem sie wohnen. Das Restaurant heißt Friends, ein Sozialprojekt, in dem Straßenkinder eine Ausbildung bekommen. Soweit ich weiß, ist der Manager ein Österreicher, schrieb Hermann, war immer voll, aber ihr könnt es ja probieren. Man isst auch gut, Khmer Kitchen, sehr angenehm. Hermann hatte dann auch von sich aus dorthin geschrieben und sich bei diesem Österreicher nach Lotte erkundigt, aber dort wusste keiner was, konnte sich keiner an ein rothaariges Mädchen erinnern. Zeigt den Leuten dort trotzdem die Fotos von Lotte, hatte Hermann gesagt, auf jeden Fall.

Aber dann wurde gleich schon die Straße anders als alles, was sie bisher gesehen hatten, kaum, dass sie um eine Ecke bogen, ein warm beleuchteter Boulevard zwischen gepflegten zweistöckigen Häusern. Es sah ein bisschen nach New Orleans aus, oder so, wie sich Georg New Orleans vorstellte. Unten kleine Läden, Bars und Restaurants mit englischen Namen, mit Tischen auf der Straße, überall saßen junge Leute. Vor einem der Häuser ein langer, ornamental aus Ziegeln gemauerter Zaun, davor Garküchen und Plastiktischchen und Stühlchen, aber selbst die sahen ordentlicher aus als alles, was sie bisher gesehen hatten. Gitarrenklänge schwebten in der Luft, Popmusik, Georg fühlte sich sofort: nicht zu Hause, aber auch nicht wie ein totaler Alien. Oder Eindringling. Er fühlte sich wohl hier. Hier könnte er es aushalten. Diese Straße war weniger fremd als alles, was sie bisher gesehen hatten. Auch Heidi wurde wieder lockerer, fürchtete sich weniger hier, in diesem Licht. Sie fanden schnell das Restaurant, das groß, bunt, laut und voller junger Menschen war. Gruppen aus Weißen und Asiaten drängten sich um die Tische, fröhliche junge Menschen, die meisten sahen wie Studenten aus, wie Rucksacktouristen. Sie hatten beide die leise Hoffnung, Lotte würde an einem dieser Tische sitzen. Aber wenn Lotte wirklich so froh und öffentlich rumsitzen würde, dann hätte sie auch angerufen und gesagt, wo sie ist, dann hätte sie keine Probleme und würde keine machen, dann wäre sie eine ganz normale junge Frau auf einer Reise, nicht eine schwer berechenbare psychisch Kranke auf der Flucht. Auf der Flucht vor ihrer Realität, vor ihren Eltern, vor ihrer Krankheit, vor den Medikamenten und ihren Nebenwirkungen. Und vor einer Gesellschaft, die sie zur Kranken erklärte und unbedingt heil machen wollte, reparieren, geradebiegen, damit sie wieder, wie es Lotte einmal gesagt hatte, störungsfrei tickte und funktionierte wie alle anderen, damit sie nicht unangenehm auffiel unter all den Funktionierenden.

Sie bekamen einen kleinen Tisch gleich nach dem Eingang, eine freundliche ältere Kambodschanerin brachte Gläser mit Eis vorbei. Ein österreichischer Manager war nirgends zu sehen. Die Speisekarte war bunt und in Englisch, Heidi wählte ein Reis-Gemüse-Gericht mit Ananas, Georg bestellte Amok mit Huhn.

«Amok? Was ist das denn?»

«Ich habe gelesen, es sei das Nationalgericht, eine Art Curry.»

«Seltsamer Name für ein Essen, Amok.»

«Ja, ich glaube, man spricht es anders aus, man betont es auf der zweiten Silbe: AmOK.»

«Wir sollten uns umhören», sagte Heidi.

«Ja», sagte Georg.

«Kannst du?», fragte Heidi. «Ich bin so erschöpft.»

Sie war ganz klein und geknickt, er konnte nicht genau sagen, wie viel davon echt war, aber falls es gespielt war, war es gut gespielt. Nichts Niedliches war jetzt an ihr, nur Niedergeschlagenheit und Resignation.

Georg seufzte und sagte: «Okay, ich mach das.»

Und sie sah ihm zu, wie er von Tisch zu Tisch ging. Er lächelte die Leute an, sie lächelten zurück und hörten ihm zu. Heidi dachte: Er ist sicher ein guter Wirt, er kann das, er weiß, wie man mit Leuten umgeht. Die Leute an den Tischen blickten interessiert auf sein Handy, das er ihnen hinhielt, schauten und schüttelten den Kopf. Als er ganz hinten an einem Tisch gerade das Bild zeigte, kam Bewegung in die Leute, Heidi riss es, hatten sie Lotte gesehen?, aber dann hielt Georg das Handy, das offenbar geklingelt hatte, an sein Ohr, horchte hinein, starrte über den Tisch und her zu Heidi, mit aufgerissenen Augen, dankte zugleich nickend den Leuten am Tisch und kam zurück zu ihr, während er ins Handy sprach:

«Yes, okay, yes, thank you», er setzte sich, «okay, we will, thank you so much, thanks a lot.»

Heidi hielt es kaum aus, bis er fertig gesprochen hatte.

«Was ist?»

Er bedeutete ihr, abzuwarten, gleich, sofort.

«Sie ist in Battambang», sagte er, als er aufgelegt hatte.

«Wo ist das», sagte Heidi, «und wer sagt das?»

«Jules», sagte Georg, «und ich weiß auch nicht, wo das ist. Offenbar hat Jules' Herumfragerei schließlich gefruchtet, er hat einen Anruf bekommen, da sei ein rothaariges Mädchen mit einem blonden jungen Mann, sie wurden bei oder in einem Tempel gesehen, mit Mönchen, so genau wusste Jules es nicht. Sie sprachen Deutsch, sie waren komisch drauf, besonders das Mädchen, irgendwas stimme nicht mit ihr.»

«Was stimmte nicht? Wirkte sie krank?»

«Jules sagte, sie war irgendwie strange oder weird oder so was. Mehr weiß ich auch nicht.»

«Okay ...»

«Es klingt auf jeden Fall nach Lotte. Ich glaube, es ist Lotte. Er sagt, wir sollen mal hinfahren.»

«Wir fahren hin?»

«Ja, wir sollen mal hinfahren in dieses Battambang, und Jules versucht inzwischen, mehr rauszukriegen. Er hat uns schon einen Fahrer organisiert.»

«Echt? So hilfsbereit.»

«Der Fahrer holt uns morgen früh ab, und wir fahren mit ihm dahin. Er schickt mir eine E-Mail oder eine Whatsapp mit den Details.»

«Gut. Vielleicht ...»

«Ja.»

«Gott, ich bin nervös. Ist es weit bis ... Wie heißt der Ort?»

«Battambang.»

Die Frau kam mit dem Essen, stellte die Teller vor sie hin, buntes, glänzendes Gemüse auf dampfendem Reis vor Heidi, Reis mit Fleischstücken und einer gelblichen Soße vor Georg.

«Ich weiß nicht, wie weit es ist», sagte Georg. «Aber offenbar erreicht man es in ein paar Stunden. Wir schauen nach, wenn wir im Hotel sind.»

«Ja. Vielleicht finden wir sie morgen Abend.»

«Ja, hoffentlich. Hoffentlich finden wir sie endlich.»

«Ich wäre so froh.»

«Ich auch.»

Sie sind erschöpft. Sie sind hungrig. Das Essen kommt und ist gut, aber sie merken es kaum. Sie reden nicht mehr, es ist alles zu anstrengend. Es gibt Hoffnung, immerhin, ein bisschen.

Am Tisch ihnen gegenüber sitzen ein paar junge Leute, eine Familie und ihre Freunde, Hipster, alle sehen richtig gut aus, jung, lässig, unkompliziert. Sie scheinen sich hier auszukennen, sind schon länger da, vielleicht wohnen sie hier. Das Paar hat ein kleines Kind, er könnte von hier sein, Kambodschaner, Asiate jedenfalls, sie hat helle Augen und blondes, zu einem Zopf geflochtenes Haar. Beide vielleicht Mitte zwanzig, sie wirken sehr verliebt. Das Kind ist ein Jahr oder so, es wird in einem Hochstuhl von seinem Vater gefüttert. Geplauder, Gelächter, sie schäkern mit dem Kind, das gluckst und kichert, und Heidi denkt daran, wie das war, in den ersten Monaten, den Monaten, nachdem Charlotte zu schreien aufgehört hatte und sie für kurze Zeit auch so eine unkomplizierte kleine Familie waren. Oder zumindest so aussahen. Sie bemerkt, dass auch Georg die Familie sieht, während er sein Amok löffelt.

«So waren wir auch mal», sagt Heidi.

Georg löffelt weiter. Und schaut sich die Leute weiter an.

«Nein. So waren wir nie.»

Es klingt bitter, und Heidi weiß, was er meint, und er hat recht. Die hier haben die Chance auf eine gemeinsame Zukunft. Die hier wollen das, beide, unbedingt. Die sehen aus wie Komplizen, wie Leute, die das gleiche Ziel haben, eine gemeinsame Zukunft, ein Heim, mehr Kinder, mehr Liebe. Trotzdem. Die Zeit. Sachen passieren. Dinge ändern sich. Gehen kaputt. Wie die wohl aussehen werden in zwanzig Jahren, denkt Heidi, wie es denen gehen wird. Ob die das alles überstehen werden, ob die noch zusammen sein werden und zusammen verreisen, immer noch eine glückliche Familie, vielleicht werden sie noch mehr Kinder bekommen. Ganz anders als sie. Ganz anders als Charlotte, Heidi und der Fremde, der ihr gegenüber sein Amok mit Huhn löffelt, ganz anders.

UND DA SITZEN SIE JETZT, in Jims Auto, auf dem Weg nach Battambang. Georg rechts, Heidi links. Jim erzählt über die Gegend, er weiß enorm viel, über die Leute hier, wovon sie hier hauptsächlich leben, über das Schulsystem, über die Armut, selbst über die Straße, auf der sie gerade fahren, wann sie gebaut wurde, wieso. Jim kennt sich sehr gut aus, sie haben ihm das schon gesagt, er hat gesagt, er liest viel, er kommt rum. Jules hat Georg in einer Whatsapp angedeutet, dass Jim als Jugendlicher in einem Lager der Roten Khmer war, aber als Georg auf das Pol-Pot-Regime zu sprechen kommt, sagt Jim nichts dazu, und Georg lässt das Thema fallen und fragt nicht nach.

Heidi mag jetzt nicht reden. Sie möchte zum Fenster hinausschauen. Sie muss darüber nachdenken, wie sie mit Charlotte reden, was sie ihr sagen will, wenn sie sie endlich sieht. Und wie es Charlotte gehen wird. Verwirrt, verstört, merkwürdig, ganz bestimmt. Uneinsichtig vermutlich und störrisch. Sie wird so tun, als sei nichts, als gehe es ihr gut. Als sei sie gesund. Sie würde es gerne ohne Medikamente schaffen, Heidi versteht das ja. Die Nebenwirkungen sind brutal. Sie machen sie müde, lassen sie zunehmen, von einem Medikament bekam sie Ausschlag am ganzen Körper. Wahrscheinlich hat Lotte ihre Tabletten in einer feierlichen Zeremonie verbrannt, es wäre nicht das erste Mal. Deshalb hat ihr Heidi neue Medikamente mitgebracht, hat sie bei der Psychiaterin besorgt, bei der sie damals mit Charlotte war, jahrelang. Charlotte jeden Dienstag, Heidi kam alle paar Wochen mal mit. Heidi hatte ihr am Telefon das Problem auseinandergesetzt, und die Ärztin lud sie ein, gleich am Nachmittag in der Praxis vorbeizukommen. Sie hatte das Wartezimmer ein bisschen renoviert, seit Heidi das letzte Mal da gewesen war, und ihr Haar hatte seine Farbe geändert in den sechs oder sieben Jahren, von schwarz zu grau. Sie bat Heidi in ihr Behandlungszimmer und bot ihr den Stuhl am Schreibtisch an, nicht das Sofa, auf dem sie früher mit Charlotte gesessen hatte.

Als Charlotte sechzehn war, nicht lange vor der Messersache, wusste Heidi irgendwann nicht weiter. Alles Reden, Verhandeln, Weinen und Betteln hatte nichts genutzt. Charlotte hatte es sogar versucht zwischendurch, hatte versucht, es Heidi recht zu machen, ein Teil der Familie zu sein, so wie Heidi es sich wünschte, aber es haute nicht hin. Sie riss immer wieder aus, zerlöcherte das schöne Idyll stets aufs Neue. Die Abmachungen wurden immer schlampiger eingehalten, dann nicht mehr. Sie kiffte und trank, sie kam oft in einem Zustand heim, der Heidi und Martin mehr elend und ratlos denn wütend zurückließ. Was stimmte nicht mit diesem Kind? Wieso war sie so auf Selbstzerstörung aus? Wollte sie sich wirklich ruinieren? Schließlich schrieb Heidi Charlotte einen Brief, in dem sie ihre Bedenken, Ängste, Sorgen auflistete, sie schrieb auch, dass sie Charlotte sehr liebe und sich wünsche, dass es ihr gut geht, viel besser geht. Sie bot ihr jede Unterstützung an. Sie legte ihr noch einmal die Gründe dar, warum Charlotte dringend ihr Leben, ihre Richtung ändern sollte, zählte aber auch auf, was passieren würde, wenn sie es nicht tat, samt der möglichen Sanktionen. Heidi fand, es sei ein sehr klarer, vernünftiger Brief von einer Erwachsenen zur anderen, liebevoll und ernst. Sie legte den Brief auf Charlottes Bett, wo sie ihn früher oder später finden würde. Heidi war nicht zu Hause, als Charlotte den Brief fand, öffnete und las und darüber so wütend wurde, dass sie ihn anzündete. Oder vielleicht fühlte sie sich einfach verfolgt von Heidi, wurde panisch. Das Bett fing Feuer, zwei Kissen, die Daunendecke, das Feuer erfasste die Plakate an ihrer Wand. Sie kam, alarmiert von Lukas, gerade rechtzeitig nach Hause, um alles zu löschen mit dem Feuerlöscher, den sie in einem der Schränke verstaut hatte, neben dem Staubsauger, und ihr Kind zu retten, ihr Haus, ihr gemeinsames Leben.

Und letztlich nützte der Brief vielleicht doch etwas: Nach dem Feuer konnte Charlotte sich nicht mehr gegen professionelle Hilfe wehren. Sie ging mit Heidi zu der Therapie, der Psychiaterin, die Heidi gefunden hatte. Es hielt die Katastrophe nicht auf.

Die Tatsache, dass Heidi wieder bei der Therapeutin war, dass alles wiedergekommen war, die Krankheit, die Sorgen, die Angst vor der Zukunft, drückte Heidi zu Boden. Die Tränen kamen schon, als sie sich hinsetzte. Die Ärztin schob die Kleenexbox sanft ein paar Zentimeter in ihre Richtung. Hier waren Heidis Tränen am richtigen Ort, hier fanden sie Resonanz, hier bekam sie das Verständnis, das ihr zustand. Das Verständnis, von dem sie hier erst gelernt hatte, dass es ihr zustand – davor hatte sie Schuld und Scham geplagt. Heidi weinte ein bisschen, dann erzählte sie, was geschehen und was nun der Plan war. Die Ärztin hörte ihr zu. Sie sagte ihr nicht, dass alles gut werde, dafür war sie zu erfahren.

Und zu seriös. Aber sie schrieb ihr Medikamente auf, die sie brauchen würde – ein neues Medikament für Charlotte: Es gibt da jetzt etwas, mit dem sie nicht zunimmt, das war doch immer ein Problem für sie, Abilify, ich schreib's Ihnen auf, andere Patienten machen gute Erfahrungen damit. Sie sagte ihr, was sie sagen und tun könnte, wenn sie Charlotte fand, wie sie das Gespräch eröffnen könnte, was für Worte, was für Themen in der Situation beruhigend wirken würden, wie sie vielleicht ihr Vertrauen zurückgewinnen konnte, das Charlotte vermutlich irgendwo auf dem Weg dorthin, wo sie jetzt war, verloren hatte. Mit welchen Sätzen sie Charlotte Hilfe anbieten könnte, eine Hilfe, die Charlotte dann hoffentlich auch annehmen würde können. Sie sagte: Alles Gute. Sie sagte: Rufen Sie mich an, wenn Sie Unterstützung brauchen, ich gebe Ihnen meine Handynummer, Moment. Sie sagte: Sie schaffen das.

Heidi erinnert sich an die Zeiten der Therapien und an die Zeiten davor, als sie manchmal so wütend auf ihr Kind war, dass sie sie nicht mehr in den Arm nehmen konnte. Und jetzt wünscht sie sich nichts mehr als das: Charlotte in den Arm nehmen zu können, sie festzuhalten, ihr zu sagen, dass sie sie liebt, dass alles gut wird, dass sie sie so sehr liebt.

Immer noch fahren die Mopeds am Rand, aber hier gibt es jetzt mehr Fahrräder. Es sind vor allem Kinder auf Fahrrädern, die viele Kilometer die Straße entlangfahren in die Schule und wieder nach Hause. Heidi berührt der Anblick. Sie sehen alle so proper aus, in ihren blau- oder schwarzweißen Schuluniformen, das Weiß immer so strahlend, als sei es frisch in Heidis Waschmaschine gewaschen worden, mit Hightechwaschpulver. Aber sie hat vom Boot aus Frauen gesehen, die Wäsche in dem schmutzigen Wasser des Mekong wuschen, und sie sah die Kleidung an Bügeln an den Veranden der Häuser hängen, und sie sieht sie jetzt unter den Stelzenhäusern, an denen sie jetzt vorbeifahren, fast alle Häuser stehen hier auf Stelzen, im Schatten darunter sitzen und arbeiten Menschen. Der Fluss, an dem sie entlangfahren, ist völlig verschmutzt, Plastiktüten, Becher und Styroporbehälter schwimmen darin und bedecken die Ufer so dicht, dass dort nichts mehr wächst. Auch die Felder, an denen sie vorbeifahren, sind mit Müll übersät, und am Rand leuchten die Kinder auf ihren Rädern.

SO SCHÖN, DIESER LOTUS, sagt Georg, so eine schöne Pflanze, perfekt. Aber all der Abfall dazwischen, flüstert Heidi, es ist eine Schande. Ein so schönes Land, so verdreckt. So schöne Menschen, und sie müssen so armselig leben, es ist ungerecht. Sie fahren an einer Anlegestelle vorbei, wo gerade Kinder aus einer Fähre aussteigen, Schulkinder, zehn-, elf-, zwölfjährig und ein bisschen älter, Mädchen und Buben, mit Fahrrädern, alle in diesen Schuluniformen. Sie lachen und unterhalten sich, sie tragen Rucksäcke und schieben ihre Fahrräder von der Fähre, ein paar radeln schon davon, manche mit einem zweiten Kind auf dem Gepäckträger. Kein Kind sieht unglücklich aus oder arm. Georg denkt an seine eigenen Kinder, an die Markensachen, die sie und ihre Freunde tragen. Nintendos im Kindergarten und Smartphones schon mit fünf oder sechs. Man kann hundertmal sagen, dass man es mit den eigenen Kindern anders macht, irgendwann sind es die Kinder, die beschließen, dass sie das auch brauchen.

Georg hatte mit Maya lang darüber debattiert. Maya ist ein vernünftiges Kind, sie hat einen starken Gerechtigkeitssinn, den hatte sie schon mit fünf. Das bezog arme Leute ein, Bettler auf der Straße in der Stadt, Umweltschutz, vor allem Tiere. Sie würde das alles hier nicht gut ertragen, es würde sie quälen, dass sie nichts gegen die Armut hier tun kann, dass niemand was tut. Georg denkt an seine süße, kleine Tochter, er hat furchtbare Sehnsucht nach ihr. Mit sieben wurde Maya Vegetarierin und blieb es. Aber als es um ein Smartphone ging, war sie hart: Sie wollte nicht die Einzige sein, die keins hatte, sie ließ sich das von Lea und Georg nicht als Alleinstellungsmerkmal verkaufen oder als rebellischen Widerstandsakt. Sie wollte ein Smartphone wie alle anderen Kinder, und zwar ein Iphone, keine halben Sachen. Sie fing an, bei den Großmüttern um Geld zu betteln, schrieb ihre Argumente für ein eigenes Iphone in ihrer ordentlichen Kinderschrift auf Listen. Ihre Eltern ließen sich schließlich von ihrer Achtjährigen überzeugen, die kein Hipster-Freak-Kind sein wollte, vor allem: nichts Besseres als die anderen Kinder. Genau so erklärte sie es ihren Eltern: Ich will den anderen Kindern nicht sagen müssen, ich hätte ein Handy nicht nötig, dann glauben sie, ich sei ein Snob. Wieso ein Snob, du bist ein Wirtskind aus dem Dorf, du bist kein Snob. – Aber ihr seid's aus der Stadt.

Sie schenkten ihr ein Smartphone zu Weihnachten. Kein Iphone. Sie war enttäuscht, bemühte sich aber, es nicht zu zeigen. Sie ist ein nettes Kind. Sie erklärten ihr, warum es kein Iphone war: Weil sie nicht wollten, dass ein Schulkind so etwas Teures mit sich herumträgt, etwas, dessen Verlust bitter wäre, auch finanziell, und zu Kummer und Ungemach und Tränen und schlechtem Gewissen führen würde, etwas, auf das diese Achtjährige deshalb die ganze Zeit aufpassen musste, das permanente Aufmerksamkeit verlangte, das sie gefangen nahm. Ich möchte, dass du unbeschwert herumgehen und spielen kannst, sagte Georg, du sollst nicht immer Angst haben, etwas Wichtiges zu verlieren. Du bist noch ein Kind. Du sollst so eine Verantwortung nicht tragen müssen. Sie heuchelte Verständnis, aber sie liebte dieses Smartphone nie. Und das fand Georg letztlich okay: Sie sollte ihr Smartphone nicht lieben. Sie sollte ihre kleinen Brüder lieben, ihre große Schwester, ihre Eltern, ihre Freundinnen und ihre Freunde. Ihre Großmütter, das Leben, das sie führen durfte, das Land um sie herum. Nicht ein Smartphone. Vielleicht war das der Grund, wieso er dann beim Hund viel schneller nachgab: Der Hund war ein Lebewesen. Ein Hund ja. Es war okay, einen Hund zu lieben.

Jetzt sieht er diese Kinder: Es ist unwahrscheinlich, dass sie mit ihren Eltern solche Diskussionen führten, solche Luxusdebatten. Oder vielleicht haben sie auch Diskussionen, aber es geschieht bestimmt auf einem anderen, existenzielleren Niveau. Er hat ein schlechtes Gewissen. Hat er hier permanent. Die Schuluniformen rühren ihn. Weil sie vermutlich alle arm sind, und die Uniformen überspielen einfach den Grad der Armut, den sie aber vermutlich an ihren Schulrucksäcken ablesen, an ihren Schuhen, ihren Fahrrädern. Und an ihren Handys vermutlich auch. Letztlich kann man soziale Unterschiede nicht mit Kleidung egalisieren und wegradieren, man kann sie nur ein wenig verstecken. Er fühlt sich wie ein Narr. Ein reicher naiver Narr, der sich diese Naivität leisten kann, die Rührung, die ihn überfällt, wenn er hier durchs Land reist, mit seiner ebenfalls reichen Ex-Frau, auf der Suche nach seiner reichen, verwöhnten Tochter. Krank und bedauernswert, ja, aber trotzdem verwöhnt. Er ist vielleicht nicht so ein Narr wie die reichen Amis, die dafür zahlen, dass sie in Waisenhäusern Kinder streicheln dürfen, damit es ihnen selbst besser geht. Und er ist vielleicht nicht so zynisch wie die, die das nur tun, um dann die Fotos auf Instagram zu stellen und sich selbst als empathische Wohltäter zu stilisieren. Für Jim, denkt Georg, ist der Unterschied vermutlich nur graduell. Für Jim sind sie im Prinzip alle dasselbe, reiche weiße West-Arschlöcher.

Da, wo sie leben, sind sie nicht reich, alles andere als das. Lea und er, sie leben im Rahmen ihrer Möglichkeiten, eher bescheiden im Vergleich zu einigen Nachbarn. Aber das hier? Wie würde er mit einer solchen Armut umgehen, wie Lea? Ist es anders, wenn man hineingeboren wird, in ein Land, in dem die meisten arm sind? Diese Wellblechhütten, der Schmutz, der Gestank, der Mangel an allem, diese deprimierende Umgebung, diese Armut: Wie hält man das aus? Die Menschen, die er hier sieht, die halten es offenbar aus, irgendwie. Wenn es keine Alternative gibt oder jede Hoffnung auf eine Alternative verdunstet ist, hält man es offenbar trotzdem aus.

Es ist etwas, was ihn immer wieder bedrückte, wenn er Nachrichten las, was für schreckliche Dinge manche Menschen ertragen müssen. Und tatsächlich irgendwie ertragen. Er hat über das Pol-Pot-Regime gelesen, Millionen Menschen zu Tode gequält, gefoltert und grausam ermordet vor den Augen der Menschen, die sie liebten. Er hat über syrische Gefängnisse gelesen, Straflager, Folterlager, wo Menschen zwölf, vierzehn Stockwerke tief eingekerkert sind und auf jede erdenkliche Art misshandelt werden, und irgendwie halten sie es aus, die meisten. Sterben nicht einfach. Manchmal stirbt einer, aber das fällt meistens nicht ins Gewicht, meistens erfährt man darüber gar nichts, außer er hatte Freunde im Westen, wie der Fotograf, über den er kürzlich in der Zeitung las. Offenbar bringen sich die meisten nicht um. Wie geht das, wie macht man das? Wie überlebt man das, und wieso? Hat man immer Hoffnung, dass es wieder besser wird? Dass man hier – was immer dieses Hier ist – irgendwie rauskommt?

Dieses Hier, durch das er jetzt fährt, voller Menschen, die trotz allem irgendwie leben, lachen, weitermachen: Gewöhnt man sich daran oder lebt dann in dem ständigen Wunsch, in der unerschütterlichen Gewissheit, dass man sich irgendwann befreien wird, sich daraus und über das erhebt – durch Fleiß, Hilfe, Glück? Durch Zufall, durch ein Wunder, das einen hier rausholen und in eine bessere Zukunft schießen wird? Aber was ist, wenn man plötzlich begreift, dass das nicht passiert und nie passieren wird? Passiert das allmählich oder plötzlich, und wie übersteht man das? Lässt die Hoffnung langsam nach oder verschwindet sie sofort? Überträgt man sie an einem gewissen Punkt einfach auf wen anderen: auf die Kinder zum Beispiel? Oder hat man einfach immer weiter Hoffnung, auch wenn einem in Wirklichkeit klar ist, dass es völlig aussichtslos ist? Was ist besser: Durchhaltevermögen oder Resignation? Vielleicht muss man Kinder haben oder sonst wen, für den man weiterhoffen kann, stellvertretend. Auf den man seine eigene Zuversicht, dass das Leben besser wird, übertragen kann, wenn man selber aufhört, daran zu glauben. Irgendwer anderes kann es haben, anstelle von einem selbst.

Georg begreift, dass er so nie gedacht hat, dass er so nie denken musste. Er wünscht sich nie, dass es seine Kinder einmal besser haben sollen als er. Es reicht ihm aus, wenn sie es gleich gut haben, wenn es ihnen nicht schlechter geht als ihm und Lea jetzt. Wenn es ihnen schlecht geht, wie jetzt Lotte, dann stellt er sich auf die Beine, um das Gleichgewicht wiederherzustellen, um das Problem in Ordnung, die Verhältnisse wieder in die Balance zu bringen. Aber diesen Druck, dass er seinen Kindern ein viel besseres Leben ermöglichen muss, den spürt er nicht. Was ist denn ein besseres Leben? Garantiert es ihnen mehr Geld oder Luxus, wenn sie – anders als Lea und er – ein Studium abschließen? Nein, tut es nicht, und falls sie dadurch doch mehr Geld verdienen sollten, heißt das auch nicht, dass sie dann glücklicher sind. Er glaubt nicht, dass Erfolg zwingend glücklich macht und überhaupt: Was ist das, ein erfolgreiches Leben? Er hat seine eigenen Erfolgsparameter, sein eigenes Glück. Seine Kinder brauchen für ihr Glück nicht erfolgreich zu sein, nicht besser ausgebildet, nicht wohlhabender als Lea und er. Er kann, er darf ohne diesen Druck zum besseren Leben leben, er darf leben, wie er will, und während er durch diese Armut fährt, diese Dörfer, diese Barackenslums, spürt er sein Privileg. Dass er seines Glückes Schmied nicht mehr sein muss und dass er dabei nicht an Grenzen stoßen muss, an eigene oder soziale oder an Landesgrenzen, und das macht ihn stumm. Er braucht nicht so viel Hoffnung, muss die Energie für diese Hoffnung nicht aufwenden. Er kann es sich leisten, keinen Glauben zu haben. Vielleicht übersteht man so ein Leben nur mit diesem Glauben, mit Religion, mit Göttern, die einem helfen, die Realität anzunehmen, zu überstehen, weiterzuhoffen.

Vielleicht genau deshalb versteht er später auch Jims Zorn. Jim geht ihm auf die Nerven. Immer wieder fängt er während der Fahrt von seinem Kind an, von seiner treulosen Frau, von seinen kranken Eltern, von seinen Problemen. Heidi findet ihn übergriffig. Er erzählt viel Persönliches, zu viel, findet Heidi. Er hascht nach Mitleid, mit einem klaren Ziel: Sie sollen ihm helfen, etwas von ihren Reiche-weiße-Menschen-

Privilegien soll für ihn abfallen, Geld, Hilfe, Unterstützung, was auch immer, er nimmt, was er kriegen kann, und er kämpft dafür. Georg findet, sie bezahlen Jim für diese Fahrt, und zwar gut, sie haben das mit Jules besprochen, sie wollen hier niemanden ausbeuten. Jedenfalls Georg nicht. Nein, Heidi auch nicht. Aber Jim ist es zu wenig. Jim lässt sie das spüren, in jeder Geschichte, die er erzählt, von der Frau, die zurückgegangen ist nach England und dort einen Engländer geheiratet hat, und den Sohn hat sie bei ihm gelassen, und er muss sich um das Kind kümmern, jeden Tag. Wo war der Sohn jetzt? Bei Jims Mutter, die eigentlich krank ist und sich um seinen behinderten Vater kümmern muss. Jim muss sie alle über Wasser halten. Er erspart seinen Fahrgästen sein Leid nicht. Er hängt ihnen sein Leid um, mit der Verzweiflung des Untergehenden. Sie haben vielleicht ein Rettungsboot für ihn oder auch nur einen Rettungsring. Er will, er kann nicht riskieren, dass dieser Rettungsring davonschwimmt, weil er zu höflich oder zu zurückhaltend ist, um danach zu fragen. Zu greifen. Er macht Druck, sehr.

Heidi erträgt das immer weniger. Sie hat Mitleid mit ihm, ja, aber sie hat auch ihr eigenes Leid, dessentwegen sie hier ist, sie will nicht auch noch Jims Leid, sie kann nicht noch mehr Leid brauchen, selbst dann nicht, wenn ihres vergleichsweise überschaubar ist. Ist ihr Leid, ihre Sorge denn weniger wert, weil sie eine weiße Frau ist, weil sie aus einem reicheren Land mit einem besseren Sozialsystem kommt, weil sie es sich leisten kann, sich von Jim durch sein Land fahren zu lassen? Nein, ist es nicht. Sie findet nicht, dass ihr Leid deswegen kleiner ist und minder, dass es weniger ernst zu nehmen ist als Jims Armeleuteleid. Sie sorgt sich um ihr Kind, genau wie er. Ihre Sorge ist nicht weniger edel als seine, ihre Angst nicht minder grausam. Ja, ihre Mittel, ihre Möglichkeiten sind größer als seine. Ihr Leid ist deswegen nicht kleiner. Genau wie er hat sie das Recht, angstvoll und deprimiert zu sein, auch wenn es ihr im Vergleich viel besser geht, auch wenn sie wohlhabender und geschützter und sicherer und privilegierter ist, in diesem reichen, mächtigen Deutschland. Aber das alles ist irrelevant in ihrer Situation, in diesem Moment, in der Panik, die sie packt, wenn sie an ihr krankes Kind denkt, aber das versteht Jim nicht.

Muss er nicht. Aber sie muss auch kein schlechtes Gewissen haben.

Sie spricht mit Georg darüber, als sie kurz haltmachen, damit sie aufs Klo gehen und Georg eine Zigarette rauchen kann.

«Er setzt uns unter Druck», sagt Heidi.

«Nein, er erzählt uns nur von seinem Leben.»

«Ja, aber das macht er auf eine Art ... Ich finde es unangenehm», sagt Heidi, «ich fühle mich unter Druck gesetzt.»

«Aha. Wirklich.»

«Ja, wirklich. Er appelliert an mein schlechtes Gewissen, er will, dass ich Mitleid mit ihm habe. Du sollst auch Mitleid haben.»

«Ich habe Mitleid mit ihm.»

«Ich ja auch. Aber. Aber ... Ich weiß auch nicht. Er macht so schlimm Druck.»

«Jetzt übertreib ...»

«Warte: Er triggert dieses Mitleid so stark. Er pusht ständig dieses Reiche-weiße-Frau-Ding. Ich bin nicht reich. Wir hatten schwere Zeiten, als Martin arbeitslos war.»

«Ja, kann ich mir denken, aber.»

«Aber nichts gegen das hier, natürlich.»

«Ja.»

«Ich finde es trotzdem nicht okay. Ihr seid ja auch nicht so reich. Wenn wir reich wären, würden wir mit einem sehr viel größeren Auto durch das Land fahren.»

«Für ihn gehören wir zu den Reichen. Ob wir SUV-reich sind oder Kombi-reich, das macht für ihn keinen Unterschied.»

«Ja, aber ich kann nichts dafür, dass es für ihn so ist. Ich will mich deswegen nicht schuldig fühlen. Nicht permanent. Das ist kein schlechter Job, den er hier hat. Und wir bezahlen ihn, und zwar ordentlich.»

«Ja, aber das ist nicht die Arbeit, die er gerne machen würde.»

«Kann ich da was dafür? Mach ich immer gern, was ich machen muss?»

«Nein.»

«Das meine ich.»

«Ich weiß schon, was du meinst. Aber er ist halt unglücklich. Und hat er weniger recht, unglücklich zu sein als du?»

«Nein, aber ich auch nicht weniger als er. Und ich bin aus Sorge hier in diesem Land. Nicht zum Spaß, nicht als Touristin.»

«Er muss reiche Europäer herumfahren. Und er hasst es.»

«Aber er braucht es mich nicht ununterbrochen spüren zu lassen. Ich kann nichts dafür. Und ich bin, noch mal, nicht reich. Ich dreh jeden Euro um und kauf bei Aldi ein. Ja, ich weiß schon: Er würde auch gern auch nur bei Aldi einkaufen, aber er fährt stattdessen zickige Touristinnen durch ein Land, das ihm keine Möglichkeiten zu irgendeinem Weiterkommen bietet.»

Ja, so ist es, genau so. Und Georg fühlt sich wie ein schlechter Mensch; Heidi ist nicht bereit, sich von Jim zu einem schlechten Menschen degradieren zu lassen und sie hat auch irgendwie recht. Da, wo sie herkommen, sind sie keine schlechten Menschen, aber hier irgendwie schon. Sie sind zu groß, sogar Heidi, zu reich, zu weiß. Und Jim lässt ihn und Heidi seine Verachtung spüren und dass er der Meinung ist, dass er etwas Besseres verdient hat, und auch Jim hat recht: Er hat mehr verdient. Er hat was Besseres verdient. Jeder hat das und er besonders, er ist klug und fleißig: Warum kriegt er nicht das, was Heidi und Georg haben?

«Das ist sozusagen der Preis für unsere Schicksalsprivilegien. Und der Preis ist relativ billig: Du fühlst dich unwohl. Soll dir nichts Schlimmeres passieren.»

«Meine Angst *ist* schlimm. Seine auch, aber meine genauso.»

«Du kannst etwas unternehmen gegen deine Angst. Du steigst in ein Flugzeug und fliegst ans andere Ende der Welt.»

«Sehr ungern.»

«Wenn dir etwas weh tut, bist du versichert. Deine Mutter ist auch versichert, sie bekommt Rente, du musst dich nicht um sie kümmern.»

«Machst du mir jetzt auch noch ein schlechtes Gewissen?»

«Ich sage nur, wie es ist.»

«Du sagst es, als wärst du was Besseres.»

«Bin ich nicht, aber ...»

«Aber was? Und weißt du, werd jetzt nicht sauer, aber: Vielleicht stimmt seine Geschichte gar nicht. Vielleicht hat er das erfunden. Er verkauft uns vielleicht ein Elend, das es gar nicht gibt.»

Oh Gott, sie geht ihm so auf die Nerven.

Er geht ihr auch so auf die Nerven.

Sie will nicht mehr mit ihm reden.

Er will nicht mehr mit ihr reden.

Sie will mit jemandem reden, der sie versteht, zumindest: Verständnis zeigt. Sie will heim.

Er will auch heim.

Aber es arbeitet in ihm, was sie gesagt hat: Vielleicht stimmt Jims Geschichte gar nicht. Georg hat sie bis zu diesem Moment keinen Zentimeter in Zweifel gezogen. Jim hat ihnen ja Fotos von dem Kind gezeigt. Aber jetzt, wo es Heidi sagt. Das kann irgendein Kind sein. Irgendwelche Leute. Irgendwas fuchtelt sich aus verschütteter Erinnerung einen Weg in Georgs Bewusstsein, so eine Geschichte, er hat so was schon mal gehört, er hat ein Déjà-vu ... Genau, dieser amerikanische Wehrdienstverweigerer. In seiner WG tauchte dieser blonde Kerl auf, Hermann hatte ihn nach einem Besuch daheim in Bayern mitgebracht, Georg weiß gar nicht mehr, warum. Er war in einer WG in München und wollte wohl aus Deutschland raus: Ein Ami, Georg hat seinen Namen vergessen, Andy oder Andrew, ein Ex-Soldat, der von einem Nato-Stützpunkt in Deutschland geflohen war, und sie suchten ihn. Er hatte davor in Afghanistan gekämpft, er sprach viel darüber. Sie brachten ihn mit Wehrdienstverweigerern in Wien zusammen, eine linke Zeitschrift schrieb eine Geschichte über ihn und seine Flucht aus und vor der US-Armee. Er wohnte ein paar Wochen lang in der WG, irgendwann verschwand er. Sie machten sich Sorgen, vielleicht war er erwischt worden, vielleicht hatte ihn irgendwer einkassiert. Sie fingen an, herumzutelefonieren. Und dann stellte sich heraus, dass nichts an seiner Geschichte gestimmt hatte. Nichts davon war wahr. Er war kein Ex-Soldat, nur irgendein Tramp, der sich eine Erzählung zurechtgelegt hatte, die ihm Aufmerksamkeit und einen Schlafplatz garantierte.

Vielleicht ist es dasselbe Prinzip. Vielleicht ist es nur eine Geschichte, die Jim erzählt. Aber jedes Leben basiert auf einer Geschichte, jede menschliche Existenz braucht eine Erzählung. Letztlich spielt es keine so große Rolle, ob diese Erzählung wahr ist oder nicht. Was ist schon ganz wahr. Eine Geschichte stimmt, solange man sie selbst glaubt oder solange man jemanden dazu bringen kann, sie zu glauben, und sei es nur eine Zeitlang.

«DAS MEINST DU jetzt nicht ernst, Hermann. Echt jetzt.»

«Wieso nicht.»

«Du bist Georgs bester Freund.»

Im Hintergrund lief leise Musik, die Hermann mit seinem Handy steuerte. Die meisten Gäste waren schon weg, nur vorne, am Stammtisch saßen noch ein paar.

«Ich bin doch auch dein Freund.»

«Echt, das ist grotesk jetzt. »

«Warum ist das grotesk?»

«Ich werde das jetzt nicht mal zur Kenntnis nehmen.»

«Warum ist das grotesk?»

«Hast du mich gehört eben?»

«Nein.»

«Was ist mit der Uschi?»

«Ach, jetzt soll ich auf einmal mit der Uschi? Ich dachte, du willst nicht, dass ich mit der Uschi rummache? Mit der Uschi ist es aus. Wurde mir zu gefährlich.»

«Und mit was? Mit Recht.»

«Ich bin jetzt wieder frei.»

«Hahaha. Aber ich nicht. Plus: Du wohnst hier. Und Georg ist grad mal ein paar Tage weg. Und du wohnst hier, falls ich das noch nicht erwähnt habe.»

«Ja, Mädel, das ist richtig.»

«Sag noch einmal Mädel, und du wohnst hier nicht mehr.»

«Es tut mir so leid.»

«Und noch mal: Georg ist dein bester Freund.»

«Auch noch mal: Wir sind auch Freunde.»

«Du sagst es: Freunde.»

«Ich glaube, er schläft mit Heidi.»

«Was?»

«Ich glaube, Georg schläft mit Heidi.»

«Spinnst du?»

«Vielleicht jetzt gerade.»

«Du spinnst doch.»

«An einem Strand. Meeresrauschen und Sonnenuntergang. Warmer Sand. Vogelgeschrei, eine Möwe wahrscheinlich ...»

«Sie sind im Landesinneren. Irgendwo in Kambodscha.»

«Vielleicht nicht mehr.»

«Oh ja. Ich weiß es zufällig.»

«Dann vögeln sie im Hotel. Und sie halten sich aneinander fest.»

«Hermann, du spinnst komplett.»

«Ich glaube jedenfalls, da passiert was.»

«Wie kommst du darauf? Hast du mit ihm telefoniert? Hat er in einer Mail so was erwähnt?»

«Das würde er mir doch nicht erzählen.»

«Soweit ich weiß, kann er sie nicht besonders gut leiden.»

«Sie haben immerhin ein Kind zusammen. Er konnte also schon mal. Was einmal war, kann immer wieder sein.»

«Was hat er dir gesagt?»

«Nichts.»

«Du erfindest das einfach. Idiot. Ich schlafe trotzdem nicht mit dir. Nicht in diesem Leben.»

«Schade. Könnte schön sein mit uns beiden.»

«Bezweifle ich.»

«Wieso?»
«Du bist nicht mein Typ.»
«Ist nicht einmal wahr. Ah, hör zu!»
«Bill Withers, ja.»
«Lovely day, lovely day, lovely ... Wir tanzen!»
«Wir tanzen nicht. Ich tu jetzt einfach so, als seist du komplett betrunken.»
«Wenn es dir hilft. Aber ich bin nicht betrunken.»
«Gute Nacht, Hermann. Du Idiot. Nein, Entschuldigung. Ich nehm das zurück. Du Vollidiot.»

Aber er hatte die Saat ausgebracht, und sie keimte: War es möglich? Georg mit Heidi? Nein. Unmöglich. Undenkbar. Und Hermann? Heiliger, nein.

SIE HABEN AN EINER RASTSTÄTTE gehalten. Da ist eine kleine Tankstelle, ein Restaurant unter einem Blechdach auf Säulen, mit großen, alten Holztischen, roten Plastiksesseln, Erwachsenengröße, Gott sei Dank. Auf den Tischen stehen bunte Plastikkörbe mit Servietten und Besteck, Flaschen mit Soßen. Ventilatoren drehen sich darüber. Es sieht sehr schön aus. An einem der rückwärtigen Tische sitzt eine Familie und isst, sie sind so bunt wie das Lokal. Vorne unter einem bunten Schild steht auf einer langen Theke eine Reihe von Töpfen. Eine Frau öffnet die Deckel und zeigt den Inhalt: Fleisch, Soße, Fisch. Georg will Amok, gibt's Amok? Ja, es gibt Amok. Heidi zeigt auf etwas, das wie Huhn mit Gemüse aussieht. Jim redet mit der Frau. Sie setzen sich an einen Tisch, Jim wischt ein paar Gabeln und Löffel mit Servietten ab und teilt sie aus.

Das Essen kommt. Jim isst etwas, das grau und ekelhaft aussieht, was ist das? Seerosenstängel mit Fisch. Georg will es natürlich gleich kosten. Heidi isst ihr scharfes Huhn mit Gurken und Reis. Es sieht nicht besonders aus, aber es schmeckt phantastisch. So gut gewürzt. Sie essen alles auf, trinken noch eine Tasse wässrigen Kaffee, Georg bezahlt alles, dann fahren sie weiter.

Überall die Tempel. Diese unglaublichen Tempel. Gebäude von einer solchen Schönheit. So viel Arbeit steckt darin, so viel Phantasie, so viel Liebe und Hingabe, Glaube und Anbetung, so viel Geld. Schon als sie aus der Stadt fuhren, hat Jim ihnen erzählt, dass die Tempel errichtet und instand gehalten werden mit dem Geld, das die Mönche sammeln. Er war auch mal Mönch, sagt Jim. Wirklich? Ja, man kann im Buddhismus auch nur eine Zeitlang Mönch sein, das machen viele so, dann geht man zurück ins normale Leben. Man kann auch als Kind Mönch sein und später nicht mehr. Viele leben als Kinder oder Jugendliche eine Zeitlang als Mönche und hören dann wieder auf, das ist normal. Georg kann sich das zwar vorstellen, aber: Wenn man aus dem Katholizismus kommt, ist das im Grunde undenkbar. Da geht alles nur hundert Prozent, und wenn man ein wenig neben der Spur liegt – sofort Exkommunikation. Manchmal kommt ein ehemaliger katholischer Priester ins Gasthaus, der sich in eine Frau verliebt und mit ihr eine Familie gegründet hat, drei Kinder, nein, vier sogar: Er hat Georg einmal erzählt, wie die Kirche mit ihm umsprang. Und dass er praktisch nie wieder ein Gotteshaus betreten darf.

Diese Tempel: kostbar gedeckte Dächer schieben sich übereinander, geschmückt von Türmchen und Ornamenten. Alles in bunten Farben bemalt, reich verziert mit Gold, penibel gepflegt. Die Buddha- und Götterstatuen, Hunderte davon, innen und außen, ach was, Tausende. Die Geisterhäuser für die Schutzgeister, die Opfergaben. Märchenhaft. Aber diese Tempel stehen neben den Baracken, in denen ganze Familien hausen. Armut, Armut, Wellblechhütten, Armut. Die Tempel werden mit dem Geld errichtet und erhalten, das diese Familien spenden. Die Götter wohnen so prächtig, die Menschen hausen so armselig. Nichts stimmt. Keine Religion ist richtig, auch der Buddhismus beutet seine Gläubigen aus. Dass die Leute dagegen nicht rebellieren. Dass sie ihr hart verdientes Geld spenden, damit die Götter noch größere Häuser bekommen, noch riesigere Monumente, für Georg ist das schwer zu verstehen.

Aber es ist überhaupt so viel so unverständlich. Die Idee, dass man eindringen könnte in ein Land, Teil werden davon: nein, das geht nicht. Man passt da nicht rein, so wenig wie ein Puzzleteil in ein fremdes, falsches Puzzle. Sollte man es mehr versuchen? Vielleicht ist es ein arroganter Anspruch, das überhaupt zu wollen, eine westliche Überheblichkeit zu glauben, das zu können. In Wirklichkeit sieht man sowieso immer nur einen Ausschnitt. Sogar vom eigenen Leben sieht man immer nur einen Ausschnitt. Und von den Leben von denen, die man liebt, auch. Georg hat ein schlechtes Gewissen. Er fährt nur so durch. Es sieht nur aus seinem Fenster raus. Aber er ist diesmal kein Reisender, er ist nicht da, um das Land kennenzulernen, er will seine Tochter aus dem Land raus- und heimholen. Und vielleicht seine Tochter dann ein bisschen kennenlernen, ein bisschen besser. Er sollte sich jetzt um sie kümmern, Heidi hat recht. Sie sollte nachher in seiner Nähe wohnen oder bei ihnen. Das wäre schön. Den Kindern würde es taugen. Lea ... Er muss mit Lea darüber reden.

Sie fahren jetzt an diesen Pfahlhäusern vorbei, unter denen Familien die heißen Tage überstehen, auch den Regen, der auf sie folgt. Die meisten Häuser sind in knalligen Farben bemalt. Unter den Häusern hängt Wäsche auf Leinen, stehen Tische und Stühle, Mopeds und Fahrräder, kleine Kinder krabbeln herum, es gibt Schaukeln. Heidi findet es schön. Heidis Haus würde auf Pfählen vielleicht auch gut ausschauen. Heidis Haus würde vielleicht auch besser ausschauen, wenn nicht alles so beige wäre, müsste sie sich mal ansehen.

Nicht beige: creme. Sie hat es wohnlich gemacht, dieses Reihenhaus in der Reihenhaussiedlung. Sie hat es gemütlich gemacht, sie hat es individualisiert und zu ihrem Haus gemacht, zum Haus ihrer Familie. Es ist nicht mehr irgendein Reihenhaus, es hat Charakter, jedenfalls dachte sie das, bis sie die knallbunten Häuser hier sieht, keins wie das andere. Aber auch ihres ist, wenngleich nicht so krass, anders als die Häuser ihrer Nachbarn, von denen die meisten nicht eingerichtet wirken, sondern nur irgendwie bemöbelt. Oder vollgerammelt mit Regalen und Spielzeug, wie das Haus der Schneiders vis-à-vis. Britta hat's nicht so mit Einrichten. Man muss das können, man muss für so was ein Gefühl haben. Wenn man mal Heidis Interieur mit dem von den Schulzes links und vor allem mit dem der Gerlachs rechts vergleicht: Überall steht viel Ikea, ja, aber man muss halt Geschmack haben, und man muss mit Ikea umgehen können. Heidi hat ihr Ikea mit ein paar Secondhandmöbeln kombiniert und einzelnen Designerstücken, mit viel Selbstgemachtem, mit schönen Teppichen, mit gemusterten Polstern und anderen Sachen aus dem Laden, zwischen hellen, heiteren Grautönen. Ihre Einrichtung hat System, ist nicht so sinn- und geschmacklos zusammengewürfelt und dann einfach abgestellt wie die der Nachbarn. Über dem Sessel im Vorzimmer, in dem Heidi am liebsten telefoniert, hängen Dutzende Familienbilder in schönen, ganz unterschiedlichen Rahmen: Fotos von den Kindern in jedem Stadium ihres Aufwachsens, Bilder von ihr und Martin, Urlaubsbilder mit glücklicher Familie an Seen, vor Bergen und am Meer, sie mit ihrem Zwillingsbruder Manfred, sie mit Manfred und Erika. Bilder von Erika und den Kindern. Bilder von verstorbenen Verwandten: Manfred, als Kind, als Jugendlicher, als Erwachsener. Ihre

Tante, ihre Mutter, ein Großonkel, die Großeltern an ihrem Hochzeitstag. Heidi hängt alles auf, was sie passend findet, in der Fülle liegt die Kraft. Jedenfalls die Kraft dieser Wand. Und wenn man reinkommt, sieht man gleich: glückliche Familie hier. Sah man. Als es noch so war. Die Fotos hängen dort noch immer unverändert, aber die Familie glücklich: hmm, ja, im Moment eben nicht so.

Sie lag wieder wach, in der Nacht davor. Konnte nicht schlafen, wegen Lotte, konnte nicht schlafen wegen Martin. Ist immer noch nicht bereit zu glauben, dass er nicht wiederkommt. Er kommt schon wieder, wo soll er auch sonst hin. Er ist doch bei ihr zu Hause, bei ihr und Lukas, physisch und mental. Wer kennt ihn sonst so gut, wer erfüllt sonst seine Bedürfnisse so, wie es Heidi tut? Es ist eine Phase, da müssen sie jetzt halt durch, und am Ende werden sie gestärkt daraus hervortreten. Sie hatten schwierige Zeiten, das ist jetzt halt die Reaktion darauf. Sie werden das überstehen. Er ist jetzt wieder in seinem Haus, mit seinem Sohn, inmitten dieser Fotos: Er wird die Größe, die Wichtigkeit dieser Familie sehen und begreifen. Das Gewachsene, in dem alles ineinander verzahnt ist, gemeinsam Erlebtes, gemeinsam Überstandenes, gemeinsam Aufgebautes, gemeinsam Erinnertes. Er wird das nicht aufgeben wollen für irgendeine unsichere Geschichte. Er hat es gern stabil und verlässlich wie Heidi. Es wird vielleicht ein bisschen Beziehungsarbeit brauchen, aber sie werden ein Paar in bestem Alter sein, neu eingestellt, attraktiv, harmonisch. Sie sind dazu bestimmt, gemeinsam älter zu werden, so wie sie gemeinsam jünger waren. Heidi ist da jetzt wieder positiver, ihr Optimismus ist intakt, sie schaut mit Zuversicht in die Zukunft, aus tiefer Überzeugung. Wenn man es wirklich will, wird schon alles gut. Sie ist jetzt wieder mehr davon überzeugt. Wenn man lieb ist, bekommt man es zurück. Wenn man nett ist, sind die anderen auch nett zu dir. Wenn man sich Mühe gibt, bekommt man die Belohnung. Eigentlich ist Heidi katholisch, aber sie glaubt auch an Karma. Wenn man bescheiden ist und sein kleines Leben sauber und in Ordnung hält, geht es auch nicht so schnell kaputt. Sie hat die Leben von Freundinnen in Stücke reißen sehen, implodieren, explodieren, weil sie es nicht im Auge hatten, zu viel wollten, nicht aufpassten, undankbar waren, schlampig, unstrukturiert, maßlos. Falsche Entscheidungen trafen, die dann nicht mehr revidierbar waren. Falsche Berufe, falsche Männer, falsche Orte, falsche Begierden zur falschen Zeit. Da muss man sich dann auch nicht wundern.

Sie konnte nicht schlafen, Heidi. Draußen hörte sie die Geräusche von Phnom Penh, die Tuk Tuks, Dieselmotoren, betrunkene Touristen, Musik von einer Hotelbar auf einem Dach in der Nähe.

Erika zum Beispiel. Ihre Schwester ist immer noch wie paralysiert und völlig verblüfft vor ihrer Beziehungsruine und glaubt, das sei ihr zufällig zugestoßen, sie habe Pech gehabt. War es natürlich nicht. Konnte man kommen sehen, Heidi jedenfalls sah es kommen. Erikas Scherbenhaufen ist das Resultat all der kleinen falschen Entscheidungen, die Erika in ihrem Leben getroffen hat, ihres gänzlichen Ignorierens von Alarmsignalen, ihres Schönredens von offensichtlich Kaputtem.

Vor allem aber das Resultat vom Schöntrinken von Hässlichem, sie hat ja eigentlich immer schon zu viel getrunken, Erika, schon in der Schulzeit, und sie fand immer Männer attraktiv, die auch zu viel tranken, und dann kriegte sie Kinder von einem dieser Männer, und da braucht man sich dann eigentlich nicht zu wundern. Sven war ja an sich okay. Er war clever, lustig. Aber ein Säufer, schon als Heidi ihn kennenlernte. Für Erika schien es damals keine Rolle zu spielen, sie waren jung, er würde sich schon einkriegen. Aber wenn man auf so einen zeigt und sagt: Du bist es, du sollst der Vater meiner Kinder sein, dann braucht man nachher halt auch nicht überrascht zu tun, wenn man den in der Früh schlafend auf dem Fußabstreifer vorfindet, auch dann noch, wenn man schon verheiratet ist und das erste Kind kommt und das zweite und das dritte und man selbst erwachsen wird, so einer veränderte sich deswegen nicht. Heidi hat das gesehen und hat es kommen sehen, aber Erika eben nicht. Die dachte, der würde sich ihrer eigenen Entwicklung anschließen, würde mitmachen, was sie ihm so vorentwickelte oder neben ihm her entwickelte, so wie Martin sich mit Heidi mitentwickelte. Erika dachte, der würde mit ihr erwachsen werden, aber er tat nur so. Das macht Unglück.

Das häuftelt Unglück an, bis alles im Unglück ersäuft. Erika erwachte wohl irgendwann und kriegte keine Luft mehr im Inneren des Unglücksberges, und dann bekam sie eine Panik, gegen die Heidi nicht anreden konnte. Aber sie schaffte es und schaufelte sich frei: Trennung, Scheidung, Sorgerechtsvereinbarung, Patchwork. Oder eben kein Patchwork, weil Sven irgendwie unwillig ist, nicht aus bösem Willen, sondern aus einem fast unschuldigen Desinteresse. Erika versuchte, Sven permanent daran zu erinnern, wie es früher mal war, dass sie mal eine Familie waren, dass sie Kinder haben, dass er die Kinder liebt oder dass er sie mal liebte. Du hast doch mal das und das gefühlt. Wir waren doch mal glücklich! Aber Sven erinnert sich nicht so deutlich. Er will sich gar nicht erinnern. Sven fühlt das nicht mehr. Vielleicht war Sven nie glücklich in diesem System, vermutlich hat er nur so getan, weil Erika das wollte und weil er damals auf Erika noch genug stand, um mit diesem Selbstbetrug leben zu können, und jetzt spielte es keine Rolle mehr.

Heidi kennt Sven noch aus der Schulzeit, sie geht manchmal mit ihm auf einen Kaffee, um an seine Väterlichkeit zu appellieren, sie hat das Gefühl, sie sei Erika das schuldig. Was immer dieselben Bekenntnisse zur Folge hat: dass er seine Kinder total liebt, dass er so gern mit ihnen zusammen ist. Wie er ihr dann da gegenübersitzt, vor einem kleinen Bier, mit seinen freundlichen Hundeaugen, mit seiner warmen Stimme: Jeder würde es ihm glauben. Heidi würde es ihm glauben, wenn sie es nicht besser wüsste. Aber sie weiß es besser, von Erika und all den deprimierenden Erzählungen: In Wirklichkeit ist er schon längst woanders, und ihm gefällt's da, wo er ist. Er will nicht zurück, er erinnert sich nur mit Mühe. Das zupft eine Saite in Heidi, mit einem unangenehmen Klang: Vielleicht ist es bei Martin auch so. Nein, bei Martin ist es nicht so. Martin ist ganz anders.

Sven ist ein völlig anderer Mensch. Er lebt anders und fühlt anders. Er vergisst, auch Gefühle. Martin nicht, der ist kein Vergesser. Es geht hier um Sven, Heidi will jetzt über Sven nachdenken, in ihrer Schlaflosigkeit, nicht über Martin. Es ist einfacher über Sven und Erika nachzudenken, als über sich und Martin. Über Sven, und wie er ganz anders ist. Für Sven existieren Gefühle von damals irgendwie nicht mehr, und er kann sie auch nicht mehr abrufen. Sie kommen nicht zurück, nicht mal so richtig für seine Kinder. Seine Kinder gehören zu seinem alten Leben, wie Erika, an die er wohl kaum mehr denkt, nur noch, wenn sie sich mit wütenden E-Mails und Anrufen bei ihm in Erinnerung ruft; E-Mails, in denen sie ihn beschimpft, letztlich, weil er abgeschlossen hat mit allem, was vorher war, und zufrieden ist mit dem, was sein Leben jetzt ist; er hat keinen Grund, ständig zurückzuschauen, zu Erika und all den Dingen, die sie im Haus hütet, seit er von dort verschwunden ist. Seit sie ihn vertrieben hat.

Nein, das wird Heidi so nicht passieren. Gut, es läuft gerade nicht so toll, das ist ein Problem, aber das wird sie lösen, das werden sie gemeinsam lösen. Sie kann zurückstecken, sie kann sich anpassen. Es wird wieder funktionieren. Sie kann so was. Sie hält ihre Wünsche klein und erfüllbar, ihre Ansprüche an ihre Umwelt sind überschaubar und maßvoll. Sie fordert von anderen nichts, das nicht machbar ist. Die Ziele, die sie anpeilt, sind anspruchsvoll und mitunter eine intensive Herausforderung, aber erreichbar. Sie glaubt, dass alles Gute zurückkommt und dass man in den Menschen das Gute sehen, anerkennen, streicheln, nett behandeln muss, dann kommt auch Gutes aus ihnen heraus und zu einem selbst zurück. Martin wird auch zurückkommen.

HEIDI VERSCHLÄFT BEINAHE die Ankunft in Battambang. Sie hat schlecht geschlafen in der Nacht davor, in Phnom Penh, ist erst eingeschlafen, als es fast schon hell wurde. Jetzt wacht sie auf, als das Auto an einer Ampel stehen bleibt, als es in die Stadt hineingeht. Sind wir schon da? Gleich.

Die Stadt ist nicht groß, wirkt hübsch vom Auto aus gesehen, ein Fluss, von Brücken gestreift, mit grünen Boulevards und Märkten auf beiden Seiten. Sie fahren diesen Fluss entlang, biegen dann rechts in eine ruhige Seitenstraße, Jim hält vor einem Hotel. Schön, sauber, nicht so teuer. Wohnt er auch hier? – Nein, Jim übernachtet bei einem Freund, und seine Miene sagt: nicht so schön, nicht so sauber. Sie fragen nicht nach. Er ist aber erreichbar, sie sollen ihn heute noch anrufen, ob sie was herausfinden, wie es weitergehen soll, er richtet sich nach ihnen. Sie sollen mal einchecken, was essen. Dann am besten ein Tuk Tuk bestellen und den Hinweisen nachfahren, die sie haben. Offenbar hat Georg Jim über den Stand der Dinge unterrichtet, während Heidi geschlafen hat.

Am Abend Resignation. Die Spur verlief ins Leere. Eine Verwechslung.

Sie liefen durch die Stadt, sie sprachen mit jedem Tuk-Tuk-Fahrer in Battambang, mit jeder Kellnerin in jedem Restaurant. Die Leute waren so freundlich. Alle sind immer so freundlich hier, die Kambodschaner sind ein so freundliches

Volk, trotz allem, was sie erlebt haben. Aber niemand hat eine verrückte, rothaarige junge Frau gesehen, sorry.

Sie gehen den ganzen Abend herum. Irgendwann landen sie erschöpft und hungrig in einem Restaurant in der Straße Nr. 2, in eine Art Garage gepfercht, über dem Eingang hängen von hinten beleuchtete gelbe Regenschirme. Nicht einladend, aber sauber und solide, und sie können nicht mehr. Die jungen Kellner tragen schwarze Hosen und weiße Hemden. Die Karte ist klein und auf Englisch. Georg trinkt ein Bier und bestellt Amok, schon wieder. Heidi trinkt auch ein Bier, sie braucht irgendeine Form von Trost, sie bestellt gebratene Pilze mit Huhn, aber eigentlich hat sie keinen Hunger. Sie warten auf das Essen, trinken das Bier, sprechen kaum. Beide sind resigniert. Sie gehen dann zum Hotel, über die Brücke, ein Stück den Fluss entlang, die Stadt sieht so schön aus am Abend, aber sie sehen es kaum.

Sie ist erschöpft, fühlt sich noch erschöpfter, als sie im Hotel ankommen. Er ist so enttäuscht, und sie ist so traurig, und er hat so Heimweh. Sie ist so traurig und er so voller Sorge. Und er sehnt sich so nach seinem kühlen Land. Nach der Stille. Nach seiner Frau und seinen Kindern. Nach Hermann. Und dem Hund. Nach allem, was zu Hause ist. Und sie ist so, so, so niedergeschlagen. Ihr Vertrauen ist angeknackst. Voll von Fremdheit ist sie.

Man würde denken: Nein, das passiert nicht. Nein, nicht möglich. Es wäre vielleicht nicht möglich, wenn alle Parameter so wie immer sind, alles im vertrauten Koordinatensystem verläuft. Aber das ist es jetzt nicht. Es ist jetzt alles anders. Es tut alles anders weh, an ungewohnten Stellen, wie wenn man einen neuen Sport macht und plötzlich lauter Muskeln spürt, die man vorher nicht mal kannte. Man schwächelt, man ist nicht mehr elastisch, man wird porös, durchlässig für Sentimentalität. Man bebt, man schwankt, man verliert Halt. Man verliert Zuversicht. Verliert Glauben.

Und jemand ist nah, den man kennt, den man mal kannte, und der hat, was man gerade am dringendsten braucht: einen Körper, Wärme, den unmittelbaren Trost einer Umarmung. Die Haut eines anderen, die Textur der Zärtlichkeit. Der eigene Atem, unversehens spürbar im Atem eines anderen. Es hat überhaupt nichts mit Sex zu tun, bis es Sex ist. Man sollte das nicht Sex nennen. Man müsste es anders nennen in so einem Fall. Die fremde Schwere, die Schwere des anderen lässt den eigenen Körper still werden, beruhigt den Herzschlag, die quälende Aufregung zieht sich zurück, macht einer anderen Platz.

Die Dämmerung am Rande der Dunkelheit. Stehende Luft in einem Zimmer am Rande einer fremden, heißen Stadt, feucht, ölig fast. Laken aus weißer, gestärkter Baumwolle, von den Körpern weggeschoben. Hundegebell durch das Fliegengitter, eine ganz leichte, viel zu leichte Brise. Von fern der Gesang der Mönche, aus dem sich ein Rhythmus schält wie von selbst. Ein Vogel, der klingt, als würden Murmeln über das Ziegeldach kullern. Das Geflüster von Fremden auf einem Balkon in einem der Zimmer nebenan, ein Lachen. Das Blinken der Flugzeuge zwischen Sternen, in der Unterbrechung eines Kusses, der plötzlich da ist, wo vorher keiner war. Ein Auftauchen aus der Umarmung, ein kurzes Erschrecken. Große Hände, die mit Werkzeug umgehen können, mit Gitarren und mit feuchter Haut, vernarbt und rau. Annahme, Anpassung, Absorption. Der Sound sich vermischender Erregung, eine Harmonie der Ermattung; einen Augenblick lang. Eine Bewegungslosigkeit, ein Lösen, ein Entfernen. Geräusche in der Dunkelheit des Zimmers; ein Schaben, ein Tappen, ein Verrücken, ein Schnappen, ein Zurückschnappen.

Verschwinden, Leere, Abwesenheit. Das Klicken eines Feuerzeugs, draußen, in der Hitze der Nacht, die Glut einer Zigarette, eine Silhouette, nackt, dunkel, schleierhaft. Und spürbar nicht mehr da. Weg. Heidi steht auf und geht hinaus zu ihm, umarmt ihn von hinten, berührt ihn noch einmal, küsst ihn noch einmal und geht. Und ist weg, als Georg zurück ins Zimmer kommt.

Vielleicht ist gar nichts passiert. Vielleicht ist gar nichts passiert. Es ist vielleicht gar nichts passiert.

MEHR BAD NEWS FROM HOME, als Georg aufwacht. Die Thaler Uschi ist schwanger; brauchst du nicht zu fragen, von wem. Oh, scheiße.

Und Nachrichten von Jules: Es tut ihm leid, dass die Spur in Battambang ins Leere führte. Er hat noch mal nachgefragt, sein Informant war nicht mehr sicher. Vielleicht war's doch Siem Reap. Ist nicht so weit, vielleicht wollen sie es versuchen?

Georg will hinaus, unten gibt's ein paar Schirme, und es wird Frühstück serviert. Heidi sitzt schon da. Was soll er sagen? Sie schaut ihn an und hält den Finger an den Mund. Er soll nichts sagen. Nein. Wir reden nicht. Lass uns nicht über das reden. Jetzt nicht. Nicht auf dieser Reise. Nie vielleicht, auch gut.

Er bestellt einen Kaffee und sagt: «Siem Reap.»

«Was?»

«Siem Reap, eine Stadt, ein Stück im Norden. Da bei den Tempeln. Sie könnte dort sein, Jules hat noch mal nachgefragt. Vielleicht.»

«Ist es weit?»

«Drei Stunden ungefähr, dreieinhalb höchstens.»

«Dann fahren wir hin, ist auch schon egal.»

Siem Reap ist die totale Touristenstadt. Angkor Wat liegt in der Nähe und Angkor Thom, die Tempel. Jim fährt sie zu einem Hotel, das nach siebziger oder achtziger Jahren aussieht, in der Mitte der Anlage liegt ein Pool, drum herum wachsen blühende Bäume. Ist das nicht teuer hier? – Nein, ist nicht so teuer. Sie bekommen zwei kleine Zimmer, die offenbar neu renoviert sind. Gemusterte Zementfliesen, wie überall jetzt, überall dieselben. Erika hat auch solche in ihrem Vorzimmer. Terrakottawaschbecken, Sichtbetonwände, das könnte auch eine hippe Pizzeria in Rebenborn sein. Oder in Wien oder in Berlin. Dann gehen sie ins Zentrum der Stadt, in eine Straße namens «Pub Street». Ein Lokal reiht sich ans andere, aus allen dröhnt laute Musik, alles ist voller Touristen. Könnte auch Mallorca sein oder eine griechische Insel, irgendeiner der Orte für laute, betrunkene Touristen, für dicke Familien, die sich gegenseitig zum Tanzen vorschicken, mit zu großen Gläsern in den Händen. Dutzende Mädchen in Elefantenpluderhosen. Man sieht es höchstens an den armen Familien, die zwischen den Lokalen am Boden kauern, dass man nicht in der Ersten Welt ist, sondern auf einem anderen Kontinent. Zwischen den Tischen, an denen Souvenirs verkauft werden, Schmuck, Armbänder. Ein kleiner Junge läuft ohne Hosen herum, eine der Kellnerinnen aus dem Lokal gibt ihm was zu trinken und drückt ihn. Es ist traurig und rührend gleichzeitig. Sie haben keine Ahnung, wie sie Lotte hier finden sollten, hier sind lauter verrückte Weiße, hier fällt sie nicht auf.

Sie gehen zurück ins Hotel, setzen sich dort an den Pool, trinken ein Bier und schauen in ihre Handys. Eine Ratte läuft zwischen den Liegen durch, Heidi springt auf und will losbrüllen, aber niemanden sonst scheint die Ratte zu stören. Vielleicht gehört so was einfach zum Alltag hier, man macht sich lächerlich, wenn man hysterisch reagiert. Sie setzt sich wieder hin und stellt ihre Füße auf den Stuhl vis-à-vis. Es ist nicht angenehm, aber es ist nun mal so.

Und dann ploppt in der Find-Charlie-Whatsapp-Gruppe eine Nachricht auf. Sie sehen es fast gleichzeitig. Sie ist von Bogdan, mit dem Charlotte ein paar Monate zusammen war, Heidi hat ihn mal kennengelernt. Ein netter Junge. Er hat Neuigkeiten, echte und hoffnungserregende Neuigkeiten: Bogdan schreibt, dass sich Lotte bei ihm gemeldet hat. Sie hat ihm ein paar Fotos geschickt, hier. Seht mal: ein weißer Strand, Bambushütten, Bars. Dahinter Palmen, Dschungel. Sonnenuntergang. Charlotte vor einer der Hütten, mager, in einem bunten, weiten Kleidchen, braun gebrannt, ein glückliches Lachen im Gesicht.

So mager ist sie nur, wenn sie ihre Medikamente nicht nimmt, Heidi weiß das, aber Heidi hat sie auch schon lange nicht mehr so strahlen gesehen. Auf einigen der Bilder erkennt man eine Art Dorf, ein paar Lokale, Strandrestaurants, kleine Hotels, Leuchtschriften, in kambodschanischer Krakelschrift, aber auch in lateinischer Schrift, Bar, Restaurant, Bar, Rooms, Air Condition, Rooms, Fruits & Veggies, Hotel Heinrich, Cold Drinks, Bar.

Bogdan schreibt, er hat sich das genauer angesehen, bisschen recherchiert, er hat sich viele Fotos im Netz angesehen, und er weiß jetzt, wo sie ist. Es ist eine kleine Insel im Süden, er hat es hin und her gecheckt, es besteht kein Zweifel. Sie sollen Lotte nicht sagen, dass sie es von ihm wissen, aber es ist bestimmt diese Insel, ganz sicher.

DIE MUTTER SCHLÄFT NOCH. Lea hat am großen Tisch im leeren Gastraum mit den Kindern und Georgs Mutter gefrühstückt, Hermann kam auch noch dazu, grad als die Kinder ihre Teller rausbrachten. Jetzt räumt sie mit Ella den Rest vom Tisch ab, um Hermann herum, der offensichtlich allein geschlafen hat. Aber wer weiß. Er hat so oder so den Arsch offen. Die Thaler Uschi wollte immer schon ein Kind, sie wollte sich vor ein paar Jahren IVF-behandeln lassen, in einer Kinderwunschklinik in der Stadt, es wurde im Dorf darüber geredet. Es lag dann aber wohl nicht an ihr. Hat sich niemand zu laut sagen getraut, aber es lag wohl am Thaler. Der Hermann hat so unglaublich den Arsch offen, man muss sich wirklich Sorgen machen.

Den Tisch, den sie abräumt, hat der Tischler aus dem Ort aus einer Rotbuche geschreinert, die schon ein paar Jahre bei ihm hinterm Haus lagerte, wunderschönes Holz. Rundherum liegen Tücher auf den Tischen, nur auf dem großen und dem Stammtisch nicht. Er braucht auch kein Tischtuch, er wird schöner, je älter und abgenutzter er ist. Der Tisch war die erste große Veränderung, die Lea im Gasthaus durchgesetzt hat: Ich möchte einen schönen, großen Tisch, an den sich jeder immer setzen kann, an dem Fremde und Familie nebeneinandersitzen, an dem man auch ohne Reservierung immer essen kann, wenn was frei ist, an dem wir mit dem

Personal gemeinsam frühstücken und an dem die Kinder auch mal Hausaufgaben machen können.

Die Leute haben getuschelt, gemault und den Tisch links liegen lassen, und sie haben, hinter Leas Rücken, durchgesetzt, dass vorne auf dem Sechsertisch beim Tresen, an dem die Leute aus dem Dorf seit Generationen Schnaps und Bier trinken und Karten spielen, wieder der gusseiserne Stammtischaschenbecher steht. Lea hat sich schließlich, es hat gedauert, auch breitklopfen lassen, dass die Leute dort wieder rauchen dürfen. Wird ja eh bald verboten, dann erledigt sich das von selber. Wurde dann nicht verboten, das geplante Verbot wurde wieder aufgehoben von der neuen Regierung, und die Leute rauchen da immer noch, was Lea jeden Tag ärgert, aber okay.

Was ihr mehr Sorgen macht, sind die Typen, die jetzt öfter auftauchen und sich an den Tisch daneben setzen. Einmal war eine Frau dabei, sonst bleiben sie unter sich. Zwei sind älter, die anderen sind so um die dreißig, fünfunddreißig. Sie sehen normal aus, normale Haare, Zehn-Tage-Hipsterbärte, aber einer von den anderen Stammgästen aus dem Ort hat gemeint, dass sie von irgendwo weiter weg kommen, eine rechte Gruppe, soviel er gehört habe, sehr rechts, aber er wisse nichts Genaues. Lea ist alarmiert. Warum kommen die ausgerechnet hierher, in ihr Gasthaus?

Sie stapelt die Frühstücksteller aufeinander, eher nur so pro forma, um zu zeigen, dass die Chefin sich für nichts zu schade ist und immer mit anpackt. Obwohl das eh längst alle wissen. Und ist eh noch keiner da.

Und obwohl Ella, die Kellnerin, natürlich wie immer das meiste macht, weil Lea jetzt in der Küche die Schulbrote schmieren und hoch in die Wohnung muss, die Kinder zur Eile antreiben, zieht euch endlich an, trödelt nicht so rum, der Bus kommt doch gleich. Sie hasst sich dafür, jeden Tag. So eine Mutter wollte sie nie sein, so eine Beeil-dich-Mutter. Ella stammt von einem Bauernhof in der Nachbarschaft und hat sich kürzlich mit einem Bauern aus dem Nachbarort verlobt, Lea fürchtet, dass Ella nicht mehr lange im Gasthaus arbeiten wird. Der Abend war länger geworden und erstaunlich lustig, trotz Hermanns Neuigkeiten. – Was will die Uschi machen? – Weiß sie noch nicht. – Ich glaub, sie kriegt's, pass auf, die kriegt's bestimmt, du wirst Vater, Hermann. – Ich hol mir einen Schnaps, willst du auch einen? – Nein, danke.

Lea hatte die Kinder ins Bett gebracht und war dann mit den beiden Müttern, die auch nicht müde wurden, lang am Tisch gesessen, sie und ihre Mutter hatten Spritzer getrunken, Hilde ein kleines Bier, dann Tee.

Sie setzt sich mit dem Telefon hinaus, auf das gurkengrüne Sofa im breiten Flur zu den Toiletten. Sie hat das alte Sofa, das früher oben in der Wohnung stand, in diesem Grün überziehen lassen, das Grün der Gegend, das Waldviertelgrün, in dem die Leute seit Generationen ihre Dachbalken, Firste, Fenster und Fensterläden lackieren. Die Fliesen in den Klos haben die gleiche Farbe. Am Ende des Flurs führt eine große Glastür rechts in den Gastgarten, der noch karg und grau ist. Der Flur hat jetzt einen schönen Dielenboden, die Wände sind frisch gestrichen, in Schneefallweiß, nicht Gletschergrellweiß und auch nicht Eierschale, irgendwas dazwischen. Eine abgebeizte Kommode mit einer Filzauflage in der Nähe der Toiletten dient als Wickeltisch, wer's braucht. Hermann wird's bald brauchen. Als sie hier ankam, war das ein kalter, hallender Gang mit abgetretenen braunen Keramikfliesen, jetzt ist es fast ein Raum. Bilder von Künstlerinnen und Künstlern aus der Region hängen in unterschiedlichsten Rahmen an den Wänden, links die aktuelle Ausstellung, rechts je eins aus früheren Ausstellungen. Alle paar Monate kommt rechts ein neues von links dazu, kaum eines davon würde Lea oben in ihrer Wohnung hängen haben wollen, nein, aber den Gästen gefällt's und die Künstler kommen gern immer wieder her, am liebsten mit Freunden und Familie, sie fühlen sich durch ihre Verewigung im Wirtshausflur zugehörig. Vorne hängen ein paar alte Familienfotos, die Lea schön gerahmt hat, Georg als Kind mit seinem Bruder am Bach unten, der damals noch näher ans Haus herankam, bevor er nach dem großen Hochwasser tiefer gebaggert wurde. Georgs junge Eltern stolz vor dem Gasthaus. Georg als dickes, rotbackiges Kind im Kinderwagen, der zwei Jahre ältere Bruder daneben. Georg mit seinem Moped, als es noch ganz neu war, blauweiß glänzend, Georg dahinter, ebenfalls Hochglanz, mächtig stolz. Lea hatte sich in die Polster gelehnt und Georgs Nachricht beantwortet: Ja, wirklich, ich glaub, Hermann schiebt bald einen Kinderwagen rum. Oder der Thaler. Das wird noch endlos Trouble geben. Sie schickt es ab und starrt das Bild an. Sie ist müde, das letzte Glas Wein gestern hätte nicht mehr sein müssen.

In der Früh wurde Lea wieder mal vom Pfau geweckt, um halb sechs, trotz der geschlossenen Fenster. Der Pfau gehört dem Ebner, und wenn der Ebner nicht so ein lieber Mensch wäre, ein hilfsbereiter, gutherziger Haberer, der immer Zeit hat, wenn man ihn braucht, würde der Pfau vermutlich längst irgendwo im Wald einer Schussverletzung erlegen sein. Alle hassen diesen Pfau, besonders im Sommer, wenn er von Hausdach zu Hausdach flattert. Am Abend hält er die Leute in diesen Häusern wach, er schreit so laut, dass die Kinder nicht einschlafen, dass man beim «Tatort» nichts mehr mitbekommt, er schreit, bis man wahnsinnig wird. Die Dorfbewohner haben alle Mittel probiert, mit denen man einen Pfau von einem Dach kriegt, Schreckschüsse, superstarke Taschenlampen, und manchmal, wenn niemand schaut, fliegen auch Steine. Der Maurer ist extra aufs Dach gekrochen und hat einen stachligen Taubenschutz montiert, er wäre dabei ums Haar zu Tode gestürzt, aber er hat jetzt wenigstens Ruhe. Also zumindest, wenn der Pfau nicht auf dem Dach gegenüber Platz nimmt und ihn von da aus aufweckt. Es gibt viel Gebrüll im Ort, vom Pfau und wegen des Pfaus. Dem Pfau ist das egal, Pfaue sind keine besonders klugen Tiere, und nachtragend sind sie auch nicht. Der Pfau kommt wieder, setzt sich auf die Dächer der Leute, denen er verhasst ist, und singt ihnen sein Lied. Es ist kein schönes Lied, auch Lea hört es ungern, vor allem in der Früh, speziell an den wenigen Tagen, an denen sie ausschlafen könnte. Aber der Ebner ist so ein Netter, ein so angenehmer Gast, den man nie nach der Sperrstunde durch die Tür rausschieben muss, und gutes Trinkgeld gibt er auch. Und er liebt seinen Pfau offenbar, alle seine Tiere, Hund, Katzen, die eine Ziege und seine Laufenten, und eine Frau hat er nicht, keine Familie, nichts. Der Pfau und die anderen Tiere sind sozusagen seine Familie, also sieht man ihm das Geschrei nach. Aber der Pfau hat mit Schuld, dass sie heute so müde ist.

Das Aquarell gegenüber zeigt sie selbst, auf diesem grünen Sofa, zwischen Georg und ihren Kindern, links von Georg sitzt Lotte. Alle sitzen mit ganz geradem Rücken und starren den Betrachter ausdruckslos an. Hermann hat es gemalt, nach einem Foto, das er erst von ihnen machte – Ruhe! nicht lachen!

Nur Charlotte war nicht dabei gewesen, die hat Hermann anhand eines Charlottefotos einfach dazu gemalt, Georg wollte das unbedingt, und für Lea war es in Ordnung. Sie kennt Charlotte, seit sie ein Kind ist und in den Sommern immer ein paar Wochen bei ihnen auf dem Land verbrachte. Lea mag das Bild, es ist irgendwie schräg, auch wenn sie sich selbst nicht wahnsinnig gut getroffen fühlt und sich noch immer wieder mal bei Hermann darüber beschwert.

Eine Whatsapp von Georg ploppt auf: Er schreibt, dass sie sich gleich auf den Weg zum Flughafen machen. – Ihr fliegt? Wohin? – Nach Shianoukville im Süden, sie ist offenbar dort in der Nähe auf einer Insel, sie hat sich endlich bei einem Freund gemeldet. – Hoffentlich kein falscher Alarm diesmal, tippt Lea. – Ja, hoffentlich, schreibt Georg, und bei euch? – Alles okay, nicht viel los, Hermann ist durcheinander, meine Mutter nervt. – Alle Mütter nerven, wir müssen jetzt los, ich küsse dich.

Wir, aha. Sie kennt Georg, sie vertraut ihm, er ist kein Fremdgeher, da hat sie ganz andere Kerle erlebt. Moritz, ihr vorheriger Freund, ja, gute Güte. Das war ja einer der Gründe, warum es mit Georg ernst geworden ist, obwohl es keine Liebe auf den ersten Blick war. Georg gehört nicht zu den Menschen, denen nie was gut genug ist, die immer noch was Besseres wollen als das, was sie gerade haben, die immer noch einen schöneren Ort kennen als den, wo sie gerade sind. Wenn sich Georg auf etwas einlässt, dann ist es das. Wenn er sich für jemanden entscheidet, dann ist es die. Er lebt nicht wie andere in der permanenten Ahnung, dass um die Ecke etwas Besseres auf ihn wartet, etwas, das man verpassen könnte, und weshalb man unbedingt mal nachsehen muss. Und das mal ausprobieren. Er ist nicht immer auf der Suche nach dem Kick. Sie hat nicht gewusst, was das heißen soll, «im Jetzt zu leben» – bis sie Georg getroffen hat. Er ist ihr Jetzt-Mann, und so sicher hat sie sich noch nie gefühlt.

VOR IHNEN LIEGT das offene Meer. Ein schnelles Boot bringt sie zur Insel, sie müssen Schwimmwesten anziehen, Heidi graust es ein bisschen, sie sieht die dicken, schwitzenden Engländer oder was das für welche sind, wie sie sich ein paar Reihen weiter vorne in die Schwimmwesten würgen, wahrscheinlich wurde ihre Schwimmweste zuletzt genau von so einem getragen.

«Graust's dich», sagt Georg. Sie kennen sich mitterweile wieder ziemlich gut.

«Wovor?», sagt Heidi. Sie lässt sich nicht mehr so leicht in die Zickenrolle drängen, jedenfalls nicht von ihm. Sicher nicht. Fake it till you make it. Sie merkt, wie die Hoffnung auf ein Happy End sie größer macht, leichter. Das Boot fährt los, es ist schnell, es pfeift über das Wasser, durchsichtige Planen schützen sie vor den Spritzern.

Das Meer. Es ist so schön. Man sollte viel mehr am Meer sein. Sie hätte mit Charlotte viel mehr ans Meer fahren sollen, es ist so beruhigend. Vielleicht ist Charlotte deshalb hier, vielleicht braucht sie das Meer, vielleicht ordnet es den Wirrwarr in ihr. Vielleicht löscht seine Größe, seine Weite irgendwelche Verklebungen in ihr, vielleicht löst es Verknotungen.

Ein paar Reihen vor ihnen sitzt eine Familie, mit einem dicken, muffigen Teenager. Die Familie saß schon im Hafen in ihrer Nähe; als sie auf das Boot warteten. Das Mädchen noch nicht ganz in dem Alter, in dem die Krankheit sich in Lotte manifestierte, aber ähnlich drauf wie Lotte damals: wortkarg und patzig, unrund, unfroh, unglücklich in seiner Haut, misstrauisch gegenüber der Umgebung. Wenn die Mutter oder der Vater mit ihr sprach, war sie schnappig, zu laut, zu aggressiv; sie wandte zu viel Kraft auf für Dinge, die das nicht nötig hatten und nicht vertrugen, manchmal kaputtgingen dabei. Und sie mochte sich selbst nicht, und Heidi dachte: Das arme Kind. Es tut mir leid, das arme Kind. Die Eltern schienen kaum zu bemerken, wie schwierig ihr Kind war, sie lachten sie an und waren lieb zu ihr und streichelten ihr über den Kopf, wenn sie besonders aggressiv reagierte. Heidi fiel etwas ein, und jetzt arbeitete es in ihr.

Es ist ihr schon mal eingefallen, jetzt wieder. Sie waren mal bei etwas älteren Freunden von Georg eingeladen, als Charlotte noch ein Baby war, zwei, drei Monate alt, nicht lange, bevor sie zurück nach Rebenborn zog. Die Freunde lebten in einer großen Altbauwohnung, sehr unkompliziert, bisschen chaotisch. Sie hatten zwei Kinder: einen etwa achtjährigen Jungen und eine Tochter. Der Vater ein leicht ergrauter Architekt, die Mutter, soweit sich Heidi erinnert, Graphikerin, Argentinierin oder so was, lang, schlank, mit kurzen schwarzen Haaren und einer breiten, eckigen, schwarzen Brille, lässig. Heidi fand sie damals sehr beeindruckend, einschüchternd fast. Heidi saß am Tisch, mit ihrem süßen Baby auf dem Schoß, ein rotbackiges Baby mit herrlichen roten Haaren, das lächelte, quietschte, strampelte, Babyspeck an den Handgelenken, die kleinen Füße lagen in Heidis Händen, das perfekte, süße Kind. Die Tochter der Leute kam aus dem Zimmer und setzte sich an den Tisch, neben ihre Mutter: Sie war dreizehn oder vierzehn, pummelig, dick fast, mit strähnigem, halblangem Haar um das blasse, verpickelte Gesicht, sie trug einen zu kurzen Rock und sie sah wütend aus, genervt, aggressiv wie ein Teenager eben, aber ihre Mutter nahm sie in den Arm und drückte ihr einen Kuss auf die Backe, als sei sie das süßeste Kind der Welt. Heidi dachte sich: Oh mein Gott, was für ein schreckliches, hässliches Kind, was bin ich froh, dass mein Kind nicht so hässlich und unsympathisch ist, was für ein Glück, die arme Frau, das arme Kind, die arme Familie. So dachte sie damals. Sie schämt sich jetzt noch dafür, endlos und jedes Mal wieder heftig, und es fällt ihr immer wieder ein.

Sie schämte sich schon viel früher dafür. Als sie fünfzehn Jahre später mit Charlotte im Wartezimmer dieser Kinderpsychiaterin saß, nach dem Zimmerbrand, in dem hellen Raum mit den bunten Comicbildern an der Wand, dem Spielteppich mit Schaumstoffwürfeln und Spielsachen in der Ecke. Auf einem Fensterbrett stand, sie weiß es noch genau, ein Transistorradio und spielte leise Popmusik, wahrscheinlich, um das schwere Schweigen zwischen den Patienten auszuradieren, zwischen den anderen Müttern und ihren Kindern, die alle so viele Probleme hatten, dass sie hier sein mussten. Heidi fühlte sich damals wie eine Versagerin. Zum Glück kannte sie niemanden. Charlotte hatte sich auf einen Sessel an der Wand gegenüber gesetzt und starrte dort in ihr Handy, und Heidi sah sie an, wie sie da saß, unter einem der bunten Bilder an der weißen Wand, neben einer Mutter mit Kopftuch und ihrem kleinen, schwarzhaarigen, verlegen herumrutschenden Sohn, sie weiß es noch wie gestern. Und der Tag in Wien bei den Freunden von Georg fiel ihr wieder ein, sie mit ihrem süßen, glücklichen Baby auf dem Schoß.

Das süße Baby war jetzt ungefähr in dem Alter, in dem das unangenehme Kind damals gewesen war. Charlotte war abgemagert, bleich, verpickelt, sie hatte die herrlichen roten Haare schlampig und ungeschickt überfärbt, mit verlaufenden Strähnen und ausgefransten Spitzen. Knochige Handgelenke ragten aus einem löchrigen Pullover, den Heidi ihr nicht hatte ausreden können, nicht mal für diesen Termin. Sie trug schmutzige, abgewetzte, grüne Doc-Martens-Stiefel mit dicken Sohlen und verschiedenfarbigen Schuhbändern. Ihre Jeans waren schmutzig und zerrissen. Ihre Ohrläppchen waren zerlöchert und voller Stecker und Ringe, zwei oder drei der Löcher waren frisch und entzündet, auch an ihrer Nase hing ein Ring. Sie sah schrecklich aus. Und ihr genervter Blick, der Heidis Blick schon seit Monaten auswich, war glanzlos, wie immer, wie auch jetzt, als sie aufsah, weil irgendwer eins der Behandlungszimmer verlassen hatte und mit gesenktem Blick und hängenden Schultern durch den Warteraum huschte; Charlotte blickte nur kurz von ihrem Handy hoch, desinteressiert, trüb, ohne Neugier.

Und Heidi hatte sich geschämt. Sie schämte sich für die Gedanken, die sie vor fünfzehn Jahren hatte in der Küche dieser Freunde, sie schämte sich für ihr Mitleid damals, für ihre Überheblichkeit, für ihre arrogante Unwissenheit. Sie schämte sich für ihre Tochter, die ihr vermeintliches Unglück so vor sich hertrug, die nichts machte aus dem, was ihr ein, wie Heidi fand, großzügiges, gütiges Schicksal mitgegeben hatte: Intelligenz, einen gesunden Körper, einen wachen Geist, ein Leben in relativem Wohlstand, liebende Eltern, zumindest eine Mutter und einen Stiefvater. Und sie schämte sich für sich selbst: dass sie es nicht geschafft hatte, aus dem süßen, knubbeligen Baby ein glückliches Kind zu machen. Dass es ihr nicht gelungen war, das Unglück von ihrem Kind fernzuhalten, dass sie selbst die Saat gelegt hatte für das Unglück, weil sie ihrem Kind den Vater genommen hatte, die Vater-Mutter-Kind-Familie, die ursprünglichste Geborgenheit. Dass sie es vielleicht nicht genug geliebt hatte, um für dieses Kind bei seinem Vater zu bleiben, ihm eine ordentliche Vater-Mutter-Kind-Familie aus Selbstsucht verweigert hatte. Dass sie sie nicht richtig gesehen hatte und deshalb nicht helfen konnte. Dass es ihr nicht gelang, diese Fünfzehnjährige glücklich zu machen oder sie zumindest ihr Glück sehen zu lassen, ihr begreifbar zu machen, wie gut es ihr ging, wie privilegiert ihr Leben war. Sie schämt sich auch dafür, dass sie sich schämte. Dass sie nicht stark und nicht gelassen genug war und, das war das Schlimmste, nicht zuversichtlich genug. Dass ihr unerschütterlicher Glaube angekratzt war. Sie fühlte sich schuldig. Jahrelang hatte die Selbstversicherung gewirkt, dass es nicht an ihr lag, gehalten, mitversichert von ihren Freundinnen und ihrer Familie: An ihr, Heidi, lag es nicht, sie hatte doch alles Menschenmögliche getan, um dem Kind ein glückliches, heiles Umfeld, ein warmes Zuhause zu schaffen. Aber vielleicht war es doch nicht genug gewesen oder das falsche. Sie saß auf ihrem Sessel, mit einer Frauenzeitschrift auf dem Schoß, sah ihre Tochter und schämte sich. Es war ihre Schuld: dass ihr Kind jetzt hier saß, so kaputt, so elend. Und so krank, wie sich dann herausstellte. Nicht sofort, aber bald nach dieser ersten Therapiestunde, als sich die Symptome plötzlich und rapide verschlimmerten, als sie immer ängstlicher wurde, wahnhafter, paranoider, als sie sich dann so weh tat. Es lag nicht an ihr und nicht an Charlotte. Sie hatte eben nicht das Privileg eines gesunden Geistes, und vieles von dem, was sie sich angetan hatte, hatte sie nicht aus freien Stücken getan, sondern aus dem Wunsch, sich dadurch besser zu fühlen, gegen das, was da war, die Angst loszuwerden, die Stimmen. Es war nicht Charlottes Schuld, und es war nicht Heidis Schuld, höchstens, dass sie das so lange übersehen hatte, übersehen wollte. Einfach nicht akzeptieren wollte, dass da bei Charlotte etwas war, das Aufmerksamkeit benötigte und Aktion, für das Zuversicht und Ordentlichkeit nicht reichte. Sie hatte nicht sehen wollen, dass Charlotte tatsächlich anders war, sie hatte die Bedrohungen nicht sehen können, die Lotte sah, immer wieder. Sie hatte nicht geschnallt, dass tatsächlich etwas nicht stimmte bei ihr.

Woraus erneut Schuldgefühle entsprangen. Man hätte es verhindern können. Man hätte die Warnhinweise beachten und handeln müssen, rechtzeitig. Sie waren essen, die ganze Familie, und Lotte war plötzlich überzeugt, dass am Nachbartisch über sie getuschelt wurde. Sie wollte heim, Heidi wollte nicht heim, Lotte wurde immer unruhiger, immer paranoider, verlor sich im Netz, beschuldigte Schulkolleginnen, sich gegen sie zu verbünden, hinter ihrem Rücken Intrigen zu schmieden. Man hätte das, was man bei Lotte sah, mit den Informationen, die es gab, abgleichen müssen, solche Information fand man im Netz, bei Ärztinnen, man hätte sie früher einholen müssen und sie anwenden. Sich zusammentun, mit Leuten, die sich mit so was auskannten, eine Strategie entwickeln. Sie hat das dann ja gemacht, aber da war es eigentlich fast schon zu spät. Da war schon zu viel kaputt. Sie hätte, vor allen Dingen, Charlotte warnen müssen. Sie hätte ihr helfen müssen, rechtzeitig, bevor sie sich ungewarnt und ohne Information in all die Dinge hineinfallen ließ, hineinstürzte, die das, was in ihr steckte, triggerte, aus sich herauszog und anzündete wie eine Lunte, und es selber wieder zu besänftigen versuchte und sich nur wieder entzündete. Man hätte all das vielleicht verhindern können.

Aber man konnte es zuerst doch auch nicht so genau sehen. Es war doch erst ganz harmlos, Pubertät. Alle hatten das. Alle Kids sind schlecht drauf. Die meisten. Es war doch normal. Zwölf-, Dreizehnjährige waren halt so, so was dauerte ein paar Jahre, da musste man durch, das machten alle Eltern mit. Manche früher, andere später: Man redete untereinander darüber, mit diesem Tja-Gesichtsausdruck, mit den anderen Eltern der Freundinnen und Freunde der Kinder, mit diesen Familienrunden, die sich gebildet hatten, im Kindergarten und in der Volksschule, und von denen ein paar zu Freunden geworden waren und ein paar andere wieder zu Bekanntschaften mit dem Status des Grüßens auf der Straße zurückretardierten. Je nachdem, wie eng die Freundschaft zwischen den Kindern war oder die zwischen den Müttern, seltener basierte es auf einer Freundschaft der Väter. Man spricht über die Kinder, über die Schule, über einzelne Lehrer, meistens Lehrerinnen, über das Schulsystem im Ganzen und darüber, wie das System an den Individuen vorbeiexerziert wird. Die Kinder sind der größte gemeinsame Nenner, sind die Klammer um die Zufälligkeit dieser Beziehungen, eine Brücke zwischen Unbekannten, mitunter vollkommen unterschiedlichen Menschen, die sie aber im Ideal zu Freunden macht. Oder zumindest zu Komplizen, für eine Zeit. Für diese Schonfrist zwischen Kleinkindalter und Gymnasium, in der alle Kinder irgendwie gleich sind. Die Mädchen tragen Pink, die Buben spielen Fußball, noch ähneln sie ihren

Eltern, ihre Interessen spiegeln die ihrer Erziehungsberechtigten, sie sind sportlich oder musikalisch, je nach den Vorlieben ihrer Erzeuger, die ihnen eine Zeitlang Vorbilder sind. Manchmal für immer, öfter nicht, nicht alle Erwachsenen sind gewillt, das einzusehen oder zuzugeben.

Charlotte spielte als Kind Klavier, sie war ganz gut. Sie fing erst mit neun an, Unterricht zu nehmen, zu spät, wie ein paar wirklich ehrgeizige Mütter meinten, aber erst da wollte Charlotte es unbedingt, nachdem sich Ballett für sie als eher ungeeignet erwiesen und sie keinerlei Ehrgeiz dafür entwickelt hatte. Aber sie übte erstaunlich gern. Das Repetitive schien sie zu erden. Sie mochte den Lehrer, konnte mit ihm und er irgendwie mit ihr. War nicht bei allen Lehrern so. Das Klavierspielen schien sie zu beruhigen, zu ordnen, es kühlte sie ab, es schien diesen inneren Knoten zu entwirren. Überhaupt: Musik. Und Bücher. Charlotte las Bücher mit Kopfhörern auf den Ohren, irgendwelche Songs darin, die sie mit einer Itunes-Geschenkkarte runterlud, immer dieselben. Sie hat immer noch einen merkwürdigen Wiederholungszwang: Sie wollte früher schon immer dasselbe Pausenbrot – Butter, Salami, Essiggurke. Sie sah sich im Fernsehen ständig Sachen an, die sie schon gesehen hatte, sie hörte immer wieder dieselben Hörbücher und immer die gleichen Songs. Tage-, wochen-, monatelang. Martin hatte ihr schließlich zu Weihnachten einen Kopfhörer geschenkt, gegen Heidis Willen, die Angst hatte, dass der Kopfhörer den unfertigen Gehörgang des Kindes in seiner Entwicklung ruinieren könnte, aber ehrlich gesagt, war sie dann auch froh gewesen. Niemand im Haus hielt das noch aus, niemand ertrug Nenas «99 Luftballons» noch ein weiteres Mal oder Justin Biebers «Never say never». Nur Charlotte. Charlotte konnte es noch mal hören und noch mal und noch hundertmal. Heidi hatte sie irgendwann gefragt, warum sie denn nichts Neues hören oder essen wollte, und Charlotte hatte nur gesagt, weil es ihr schmeckt, weil es ihr gefällt. Heidi hatte eingewandt, das müsse doch schrecklich langweilig werden, aber Charlotte hatte den Kopf geschüttelt: Mir nicht. Jetzt liefen die immer gleichen Songs in ihrem Kopfhörer, von einem kleinen Ipod, bei dem Heidi die Lautstärke reguliert hatte, mit Code, sicherheitshalber. Charlotte wollte nie etwas Neues, schon als Kleinkind: immer die gleichen Strumpfhosen, die gleichen Hosen, immer der gleiche Pullover, den Heidi, wenn ihr am häuslichen Frieden gelegen war, besser in der Nacht wusch und trocknete, oder idealerweise gleich ein zweites Mal kaufte. Immer die gleiche Bettwäsche, immer die gleiche Tasse mit der Kuh, die ihr Martin einmal aus der Schweiz mitgebracht hatte. Wenn möglich immer Würstel im Schlafrock, Charlottes Lieblingsessen, bis sie zwölf war, aber da spielte Heidi nicht mit. Immerhin, bevor Charlotte zwölf war, gab es wenige Hinweise darauf, dass dieses Kind irgendwann das Abenteuer suchen würde, mit einer solchen Entschlossenheit, dass es sie in Lebensgefahr brachte. Dass sie sich wie irre in Situationen stürzen, sich auf dubiose Fremde einlassen würde, sich an unbekannte Orte wagen, vor denen selbst wagemutige Menschen zurückschreckten. Dass sie alles ausprobieren würde, wenn es die kleinste Chance bot, die Gespenster in ihrem Kopf zu besänftigen. Aber am Ende verstärkte es sie. Als sie etwa dreizehn oder vierzehn war, machte in Charlottes Kopf irgendwas klick. Sie hörte auf, Klavier zu spielen. Alles wurde anders. Und hier ist Heidi jetzt, auf dem offenen Meer, auf einem Boot zu einer Insel in Südostasien.

SIE KOMMEN AUF DER INSEL an, mit ihren Rucksäcken. Spektakulär schön, schon als sie sich mit dem Boot näherten. Ein weißer Strand, so weit sie blicken können. Rechts ein paar Hütten, daneben etwas, das wie eine Hotelanlage aussieht, mit einem eigenen Anlegesteg, einem großen Restaurant und einer langen Flucht aus dunkel lackierten, aneinandergebauten Holzhütten den Sandstrand entlang. Alle gleich, alle mit kleinen Veranden davor, auf denen, soweit sie erkennen können, überall dieselben Möbel stehen. Davor im Sand Sonnenliegen und Schirme und vorwiegend weiße Menschen.

Auf der anderen Seite ebenfalls eine lose Reihe von Bambushütten auf Pfählen, aber einzeln, viel einfacher, mit Wellblechkuben dahinter. Junge Menschen lümmeln auf den Veranden herum, Strandtücher und Wäsche trocknen an den Geländern. Jetzt, wo sie nah sind, können sie hinter geöffneten Türen Moskitonetze über großen Betten erkennen. Hinter den Hütten weitere Häuser, und viel dichter, das scheint ein Dorf zu sein, viele blaue und grüne Dächer. Man sieht auch Bars und Restaurants auf Pfählen über den Strand ragen, Lichterketten, Stege, Verkaufsstände, aus denen gelbe, grüne, orange Früchte leuchten.

Da lang?, fragt Heidi, und Georg nickt, und sie schultern ihre Rucksäcke und marschieren den Strand entlang. Georg bleibt stehen, Heidi dreht sich nach ihm um, Moment, er schlüpft aus seinen Turnschuhen und bindet sie an den Schuhbändern zusammen. Hast eigentlich recht, sagt Heidi und tut es ihm gleich.

Der Strand liegt hinter ihnen, sanft überspült vom Ozean, der weiter draußen immer türkiser leuchtet, bis er irgendwo zu Himmel wird. Es ist wie aus dem Prospekt, die Welt ist so schön, an so vielen Stellen, und hier ist sie besonders schön: Georg wird überflutet von Dankbarkeit, dass er das sehen darf, erleben darf, das Meer riechen, den Sand unter seinen Füßen spüren, wie er knirscht, bei jedem Schritt, dicht gefolgt von einer Welle schlechten Gewissens, dass er hier ohne Lea ist, ohne Maya und die Buben, die im kalten, noch winterkargen Dorf auf ihn warten, wo der Nebel weiß und feucht aus dem Fluss kriecht.

Hier ist es heiß, die Sonne brennt ihnen auf die Köpfe. Sie gehen den Strand entlang, sie haben die Suche schon in ihre Blicke eingebaut, nach: Lotte, etwas zum Übernachten, etwas zu essen. Der Tag ist schon lang für sie. Sie sind mit einem Taxi zum Flughafen gefahren. Georg hätte gern die Tempel gesehen, sie fuhren fast an den Anlagen vorbei. Nicht diesmal. Vielleicht nächstes Mal. Von Jim haben sie sich tags davor verabschiedet: Er hat sie noch nach Siem Reap gebracht, dann fuhr er zurück nach Phnom Penh. Sie haben ihn anständig bezahlt, ein schönes Trinkgeld daraufgelegt, aber er wirkte dennoch enttäuscht. Er hat vielleicht mehr von ihnen erwartet, mehr als Geld, Zuwendungen, die sie nicht für ihn hatten. Sie waren, Heidi protestierte kaum, nach Shianoukville geflogen und hatten dort Georgs Rucksack mit geöffneten Reißverschlüssen zurückbekommen, es hatte etwas Geld gefehlt, zwanzig oder fünfundzwanzig Euro, nicht viel. Heidi regte sich trotzdem auf: darüber, dass Georg Geld im Rucksack ließ. Georg war eher enttäuscht. Die Menschen hier sind alle so freundlich, und sie beklauen einen dennoch. Er ist doch keiner von den Arschtouristen. Was erwartest du, sagte Heidi, dass sie es nicht nehmen, wenn du es so vor sie hinlegst? Ja, eh, sagte Georg, aber sein Vertrauen in die Menschen hier ist jetzt gestört, und er hatte großes Vertrauen. Scheiß auf dein Vertrauen, lass uns ein Taxi finden. Sie finden eins und fahren damit vom Flughafen zum Hafen, zur Anlegestelle Richtung Insel. Sie durchqueren die schlimmsten Slums der ganzen bisherigen Reise. So grauenhaft war es noch nirgends, und je näher sie dem Hafen kommen, desto schlimmer wird es. Müll, Müll, Müll, überall Müll. Müll liegt auf den Straßen, an den Rändern, Müll schwimmt in den Flüssen, so dicht, dass man die Wasseroberfläche nicht mehr sieht. Plastik, Dosen, Styropor. Sie können beide nicht sprechen, Heidi und Georg, was sie sehen, macht sie stumm. Der Müll verstopft Gräben, bedeckt Hänge, liegt in Säcken und offen auf aufgelassenen Bahntrassen. Alles ist extrem schmutzig, selbst der Himmel ist grau, es regnet leicht und lässt alles noch schmutziger aussehen: die Wellblechhütten und die Verkaufsstände, die Vorgärten und Terrassen und Garküchen. Aber auch hier gehen, laufen, radeln lachende Kinder in ihren properen, schwarzweißen Uniformen als sei nichts, alle in schwarzen Hosen, blitzend weißen Hemden, die Mädchen mit glänzenden, sorgfältig gekämmten und geflochtenen Haaren. Diese wunderschönen jungen Menschen in dem ganzen Müll. Der Wunsch, da herauszukommen, egal wie, muss überwältigend sein.

Aber hier auf der Insel, hier am Strand sieht man es nicht so. Kein Müll, kein Dreck, das Elend wird von der Schönheit des Meeres und des weißen Sandes überstrahlt. Sie sind jetzt im Dorf. Verkaufsstände, Imbisse, Strandbars mit blaugrünen und roten Dächern, auf Stegen ins Meer hinaus gebaut. Ihr Suchblick ist eingeschaltet. Schau mal, sagt Heidi. Rechts von ihnen eine Leuchtschrift, abgeschaltet jetzt: Hotel Heinrich. Georg hat es auch erkannt, sie sieht daran, wie sein Blick sofort die Umgebung nach Lotte absucht: Die Schrift war auf einem der Fotos zu sehen, die Bogdan ihnen weitergeleitet hat. Hier irgendwo ist sie. Wenn nicht alles schiefgeht, finden sie sie hier.

Sie brauchen nicht mal darüber zu reden: Sie gehen beide auf das Hotel zu. Es gehört ein Steg mit einer Bar dazu, hinter einem geöffneten Kiosk kann man die Küche erkennen. Und riechen. Der Kiosk ist auch die Rezeption des Hotels: ein zweistöckiger Holzbau hinter dem Strand, mit überdachten Balkonen aus Holzplanken, die Fensterläden fest verschlossen.

Sie fragen nach Zimmern, auf Englisch. Ja, es sind noch welche frei. Die Frau ist sehr freundlich, etwas älter, sie sieht sehr gut aus. Sie trägt enge Jeans, eine weite, rote Bluse, Flipflops. Wollen sie die Zimmer vorher sehen? Nein, nicht nötig, sie nehmen sie. Sie zeigen ihre Pässe, und nun lacht die Frau und spricht plötzlich Deutsch, fast akzentfrei: Ach, Deutschland und Österreich, wie schön! Sie hat so lange in Deutschland gelebt, mehr als siebzehn Jahre. Sie war verheiratet mit einem Deutschen, er ist leider gestorben. Er hieß Heinrich, sie hat das Hotel nach ihm benannt, haben sie es bemerkt? Er war ein netter Mann, ihr Heinrich, er hat ihr ein bisschen Geld vererbt, und jetzt ist sie wieder da, seit ein paar Jahren schon. Sie hat so ein schönes Lachen. Alle haben hier so ein schönes Lachen. Ich heiße Jutt, sagt sie, geschrieben Jiut, gesprochen wie Jutta, nur ohne a. Sie wünscht Heidi und Georg einen schönen Urlaub. Wie lange wollen sie bleiben? Sie sagen ihr, dass sie es noch nicht wissen, sie sind nicht hier, um Urlaub zu machen, sie suchen ihre Tochter. Oh, sagt Jiut, sie hat auch eine Tochter, da sehen Sie, das Mädchen, das die Tische der Bar abräumt. Sie ist auch Deutsche. Und Kambodschanerin. Sie heißt Samnang. Alle nennen sie Sammi. Sie studiert in Deutschland, sie ist nur während der Semesterferien für ein paar Wochen hier.

Sie zeigen Jiut Fotos von Charlotte, und sie nickt: Ja, das Mädchen ist hier, sie hat sie schon ein paarmal gesehen, sie kommt hier oft mit ihren Freunden vorbei. Sie wohnt wohl nicht hier am Strand, sondern an einem anderen Teil der Insel. Sie wird ihre Tochter fragen, die weiß es vielleicht. Wie heißt sie? Charlotte. Lotte, Charlie. Okay. Die Frau sagt, sie können auch da drüben ein Moped ausborgen und damit über die Insel fahren und nach Charlotte suchen. Sie finden sie sicher bald. Aber jetzt zeigt sie ihnen erst mal ihre Zimmer, da können sie ihre Sachen raufbringen. Wollen Sie was zu trinken? Dann kommen Sie nachher wieder runter, ich lade Sie auf das erste Getränk ein.

Es ist so, dass sie plötzlich das Gefühl haben, es wird alles gut. Wenn ihre Tochter hier ist, kann es ihr nicht ganz schlecht gehen. Es ist kein Ort, der einem Angst macht. Lotte wird hier keine Angst haben. Es ist zu schön hier, so warm und warmherzig. Sie haben plötzlich das Gefühl, dass sie nicht sofort losrennen müssen, um ihre Tochter zu finden. Hier findet Charlotte vielleicht sie.

Die Zimmer sind einfach, aber sauber. Je zwei Betten,

links und rechts, ein Regal und hinten raus eine Dusche und ein WC. Von den Balkonen hat man einen phantastischen Blick aufs Meer.

DIE STRANDBAR VOM HOTEL HEINRICH ist vielleicht der beste Platz der Welt. Sie sitzt auf einem weiten Steg mit Holzgeländern über dem Wasser, auf Pfählen. Man kann darunter durchgehen. Es gibt ein Hüttchen aus Holz, man kann da Cola, Bier und Zigaretten kaufen oder ein Zimmer mieten. Stabile Holztische stehen auf den Planken, bequeme Korbstühle mit blumengemusterten Polstern in Blau und Grün darin. Auf den Tischen stehen die bunten Plastikkörbe mit den Soßenflaschen. Ein Schindeldach, ergänzt mit blauen und grünen Planen, irgendwo hockt eine Ente und quakt. Das Meer schlägt ganz sanft an die Planken, der Steg führt vom Lokal noch weiter hinaus ins Meer, fast bis zum Horizont, so sieht es zumindest aus. Manchmal gleitet ein buntes Boot vorbei. An diesem Ort hat Lotte sicher weniger Angst. Sie trinken Kaffee und Wasser. Die Sonne geht langsam unter.

Jiut hat ihnen dazu geraten, heute noch kein Moped auszuborgen, es wird bald dunkel, und es hat keinen Sinn, im Dunkeln durch den Dschungel zu fahren, wenn man die Insel nicht kennt. Heute können sie den Strand entlanggehen, in dieser Richtung, und wer weiß, vielleicht treffen sie sie zufällig. Wenn nicht, fahren sie morgen früh mit dem Moped los. Jetzt sollen sie erst mal was trinken und essen. Sie haben doch sicher Hunger. Ja, haben sie. Sammi bringt ihnen eine Karte. Georg bestellt Amok, als gäbe es in diesem Land kein anderes Essen. Offenbar hat Lotte ihren Wiederholungszwang von ihm geerbt. Ich trink jetzt ein Bier, sagt Heidi. Und vielleicht probier ich jetzt auch mal das Amok. Mach das, sagt Georg.

Die Jungs am Strand sind zwischen zwanzig und dreißig, sitzen auf den Veranden der Hütten rum, trinken Bier aus Flaschen und Dosen, quatschen, spielen Gitarre. Fast alle unrasiert, und zwar richtig. Das ist nicht so eine gepflegte, gezähmte Zehntagebartunrasiertheit, das ist Bart, vermutlich zwischendurch abrasiert, dann wieder ungehinderter Wildwuchs, unbegrenzt in alle Richtungen. Georg sieht sie sich an: So war er auch mal, damals war's aber nicht so schick. Ist es hier nämlich: Irgendwie sieht man durch das Gestrüpp hindurch, wie attraktiv sich die alle finden. So ähnlich hat er auch mal ausgesehen. Jetzt minus die wilden Tätowierungen, die jetzt alle tragen, ein totales Durcheinander verschiedener Stile, als hätte man sich blind durch einen Tattookatalog geblättert, das, das, das und diese fünf da, und bitte die da links und rechts auf meine Waden. Oder als hätten sie jemand anderen über ihre Tätowierungen entscheiden lassen, irgendwen mit seltsamem Geschmack. Sieht scheiße aus, wenn man Georg fragen würde, aber. Die Kerle haben alle ungekämmte Wuschelhaare, nicht kurz nicht lang. Wenn lang, dann hinten irgendwie mit einem Gummi zusammengebunden. Es sieht nicht so aus, als würde die Wuscheligkeit viel Arbeit machen, es sieht ernstlich ungepflegt aus, unbekümmert. Aber vielleicht ist das ja noch schwieriger hinzukriegen; dass man es nicht merkt. Weite, ausgewaschene T-Shirts, schwarz, grau, weiß, keine Band-T-Shirts, trägt man wohl nicht mehr, seit es die bei H&M gibt. Ray-Bans. So hat er tatsächlich auch mal ausgesehen, so jung war er auch mal, ihm kommt es noch gar nicht so lange vor.

Denkt er manchmal auch bei den Jungen im Gasthaus, die auch alle so aussehen. Auch auf dem Land, mitten in der waldigsten Pampa, sehen alle aus, als kämen sie direkt original aus Brooklyn. Hochgekrempelte Jeans, nicht mehr so knalleng, unspektakuläre knielange Hosen, die Socken über die Knöchel hochgezogen. Sneakers, ehemals weiß, Vans. Hier auf der Insel sind es Flipflops, aber sonst ebenfalls: Brooklyn. Genau wie jetzt alle Klos auf der Welt gleich aussehen, sehen auch alle jungen Menschen auf der Welt gleich aus. Sie wirken lasch, absichtlich. Alte Schirmkappen. Alles wirkt alt. Sie wollen lasch aussehen, weich und lieb und secondhand, so auf: Aussehen ist unwichtig, aber natürlich ist es sehr wichtig. Hängende Schultern. Die Jungs manchmal doppelkinnig, die Jeans schlecht sitzend. Bunte Festivalarmbänder, möglichst viele.

Ihm fällt mal wieder auf, wie alt er ist. Diese Buben hier, die wissen alle nicht, dass er auch mal jung war, und wenn sie es wüssten, wär es ihnen egal. Georg hatte ein paar Monate zuvor auf einem kleinen Festival gecatert, er war für das Essen im Backstagebereich zuständig. Er hatte zu Hause für einen Tag zugesperrt, Speisen vorbereitet und mit Amelie und Steve dort eine kleine Küche aufgebaut, es gab Surf & Turf, vegane Currys, unkompliziertes vegetarisches Fingerfood, Pulled-Pork-Sandwiches, solche Sachen. Lea half auch mit, sie freute sich darauf.

Die Jungs von den Bands dort hatten auch alle so ausgesehen: Brooklyn, verwuschelt, Bärte, Schnurrbärte, bisschen abgefuckt, runde Sonnenbrillen, alle zwischen achtzehn und dreißig, paar Mädchen waren auch dabei gewesen. Es gibt jetzt viel mehr Frauen in den Bands. Die Mädchen tragen sehr kurze bunte Kleidchen, sind nicht mehr so abgemagert wie früher. Weite Blusen oder ganz enge Ruderleibchen, sehr kurze Röcke dazu. Kreolen.

An dem Tag hatte er an Lotte gedacht, und dass ihr das vielleicht gefallen hätte, sie war in dem Alter. Die meisten Bands waren aus Österreich, ein paar davon hatte er schon gehört, weil in der Familienküche immer FM4 läuft, Lea mag das. Eine Band nach der anderen trudelte ein, alle kannten und begrüßten sich mit Küsschen und Umarmungen. Er brachte das Essen raus, fragte, was sie gerne wollen. Sie saßen an Biertischen und auf Sofas, über die Ikea-Decken geworfen waren: Er konnte spüren, welche der Bands gerade Erfolg hatte, bei wem es gerade gut lief und bei wem es besser laufen könnte, er sah den Mädchen an, welcher der Kerle gerade zu den Talentiertesten, zu den Respektiertesten gehörte, wer gerade wichtig wurde. Er sah sie sich an, und er sah, wie gut sie sich fühlten, diese Jungs und diese jungen Frauen, das waren ihre besten Jahre, sie waren die tollsten Menschen, die es gerade gab; hier, auf diesem Festival, in dieser Szene, in diesem Land. I'm in a band. Sie lebten gerade ihr bestes Leben und dass sie je zu Georg werden könnten, zu Lea – das kam in ihrem Denken nicht mal vor. Hatte keinen Platz. Eh okay.

Georg erinnert sich an die Backstageräume, in denen er vor zwanzig, fünfundzwanzig Jahren abhing, an die Band, in der er kurz mal spielte, und er sah Lea an, dass sie es auch tat. Er hatte es nie so weit gebracht, auf einem Festival zu spielen, aber Lea schon. Nicht so ernsthaft wie diese Kids hier, aber schon. Sie hatte mit ihrer Band ein paar Platten gemacht, kannte heute kaum mehr einer, damals waren sie sehr respektiert. Damals waren sie die hier gewesen: Man spielte in einer Band, man ging auf jedes Konzert, man traf sich auf

Festivals, man machte die Nächte durch, man kannte jeden, der auch in einer Band spielte. Man nahm zu viele Drogen und bereute es am nächsten Tag. Georg und Lea, damals noch nicht zusammen, kannten jeden, genau wie die hier, hingen im Backstage rum mit ihren Backstagepässen und waren der Nabel der Welt. Es war undenkbar, dass es irgendwann nicht mehr so sein würde.

Und jetzt waren sie hier und servierten den jungen Bands Essen. Georg reichte das jetzt, dass die Leute sein Essen mochten. Aber Lea. Lea war total euphorisch, sie war schon lange nicht mehr backstage gewesen, sie roch wohl die alten Zeiten. Sie sagte ein paar von den Jungs und Mädchen, dass sie ihre Bands und ihre Songs mochte, sie kennt das ja alles aus dem Radio. Und man konnte sehen, dass es den Kids scheißegal war. Sie nickten höflich und bedankten sich nett, aber es war ihnen völlig egal, was dieses alte Mädchen fand, und es wäre ihnen auch egal gewesen, wenn sie gewusst hätten, wer Lea war und dass sie mal bei den Naked Sheiks gespielt hatte und im Vorprogramm von Sonic Youth in der Arena und einmal vor Black Flag. Dass Lea mal wie sie war, eine der ihren: Jetzt war sie es nicht mehr, okee. Sie hatte es wohl nicht geschafft – aber nein, so weit dachten diese Jungs gar nicht, sie dachten gar nicht so lange über Lea nach, dass sie auch nur Mitleid mit ihr gehabt hätten. Aber Georg hatte Mitleid mit ihr. Sie tat ihm leid. Er sah an dem Abend, wie sie verstummte, in sich versank, wie ihr plötzlich bewusst wurde, dass sie zu alt war für die hier, dass sie alt wurde. Sie wusste es sonst auch, theoretisch, aber wenn man lebt, wie Georg und Lea leben, wenn man nicht ständig im Spiegel kontrolliert, wie alt man ist, vergisst man es zwischendurch, geht Georg auch so. Man fühlt sich immer so um die dreißig, fünfunddreißig.

Aber die hier, die anderen, Jungen, waren lauter Spiegel, und Lea sah in jedem Gesicht, in das sie blickte: dass ihre Wahrnehmung von sich selbst sich mit jener der Jungen hier nicht mehr deckte. Sie war nicht dreißig, fünfunddreißig, schon lange nicht mehr, sie würde es nie mehr sein und dass sie es mal gewesen war, war jedem egal, der es gerade selber war; jetzt war sie es nicht mehr, danke, ganz lieb und schönen Tag noch.

Das fällt Georg ein, als er die Jungs hier sieht. Es ist klar, warum Lotte da ist. Ja. Das ist ihrs. Hier will sie sein. Weit weg vom Zugriff der deutschen Kleinbürgerlichkeit, in der sie aufwuchs, weit weg von den kapitalistischen Zwängen von Berlin, das doch nur so locker tut, was sie ganz bestimmt unterschätzt hatte, in ihrem Fluchtimpuls, der sie nur möglichst weit von der Vorstadt wegtrieb. Sie hätte in Wien studieren sollen – darüber hatte er in den letzten Tagen, nach dem Streit mit Heidi, viel nachgedacht. Er muss mal mit Lea darüber reden. Ja, sie sollte in Wien studieren. Er versteht, warum sie hier ist, warum sie hier sein will, bei diesen freundlichen Kambodschanern und den easy Hipstern. Weit weg von Leuten, für die sie nur krank ist und nichts anderes. Ohne ihre Pillen, die sie jeden Tag daran erinnern, dass sie nicht gesund ist, nicht normal, nicht wie die anderen. Weit weg vom Zugriff ihrer gründlichen Mutter. Na ja, jetzt nicht mehr so, jetzt nicht mehr.

Gehen wir noch den Strand entlang, schauen wir noch? Sie tragen ihre Flipflops in der Hand, das warme Meerwasser umspült ihre nackten Knöchel, der Sand fühlt sich gut an unter den nackten Füßen, es gluckert und rauscht, die bunten Lichter des Dorfes spiegeln sich im Wasser, Gelächter und Gesprächsfetzen wehen von den Veranden aufs Wasser. Die Menschen, die ihnen begegnen, sind alle nicht Lotte. Sie könnten sich jetzt an der Hand nehmen, das spüren sie beide, es wäre in Ordnung; aber: nein. Nein. Sie haben beide über die Nacht nachgedacht, sie liegt müde und verschattet in Heidis Erinnerung, sie tickt leiseleise schlechtes Gewissen in Georgs Hinterkopf, und: nein. Es wäre okay, aber nein. Das war ein langer Moment, es war in Ordnung, sie schwingen jetzt etwas harmonischer. Aber der Moment ist vorüber. Sie gehen langsam den Strand entlang, beäugen jedes Lokal und jede Veranda. Irgendwann geht es nicht weiter, Felsen ragen ins Meer, dahinter beginnt gleich Urwald, es ist zu dunkel. Sie kehren um und gehen wieder zurück, und vor dem Hotel Heinrich verabschieden sie sich zur Nacht, mit einer leichten Berührung. Morgen. Ja, morgen bestimmt.

WIE MAN MIT EINEM MOPED fahren kann: zu zweit: ein Mann in kurzen Hosen vorne, eine Frau in kurzen Hosen hinten, die sich an dem Mann festkrallt. Über eine Insel, eine Sandpiste lang, durch ein Dorf, einen Dschungel, auf einem etwas verbeulten, schwarzen Scooter mit zwei Gängen. Man würde Tiere schreien hören, Vögel, wenn das Moped nicht so laut wäre. Palmen, kleine Tümpel von Lotus bedeckt, dazwischen Hütten, Bars mit Hängematten, Vitrinen mit Glasflaschen voller Benzin und Ersatzreifen. Die Frau trägt einen kleinen, gelben Helm, der Mann keinen. Die Frau ist zuerst nervös, der Mann hat schon lange kein Moped mehr gefahren. Aber Mopedfahren ist wie Radfahren oder Schwimmen, wenn man es einmal kann, verlernt man es nicht. Nach ein paar Kilometern entspannt sich die Frau, sitzt aufrechter, hält sich nicht mehr an dem Mann fest, sondern an den kleinen Griffen hinten.

Sie kommen in ein Dorf, der Mann fährt langsamer, sie sehen sich um, die Frau scannt die Miethütten ab, die Verkaufsstände, die Gruppen von Touristen, die in den Restaurants sitzen. Nirgends eine junge Frau mit roten Haaren. Sie bleiben stehen, die Frau steigt ab, spricht Leute an und zeigt ihnen etwas auf ihrem Handy. Alle lächeln freundlich, schauen, schütteln den Kopf, lächeln wieder, wünschen Good Luck.

Sie fahren durch weitere Dörfer, dann kommen sie wieder an einen Strand, er ist belebt von fröhlichen Menschen, links und rechts reihen sich die Bambushütten auf, nicht ganz so schön wie auf der anderen Seite der Insel: die hier sehen teilweise baufällig aus, die Dächer wirken porös, manche Türen hängen nicht gerade in den Angeln. Überall bunte Strandtücher, überall junge Menschen, mehr Müll als drüben. Sie halten vor einer Strandbar an, ähnlich wie der vor dem Hotel Heinrich. Die Frau steigt ab, der Mann stellt das Moped ab und versperrt es mit einem kleinen Schlüssel, dann klappt er den Sattel des Scooters auf, die Frau legt den gelben Helm in das Fach darunter, der Mann klappt den Sattel wieder zu. Sie reden kurz miteinander, dann gehen sie in verschiedene Richtungen los, den Strand entlang, er nach rechts, sie nach links. Später treffen sie sich an einem Tisch auf der Barveranda, von der man einen guten Überblick hat. Der Mann sitzt schon da, als die Frau über den Strand zurückkommt. Sie schüttelt den Kopf, als sie ihn sieht, er schüttelt auch den Kopf. Sie sehen enttäuscht aus, beide.

Sie tranken Kaffee und eiskaltes Wasser.

«Ich habe nachgedacht», sagt Georg.

«Was?», sagt Heidi.

«Sie könnte in Wien studieren. Ich werde ihr das vorschlagen. Sie wäre in meiner Nähe. Ich könnte mich um sie kümmern. Sie könnte an den Wochenenden bei uns sein.»

Heidi schaut ihn an, skeptisch. Dann nickt sie. Ja. Das ist eine Idee. Vielleicht sogar eine gute Idee.

«Ihr könnt ja auch gut mit Verrückten in Wien.»

«Sag nicht verrückt.»

«War ein Witz.»

«Bin ich wohl nicht so gewohnt von dir. Aber ja, einen Psychiater finden wir für sie. Oder eine Psychiaterin.»

«Ja, ich glaube, es ist eine gute Idee.»

«Wir müssen sie nur erst finden.»

«Zuallererst. Und dann überzeugen.»

«Phhh.»

«Gott, ja.»

Sie starren aufs Meer.

«Ich kann mir zum ersten Mal vorstellen, dass ich leben könnte ohne Martin», sagt Heidi. Es kommt etwas unvermittelt. Georg braucht einen Moment. Er schaut aufs Meer.

«Du hast schon ohne ihn gelebt, die ganzen letzten Monate.»

«Ja, aber ich habe es nicht so gesehen. Ich konnte es mir nicht vorstellen.»

«Und jetzt kannst du es.»

«Jetzt kann ich es. Ein bisschen. Ja.»

Dann fuhren sie weiter. Die Insel ist nicht groß. Heidi hat an der Hotelrezeption einen kleinen Plan mitgenommen, einen kopierten Zettel, den Jiut wohl selbst gezeichnet hat, man sieht ein paar Routen, ein paar Dörfer, ein paar Strände. Sie sind Richtung Westen losgefahren, haben an einem Strand im Süden gehalten und sich umgesehen, dann fuhren sie wieder ins Innere der Insel zurück, dann Richtung Osten. Je weiter sie sich vom Meer entfernten, desto schlechter und rumpeliger wurde die Piste, desto mehr Baracken, Armut, Schmutz. Nackte Kinder spielen im Staub des Straßenrandes, sie winken, wenn Georg und Heidi vorbeifahren, die Erwachsenen blicken von dem auf, was sie tun, und lächeln, manche winken auch. Heidi sitzt hinten auf dem Moped und ist ganz still. Dann sehen sie in der Ferne wieder das Meer leuchten, und mit ihm leuchtet Hoffnung.

AM ABEND HABEN SIE VIEL davon verloren. Sie sind die ganze Insel abgefahren. Sie fühlen sich müde und resigniert, als sie zurück ins Hotel Heinrich kommen und das Moped zurückgegeben haben. Sie haben sich im Ozean kurz den Staub und den Schweiß weggeschwommen, aber die Enttäuschung klebt weiter an ihnen, als sie danach auf dem Steg sitzen.

«Ich habe wirklich geglaubt, dass wir sie heute finden. Ich war so sicher.»

«Ich auch.»

«So sicher.»

«Der Tag ist noch nicht vorbei.»

«Nein, noch nicht. Ich war so sicher.»

Der Abend ist hereingebrochen, der Himmel wird dunkel und fällt ins Wasser, als sie Lotte sehen. Sie sitzen in der Heinrich-Bar auf dem Steg, sie sehen sie genau gleichzeitig. Rotes Haar, das in der blauen Luft leuchtet. Diesmal gehören die roten Haare nicht irgendwem, wie sie auf dieser Reise zuvor immer irgendjemandem gehörten, irgendjemand Fremdem. Diesmal gehören die Haare Lotte.

Lotte.

Sie geht über den Strand, der sich vor ihnen krümmt, sie kommt ihnen entgegen, in einer Gruppe von jungen Leuten, ein dünner Hund läuft vor ihr her. Georg und Heidi stehen auf, stehen, starren Lotte entgegen, aber Lotte sieht sie nicht, sieht sie vielleicht, erkennt aber nicht ihren Vater und ihre Mutter, sieht nur irgendwelche bleichen Touristen in einer Bar. Aber ihre Mutter und ihr Vater sehen sie: eine magere junge Frau, in abgerissenen Shorts und einem weiten, grauen T-Shirt. Ihr Gang ist nicht unsicher, sie wankt nicht, sie geht über den Strand wie eine ganz normale junge Rucksacktouristin. Vielleicht, dass sie ein bisschen öfter nach rechts und nach links schaut. Sie hat eine Stofftasche umhängen und spricht mit einem Jungen neben sich. Heidi und Georg sind jetzt raus aus der Bar, runter auf den Strand, sie stehen vor dem Hotel Heinrich und schauen in Lottes Richtung. Sie sieht gar nicht so kaputt aus, denkt Heidi, wirkt nicht paranoid, so schlecht geht es ihr vielleicht gar nicht. Die Gruppe, mit der Lotte unterwegs ist, hat nun die starrenden Touristen bemerkt und hält an, und jetzt bleibt auch Lotte stehen, um zu sehen, auf wen ihre Freunde starren. Jetzt erkennt sie ihre Mutter, dann ihren Vater. Da ist ein Abstand zwischen ihnen, in dem der Hund schnüffelnd zwischen ihnen hin- und herläuft.

Hey, Lotti, sagt Georg schließlich und macht einen Schritt auf Lotte zu und noch einen, und Lotte starrt ihn an, starrt ihre Mutter an, ihren Vater und rennt dann los.

DAS RESTAURANT IST SCHÖN. Das Licht, die Aussicht, die Musik. Es liegt ein paar hundert Meter östlich vom Hotel Heinrich, es gehört zu der Hotelanlage, die sie bei ihrer Ankunft gesehen haben. Etwas teurer, etwas edler, obwohl das Essen kein bisschen besser ist als im Hotel Heinrich, ganz im Gegenteil. Die Leute, die dort essen, haben sich fein gemacht. Eine Familie fällt Heidi auf: Der Mann ist Europäer, er trägt ein strahlend weißes Hemd, er ist glatzköpfig, nicht unattraktiv. Er sitzt dort mit einer asiatischen Frau, sie sieht kambodschanisch aus; aber nicht nach Katalog. Ebenfalls sehr gut angezogen. Ein Power Couple, vielleicht haben sie sich auf irgendeiner australischen oder amerikanischen Uni kennengelernt, wo sie ein Stipendium hatte oder ein Auslandsjahr machte, und dann hat sie sich in ihn verliebt, und sie haben geheiratet und ganz geplant ein Kind gekriegt. Sie sehen zufrieden aus, stark, selbstbewusst, beide. Sie sind vielleicht hier, um die Eltern der Frau zu besuchen. Oder sie machen hier Urlaub mit den Eltern. Und seine Eltern sind auch dabei, alle sitzen mit am Tisch. Sie sehen sehr wohlhabend aus, und sie benehmen sich auch so, altes Geld, über Generationen vererbter Reichtum. Heidi stellt sich vor, wie der Mann seinen Eltern von seiner kambodschanischen Freundin erzählt hat, wie er sie ihnen schließlich vorstellte. Es war vielleicht ein bisschen so wie bei Prinz Harry, Meghan Markle und der Queen. Heidi stellt sich vor, wie sie schlucken, als die beiden wieder weg sind, wie sie abends im Ehebett darüber reden, die Frau im grauen Nickinachthemd, der Mann im Flanellpyjama. Wie sie denken: Gut, besser, als dass er eine japanische Plastikpuppe heimbringt. Wie sie denken, okay, könnte noch schlimmer sein. Hübsch, aber halt mit einem gewissen Stigma ... Nein, sie sind doch keine Rassisten! Sie haben sich nur was anderes für ihren Sohn vorgestellt, das darf man doch wohl, oder. Wie sie denken, sie ist ja ganz reizend, und Hauptsache, es geht ihm gut. Und wie sie sich dann doch darauf einlassen, sich gewöhnen, Interesse oder Sympathie entwickeln. Vielleicht lieben sie sie schließlich sogar ein bisschen. Oder auch nicht. Oder nur einer von beiden. Der Großvater jedenfalls trägt die einjährige, halbkambodschanische Enkeltochter herum, sie ist wirklich unfassbar süß, er zeigt sie begeistert herum, während seine Frau eher unbeteiligt wirkt.

Heidi sieht, dass Georg die Leute auch bemerkt. So waren wir auch mal, sagt er grinsend. Haha, sagt Heidi, schön wär's.

Sie haben mit Charlotte und Toby hier gegessen, aber das Essen war eine Enttäuschung, und Georg sagt, das Amok war noch nirgends besser als bei Jiut. Jetzt sind Lotte und Toby mit dem Moped zurück zum Hotel Heinrich gefahren, Lotte vorne, Toby hinten. Sie haben zwei anstrengende Tage hinter sich. Lange, schwierige Gespräche. Es wurde viel geweint, es wurde gestritten, diskutiert, argumentiert, umarmt.

Es geht mir so gut hier, sagt Lotte, es geht mir hier so viel besser als in Deutschland, auch als in Berlin. Es ist alles anders hier.

Sie sehen es, Georg sieht es, und auch Heidi sieht es:

Es ist anders hier für sie, viel leichter. Aber sie redet sehr viel, etwas zu viel. Sie ist hier nicht so ein Alien, bei diesen Leuten. Beziehungsweise: Für die Kambodschaner ist sie es sowieso, ein weißer, rothaariger, fremder Alien, für die sind diese Weißen ja eh immer paranoid, haben immer Angst vor irgendwas, dass sie angebettelt werden, beklaut, überfallen, die sind immer komisch drauf. Lottes psychische Verfasstheit fällt für deren Wahrnehmung nicht weiter ins Gewicht, die Kambodschaner sind zu ihr so freundlich wie zu all den Touristen und zu diesen harmlosen, jungen Strandtouristen besonders. Und unter den Strandtouristen fällt sie auch nicht weiter auf, vor allem nicht unter denen, die schon länger hier sind und die noch lange bleiben wollen; denn wenn die nicht alle ein bisschen verrückt wären, wären sie nicht hier, würden sie nicht hier so leben, wie sie leben. Sie kiffen viel, sie reden auch viel und reagieren merkwürdig auf manche Dinge, nicht viel anders als Lotte.

Und Toby: Er ist nett. Ein wirklich netter Kerl. Er sieht nur nicht ihre Krankheit, oder er sieht ihre Krankheit als einen Teil von ihr, den er glaubt, händeln zu können. Das kann er nicht. Aber das weiß er noch nicht. Er scheint auf Lotte aufzupassen, im Rahmen seiner Möglichkeiten, I care for her, sagt er, und man sieht, dass das stimmt. Er hat sie gern, er ist gut zu ihr, vielleicht liebt er sie sogar. Er sagt es, vielleicht stimmt es.

Aber wenn du sie liebst, sagt Heidi, dann musst du auch akzeptieren, dass sie krank ist. Und dass sie Hilfe braucht, die über alles hinausgeht, was du für sie tun kannst. So gut kannst du nicht auf sie aufpassen. Und sie kann es eben auch nicht. Sie glaubt, sie kann es, sie glaubt, sie hat es im Griff, so lange, bis sie es wieder nicht mehr im Griff hat, und dann glaubt sie es trotzdem weiter, bis zu dem Moment, in dem es ihr vollständig entgleitet. Und dann ist es schlimm, und bleibt lange so.

Und Heidi kann sehen, dass Lotte nahe an diesem Punkt ist. Hinter ihrer Sonnenbräune versteckt sich eine tiefe Erschöpfung: Es ist anstrengend, immer so zu tun, als sei nichts. Es zu unterdrücken, die Angst, die Bilder, manchmal vielleicht Stimmen, auch wenn sie hier leiser sind, kaum hörbar. Immer so zu tun, als sei alles gut, als gehe es einem tadellos, als erkenne man nicht die Zeichen, dass es einem keineswegs tadellos geht und dass man es nicht mehr lange wird verbergen können. Hinter Lottes Insel-Easyness lauert es, auch wenn sie das vehement bestreitet. Mir geht es gut, Mama, du kannst doch gar nicht wissen, wie gut es mir geht!

Doch, das kann sie. Das kann Heidi. Sie kennt ihr Kind. Sie liebt ihr Kind. Sie kennt jedes Ticken in Lotte, jedes Rauschen, weiß, wie ihr Sprechen schneller wird und mehr und ein bisschen seltsam. Sie kann genau sagen, an welchem Punkt ihr Kind steht innerhalb der persönlichen Skala, die sie für ihr Kind angelegt hat, über die Jahre. Sie kennt Lotte. Ja, sie hat zu lange nicht hingeschaut, aber dann gründlich, jetzt hat sie einen scharfen Blick, sie hat die Skala verinnerlicht. Bis fünf ist alles einigermaßen okay, ab sechs merkt man leichte Veränderungen, eine Fahrigkeit, ab sieben wird es schwierig, dann akut. Jetzt sieht sie sie bei einer Sechs, oder Sechskommafünf. Lotte sieht sich unter der Fünf, natürlich.

Es sind in diesen vier Tagen viele Gespräche nötig, Gespräche zu zweit, zu dritt, zu viert, zu dritt, zu zweit, zu zweit, zu zweit, zu dritt, und ein längeres, teures Telefonat zwischen

Lotte und der Psychiaterin daheim in Deutschland, bis Lotte davon überzeugt ist, ihre Medikamente wieder zu nehmen. Und dieses neue Medikament mal auszuprobieren, das Heidi ihr mitgebracht hat. Und auch Toby davon zu überzeugen: dass es gut für Lotte wird, dass es einfacher für sie wird. Sie willigt schließlich ein, nachdem Heidi und Georg auch in etwas eingewilligt haben: dass sie noch nicht mit nach Deutschland muss. Dass sie ihr vertrauen. Dass sie ein bisschen hierbleiben darf, wenn sie sich darauf verlassen können, dass sie das Medikament nimmt und nicht kifft.

Oder nach Österreich: Georg hat ihr seine Idee ausgemalt, dass sie in Wien leben könnte, hat es ihr quasi in den Sand gemalt, und sie hat nicht gesagt, dass das ein kompletter Scheiß ist, was ihr Vater sich da ausgedacht hat. Man hat gesehen, dass es in ihr arbeitet. Sie haben bemerkt, dass sie mit Toby darüber sprach, später. Sie hat selbst noch mal davon angefangen, was soll ich denn in Wien studieren? – Ich weiß nicht, sagte Georg, was würdest du gern? Theaterwissenschaft, wie in Berlin?, Theater gibt's in Wien bekanntlich auch ein paar. – Psychologie vielleicht, sagte Lotte, damit kenn ich mich ein bisschen aus. Sie grinste. Es war noch da, das witzige Kind. Oder vielleicht war es wieder da. Du könntest an den Wochenenden bei uns am Land sein, wenn du Lust hast, mit dem Zug ist es nur ein bisschen mehr als eine Stunde, weißt du ja noch. Du kriegst dein eigenes Zimmer. Wir haben jetzt einen Hund. Und ich könnte dir das Moped herrichten, das blauweiße, das hinten im Schuppen steht, erinnerst du dich? Sie erinnert sich. Das wollte ich eh schon lange herrichten, sagt Georg. Ja, cooles Ding, sagt sie.

Aber jetzt bleibt sie erst mal da. Sie haben sie und Toby ins Hotel Heinrich einquartiert. Georg reist morgen ab.

«Ich muss nach Hause. Die brauchen mich. Ich brauch Lea.»

«Ich weiß. Ist schon okay. Du Lusche.»

Heidi bleibt noch ein paar Tage bei Charlotte.

«Schaffst du es allein nach Deutschland?»

«Ich schaffe es. Ich kann das jetzt.»

«Sicher kannst du das.»

Heidi muss noch ein bisschen hierbleiben, bei ihrem Kind Sie muss noch ein bisschen aufpassen, darauf, dass Charlotte die Tabletten wirklich nimmt. Muss noch ein bisschen reden, überzeugen, nein, mit nicht zu viel Druck. Und dann wird Jiut sie ein bisschen im Auge behalten. Jiut meint, sie kann dann ja ein bisschen in der Bar mithelfen. – Aber nicht so lange, sagte Heidi. – Es regnet ohnehin bald, sagte Jiut. – Vermissen Sie Deutschland?, fragte Heidi. – Nicht sehr, sagte Jiut. – Den Heinrich?, fragte Heidi. – Ein bisschen, aber auch nicht so sehr, sagte Jiut.

Wie man auf einem Moped fahren kann: eine Frau allein, ganz langsam, mit einem kleinen gelben Helm auf dem Kopf. Daneben läuft eine andere Frau, mit roten, fliegenden Haaren, die auf sie einredet. Gib Gas, jetzt lass die Kupplung los, langsam. Langsam, hab ich gesagt! Okay, starte noch mal, ja, genau, Gas geben, langsam die Kupplung loslassen, ja, super. Jetzt wieder Kupplung, schalten, Gas, ja, schau, du kannst es ja. He, wart auf mich! Bremsen, kuppeln, ja genau.

Wie man auf einem Moped fahren kann: zwei Frauen, eine vorne, eine hinten. Die vorne trägt den gelben Helm und wirkt etwas ängstlich und sehr konzentriert, die hinten hält sich am Griff hinter dem Rücksitz fest und linst der vorderen über die Schulter, sie nickt. Das Moped fährt auf einer Sandpiste, langsam, links glitzert der Ozean zwischen Hütten und Bars hindurch, rechts leuchtet das Grün der Palmen.

Die Frau vorne gibt ein bisschen Gas, die Frau hinten lacht. Das Moped fährt schneller. Die Frau vorne lacht jetzt auch.